불꽃과 재 속의 작은 불씨 하

이소현 지음

불꽃과 재 속의 작은 불씨

하

좋은땅

소설 속 사건과 인물은 모두 허구를 바탕으로 한 것이며 실제와 아무런 관련이 없음을 밝힙니다.

달리는 기차 안에서 바라본 풍경은 하염없이 뒤로 밀려 나간다. 무엇이든 지나
간 것은 돌아오지 않는 법이니까. 떠나간 시간과 작별하는 것은 언제나 어렵다.
그래서 순간순간을 잡아 둔다. 언제든 그 추억을 떠올릴 수 있도록 말이다.

목차

—·—·—·—✦—·—·—·—

2부

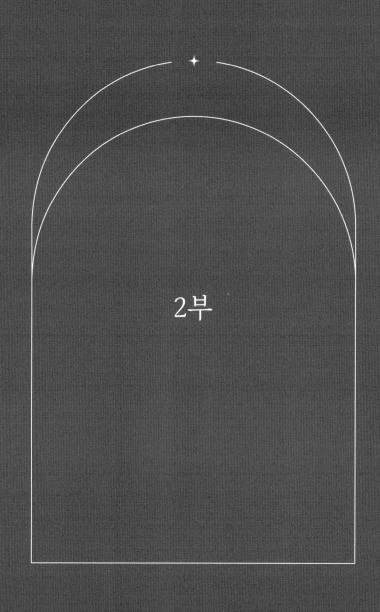

2부

[5월 말]

옆에 앉은 지우는 내 어깨에 기대어 깊은 잠에 빠져 있었다. 창밖은 광활한 황무지가 끝없이 펼쳐졌는데 크고 작은 암석으로 가득한 황무지 위에다 도로를 '획' 하고 그어 놓은 모양이었다. 구름 한 점 없는 건조한 하늘 아래 앙상한 나무가 꼭 나를 보는 것만 같았다. 지우와 나는 샌디에고, 라스베이거스, LA를 끝으로 3주가 넘는 긴 여행을 마치고 샌프란시스코로 향하는 중이다. 도시를 옮길 때마다 비행기로 후다닥 이동하는 것이 아이러니하게도 힘에 부쳐 지우에게 양해를 구하고 그레이하운드 버스(미국의 시외버스)에 올라탔다. 차분히 생각을 정리할 수 있는 시간과 공간이 필요했다. 그 대안이 버스였던 것이다. 장작 6시간 이상이 걸릴지도 모르는 일정이었지만 샌프란시스코에서는 지금보다 더 한결 가벼워진 마음으로 일상을 누리고 싶었다. 혹시나 장거리 이동으로 몸을 혹사시킨다면 그를 떨쳐 내기가 더 쉽지 않을까 하는 나의 작은 바람도 담겨 있었다. 3주간의 여행 동안 지우에게는 애써 괜찮은 척했다. 지우 앞에서 오열했던 그날 이후로 나는 그녀에게 단 한 방울의 눈물도 용납하지 않았고, 그와 관련된 이야기는 단 한마디도 내뱉지 않았다. 하지만 나는 어디를 가나 그의 채취를 맡을 수 있었고, 그의 음성을 들을 수 있었다. 이런 일이 정말 가능한 것일까? 내 온몸의 피가 그에게 물들여졌을까? 지우와의 단둘이 하는 여행이 아니라 투야도 함께하는 것 같은 착각마저 들게 했다.

버스를 탄 지 3시간쯤 흘렀다. 구글맵을 보니 반은 온 듯했다. 여행 마지막 정착지를 샌프란시스코로 정한 이유는 지우의 고등학교 친구가 UC 버클리 대학교에서 관리하는 UC 빌리지(University village)라는 곳에 아파트를 렌트할 수 있도록 도와주었기 때문이었다. UC 빌리지는 오클랜드의 '알바니(Albany)'라는 지역에 있으며 UC 버클리 대학교에서 북서쪽에 위치하고 있는 동네다. UC 빌리지는 UC 버클리 대학교에서 석사, 박사 학위를 밟고 있는 재학생 중에 결혼을 했거나 부양할 가족이 있는 경우 들어갈 수 있는 아파트였다. 일반적으로 학부생에게 한 개의 방을 배정하는 것과 달리 아파트 한 채를 제공하기 때문에 공유해야 할 공용시설이 없어 프라이버시를 보장받을 수 있었다. 더군다나 예기치 못한 갑작스러운 만남으로 불필요한 인사를 주고 받을 일도 없을 테니 좀 더 편하게 지낼 수 있을 것이다.

도움을 준 '수현'이라는 친구는 UC 버클리 대학교에 교환 학생으로 가 있었다. 그녀와 친한 언니의 한 지인이 1.5룸을 여름 방학 동안 렌트해 놓은 사실을 라스베이거스 여행 중에 지우에게 알려 주었다. 어느 지역에 정착할지 마땅한 곳이 없어 막막했는데 그 친구 덕분에 주거 문제를 해결할 수 있었다. 사실 자동차가 없는 우리에게 선택지가 매우 좁았다. 상대적으로 저렴했던 외곽 지역은 치안 때문에 자동차가 필수였다. 그렇다고 어마무시한 비용을 지불하면서까지 도시 한복판에 집을 구할 수도 없는 노릇이었다. 다행히도 UC 빌리지는 UC 버클리 재학생 가족들이 어울려 사는 동네라서 치안 걱정을 덜 수 있었다. 꽤 큰 마을이라 근처에 대형마트도 많았다. 처음에는 그 친구도 함께 생활하기로 했지만 1.5룸을 3명이서 사용하기는 무리라 판단했는지 또 다른 지인의 스튜디오에서 방 하나를 셰어(Share)하기로 하였다. 지우의 이야기를 얼핏 들어보니 '수현'이라는 친구는 아는 지인이 상당히 많은 듯했다. 지우와 고등학교 때 단짝이라고 했으니 아마 우리가 렌트할 아파트에도 자주 놀러 올 성싶었다.

30분 정도 정차한다는 안내가 운전기사가 들고 있는 마이크에서 울려 퍼졌다. 마이크의 '지지직' 소리가 지우의 단잠을 깨우고 있었다.

"으하아아, 벌써 다 온 거야?" 지우가 기지개를 활짝 펴며 덜 뜬 눈으로 물었다.

"보다시피 이제 반 왔어. 아직도 광활한 대지뿐이잖아." 내가 창밖을 가리켰다.

"정말이네. 하, 배고프다." 지우는 하품을 하며 배를 문질렀다.

"30분 정차한다고 했으니 뭐라도 먹자." 속도를 갑자기 줄이니 버스가 사방으로 흔들려 앞에 달린 손잡이를 잡았다.

어김없이 휴게소가 아닌 주유소에서 버스가 정차했고 그 옆에는 매점들 몇 개가 딸려 있었다. 휴게소는 위험하다고 한 투야의 말이 불현듯 머리를 스쳐 지나갔다. 그저 추억으로 두기에는 아직 충분히 익지 않았나 보다. 아직 그날의 기억이 쓰디썼으며 여전히 마음이 시렸다. 그 시절을 떠올리니 금세 눈시울이 붉어져 재빠르게 눈을 깜빡였다. 여름 방학이 끝나면 아칸소로 돌아가 두 번째 학기를 시작할 테지만 그들의 모습을 영영 마주하고 싶지 않은 마음도 강하게 일었다.

"와우, 역시 휴게소가 아니라 주유소인 거 보면 투야 말이 맞긴 한가 봐…." 그녀도 나와 같은 생각을 한 듯했다. 지우는 내 얼굴을 보더니 순간 아차 싶은 표정을 지었다.

"햄버거 먹을래? 저쪽에서 햄버거 파는 것 같던데? 아까 배고프다고 했잖아." 지우는 미안할 필요가 없는데도 미안한 표정을 지으며 고기 굽는 냄새가 나는 쪽으로 다소 과장되게 걸어갔다.

"어디? 얼른 가 보자!" 배고프다고 말한 것은 내가 아니라 그녀였지만 가만히 뒤를 따라 걸어갔다. 아직은 그의 이야기가 편치만은 않았다.

"나름 수제 햄버거라면서 이런 걸 햄버거라고 팔다니 너무 하지 않아?" 지우가 한입 베어 물었다. 매점 앞에 있는 몇 개 안 되는 간이 철제 의자는 이미 만석이었기에 한쪽 구석에 분필로 아무렇게나 휘갈겨 쓴 메뉴판 옆에 섰다.

"'인앤아웃버거'가 너무 그립다. 그때는 '뭐 나쁘지 않네.' 하면서 먹었던 것 같은데 이 햄버거를 먹어 보니 비교가 확실히 되는데?" 나는 입가에 묻은 소스를 냅킨으로 대충 닦으며 말했다.

"서부에는 인앤아웃버거, 동부에는 쉑쉑 버거라잖아. 미국에 있을 때 다 먹어 보고 돌아가자!" 지우의 눈이 반짝였다.

"우리 이제 동부 여행도 떠나는 거야?" 나는 지우의 질문에 바로 답하지 못했다. 근 한 달간 여기저기 돌아다닌 덕분에 '정착'이라는 것이 정말로 절실했다. 나의 물음에 지우는 긍정이라 생각했는지 다시 한번 더 물었다.

"아칸소로 돌아가기 전에 동부도 찍어 보는 건 어때?"

"우선 샌프란시스코에서 박혀 지내고 싶어." 풀이 죽은 지우의 얼굴 때문에 얼른 다시 말을 이었다.

"한 달은 쉬어야 회복되지. 그래야 여행도 다닐 수 있을 것 같은데?" 내가 애써 웃어 보였다. 그리고 속으로 생각했다. 미국에서의 모든 일상에서 내가 누려야 할 행복과 기쁨을 투야 때문에 저버리지 않겠다고 다짐하고 또 다짐했다.

"그러면 완벽히 회복한 뒤에 동부로 떠나자! 이번 서부 여행도 재밌지 않았어?"

나는 생각보다 가면을 훨씬 잘 쓰고 있었나 보다. 나의 모든 것들이 무너지지 않도록 밤마다 마음을 다잡은 것도 한몫했으리라. 비행기 대신 버스를 택한 이유도 천천히 생각을 정리할 시간이 절실해서였다. 끝없이 펼쳐져 있는 저 단조로운 도로를 하염없이 보고 있으면 결국 내 마음도 이 도로와 상당히 닮아 있을 테니 말이다. 이 여정 끝에는 요동치는 이 마음들이 잠잠해져 있을 것이다.

샌디에고의 '코로나도' 바다에서 나는 그를 놓아주었다. 눈부신 햇살이 광활한 바다를 내리쬘 때 마치 보석이 반짝이는 것 같았다. 바다에 부드럽게 반짝이는 윤슬을 한참이나 바라보았다. 오랫동안 그 광경에 빠져 있어 얼굴을 꽤나 태웠지만 덕분에 그를 향한 내 마음도 함께 태워 보냈으리라. 그를 안 지 고작 4개월이다. 얼마든지 그를 잊고 잘 살아갈 수 있다.

Ÿ Ÿ Ÿ

캐리어를 양쪽 팔에 하나씩 짊어지고 샌프란시스코 버스 환승 정류장에서 내렸다. 항구 도시답게 내리자마자 짭조름한 바다 냄새가 콧속으로 하염없이 밀고 들어왔다. 지우는 온몸이 쑤신지 활개를 마구 휘저었다. 장작 6시간 동안 허리 한 번 펴지 못했을 지우에게 못할 짓이었지만 이곳에서는 더 잘 지내 보기 위한 나의 극단의 조치였음을 그녀가 이해해 주기를 속으로 바라보았다.

고속버스는 오클랜드를 지나 샌프란시스코에 내려 주었지만 UC 빌리지는 오클랜드에 있었다. 샌프란시스코와 오클랜드를 잇는 '베이 브릿지'를 다시 건너가야 했다. 시내 버스로는 한 시간 걸렸지만 차로는 20분 남짓한 거리였기에 가까스로 택시를 잡아 트렁크에 짐을 옮겨 실었다. 캐리어가 4개인지라 택시 잡기가 쉽지 않았다. 택시는 다시 베이 브릿지에 올랐다. 아래로 내려다보이는 바닷물이 무서울 만큼 시퍼렜다. 코로나도의 잔잔한 바다와 달리 물살이 거칠었다. 물살이 한 방향으로 흘러가기보다 제각각 다른 방향으로 거세게 휘몰아쳤다. 그 물살들을 보고 있으니 왠지 모르게 나를 집어삼킬 듯하여 오래 쳐다보고 있기 힘들었다. 보고 있는 것만으로도 가슴이 쓰라렸고, 숨 쉬는 것마저 힘들었다. 나는 시선을 재빠르게 하늘로 돌렸다. 아침 일찍 출발했지만 이미 해가 지고 반대편에 있는 달이 선명해지고 있었다.

"수현이라는 친구가 그 건물 앞에 와 있다는 거지?"

"응. 145동 앞으로 가 주세요." 지우가 내게 짧게 답하고는 기사 아저씨께 말했다.

"택시 탔다고 알려 줬으니까 지금쯤 출발했을 거야."

"그런데 원래 살던 분은 왜 장기로 렌트를 놓았을까?" 나는 창밖을 응시하던 것을 멈추고 지우를 바라보았다.

"나도 자세한 건 몰라. 여행 중에 온 연락이라 그 집을 하겠다고 급하게 확정만 했지. 내부 사정은 전혀 물어보지 못했어."

"알아보지도 않고 덜컥 숙소를 계약한 건 아닌지 모르겠어. 사실 여행 중이라 찾아볼 겨를이 없긴 했지만 괜히 걱정되고 긴장되네?" 나는 멋쩍게 웃었다.

"괜찮아. 수현이가 처음에 들어가려고 했던 집이었으니까. 믿을 만한 친구이기도 하고."

"그럼 너무 다행이지." 나는 고개를 창밖으로 다시 천천히 돌렸다.

네비게이션은 우리의 도착지가 다 와 가고 있음을 알려 주었다. 창밖에는 삼각형 지붕을 한 앙증맞은 건물들이 옹기종기 모여 있었다. '더 페인티드 레이디스'가 연상되었다. 택시 안에서 바라본 동네의 첫인상은 깔끔했다. 303호라길래 저층일 줄 알았는데 이 빌리지에서도 3층이 제일 고층이었다. 이곳 사람들은 층수만 올리면 아파트라 부르는지 끽해야 3층이 다였다. 빌리지에는 도착했지만 145동을 찾느라 시간이 좀 걸렸다. 동이 꽤나 많았는데 145동이라는 큰 숫자 때문에 빌리지 내에서도 저 안쪽으로 치우쳐 있었다. 택시에서 내리니 아파트 바로 앞에 축구장과 그 너머로 기찻길이 보였다.

수현이라는 친구 외에도 또 다른 여자가 함께 서 있었다. 그 둘은 우리가 택시에서 짐을 내리는 것을 도와주었다.

"안녕하세요. 처음 뵙겠습니다." 수현이는 나를 보고 먼저 인사를 건네 주었다.

"저도 처음 뵙겠습니다." 나도 그 둘을 향해 인사했다.

"이야, 잘 지냈어? 우리 같이 인천공항에서 비행기 탄 게 엊그제 같은데 말이지." 지우가 수현이를 보고 반가운지 껴안았다.

"인천공항에서 같이 출국을 하기는 했지만 비행기는 다른 걸 탔잖아. 가야 할 주(State)가 다르니 말이야."

"어쨌거나! 옆에 있는 분은 누구셔? 집 주인이야?" 지우가 물었다. 나 또한 집 주인이겠거니 생각하고 있었다.

"아, 아니야. 그분은 한국에 급하게 가셔야 해서 그분과 친한 도희 언니가 대신해서 안내해 줄 거야." 수현이는 캐리어를 도로에서 인도 위로 옮겨 놓는 것을 도와주었다.

"안녕. 나랑도 말 놓고 편하게 지내자. 수현이 친구면 자주 볼 테니까." 그녀는 우리를 향해 미소 지으며 말했다.

"그럼 호칭을 언니로 부르면 될까요?" 지우가 캐리어를 끌다 말고 어정쩡한 자세로 물었다. 수현이가 언니라 부르니 말이다.

"말 놓으라니까. 언니라고 부르지도 말고 도희라고 불러." 보기보다 성격이 화끈했다. 어쩌면 외국은 나이에 관대하니 그럴 수도 있겠다는 생각이 들었다. 그녀의 쌍꺼풀 없는 눈매는 또렷한 편은 아니지만 콧대가 참 예뻤다. 여성스러운 분위기가 강하다 생각했지만 허스키한 목소리가 칼 단발과 어우러져 중성적인 매력이 돋보였다.

"이 언니, 또 이런다니까! 한국은 나이가 중요하다니까. 뭘 계속 언니라 부르지 말래? 그 말이 더 부담스럽거든요?" 수현이가 그 언니를 향해 손사래 치며 말렸다. 수현이는 검은 긴 생머리에 쌍꺼풀 없는 작은 눈매가 한껏 올라가 있었고 짙은 아이라인이 눈 크기와 비슷할 정도였다. 말할 때 제스처나 행동이 크고 화려했으며 입고 있는 옷 또한 개성이 강했다. 겉모습만 봤을 때는 굉장히 강한 인상을 풍기는데 웬걸? 목소리가 여성스러우면서도 애교가 흘러 넘쳤다. 이 둘의 목소리를 바꾼다면 이미지와 적절하게 잘 어울릴 것 같다는 생각이 절로 들었다.

엘리베이터가 없기에 낑낑거리며 캐리어를 하나씩 짊어지고 올라갔다. 근 4달을 밖에서 보내야 했기에 지우와 나는 캐리어가 각각 두 개나 되었다. 303호 앞에서 도희 언니는 열쇠를 건네주었다.

"열쇠가 하나뿐이라서 잃어버리면 절대 안 돼! 나올 때는 안에서 이걸 누르고 닫으면 잠겨져. 열쇠 없이 잠그면 안 돼! 커뮤니티 센터에 연락해서 수리 기사 불러야 하는데 여기 미국인 거 알지? 인건비 어마무시하다?"

"네." 지우와 나는 거의 동시에 답했다.

"그런데 잠금 장치가 이거 하나뿐인데 괜찮을까요?" 현관문이 한국의 방 문고리보다 못한 것처럼 보여 내가 그녀에게 걱정스러운 얼굴로

불꽃과 재 속의 작은 불씨 - 하

물었다.

"안에서 잠그면 절대 못 열어. 그러니 걱정 안 해도 돼."

그녀의 괜찮다는 설명에도 걱정이 떨쳐지지 않았다. 저 문고리 하나에 나의 안녕을 맡기는 꼴이라니. 하긴 지금 그런 안녕이 중요할 때인가. 나의 정신도 전혀 안녕하지 못한데 말이다.

"그나저나 너희 둘 다크서클은 대체 무슨 일이야? 떠돌이 생활도 아무나 못 해. 얼른 설명해 주고 우리는 사라져 줄게. 오늘만 날이 아니니 말이야." 긴 떠돌이 생활로 그 어느 때보다 다크서클이 도드라져 있었나 보다.

303호 현관문을 열고 들어가니 직사각형으로 된 하얀색 4인용 식탁이 제일 먼저 보였다. 그 뒤로 냉장고, 싱크대가 있었고, 싱크대 아래에는 큰 오븐도 보였다. 냉장고 끝에는 작은 팬트리가 마련되어 있었고 잠시 멈추어 진열되어 있는 식료품을 살펴보았다. 고체형 카레와 여러 종류의 스파게티 면, M&M 초콜렛이 한가득 담겨 있는 대형 플라스틱 원형 통이 보였다.

거실은 부엌과 바로 연결되어 있는 구조여서 텔레비전, 진회색의 패브릭 소파, 안이 비치는 유리 테이블이 한눈에 들어왔다. 한쪽 벽에 세워진 기다란 책꽂이에는 온통 CD로 가득 차 있었다. CD와 CD플레이어를 오랜만에 보니 괜히 반가웠다. 나는 CD에 머문 시선을 발코니로 돌렸다. 문을 열고 나가니 작은 발코니에는 의자 두 개와 목제 탁자가 덩그러니 놓여 있었다. 한국 베란다와 달리 창문 하나 없이 뚫려져 있는 구조였다. 3층이라 층수가 높지는 않아도 이 건물이 제일 안쪽에 위치해 있어 풍경이 꽤나 근사했다. 기찻길 너머 우거진 푸른 숲이 있어 그리로 바로 연결되어 있는 기분마저 들었다. 아침 일찍 신선한 공기를 마시며 진한 커피 한 잔 하는 모습이 저절로 그려졌다.

하나 있는 방에는 퀸 사이즈 침대와 책상이 놓여 있었다. 침대의 프레임이 낮아 방이 훨씬 넓어 보였는데 시야를 막는 것이 없어서 원래 크기보다 넓어 보이는 것 같았다. 침대 아래로는 붙박이장이 있었고 옷장 한쪽 칸에는 집주인 옷들로 가득했다. 물론 비워 둔 나머지 공간은 지우와 내가 사용하기에 충분한 크기였다. 침대 위에 나 있는 창에서 기차가 막 지나가는 소리가 들려왔다. 잠을 해칠 만큼 큰 소리가 아니라 다행이었다.

가구나 전자제품뿐만 아니라 냉장고나 팬트리 안에 있는 식료품도 마음껏 사용 가능하다는 말을 마지막으로 도희 언니와 수현이는 돌아갔다.

"도희 언니도 수현이만큼 핵인싸일 것 같지 않아?" 지우가 캐리어에서 간단히 씻을 것만 골라 빼며 물었다. 나도 오늘은 얼른 씻고 일찍 잠자리에 들고 싶었다. 짐 정리는 천천히 하면 될 일이었다.

"그러게. 우리 학교만 옮긴 기분이야. 여기 학생들과 또 놀러 다니는 거 아냐?" 내가 걱정 가득한 목소리로 말했다.

"난 너무 좋은데. 우리 둘 뿐이라서 아무것도 할 게 없는 것보다 어울려 다닐 사람이 많으면 좋지 않을까? 파티도 있을 수 있잖아. 샌프란시스코로 잘 온 것 같아." 지우의 들뜬 목소리가 흘러나왔다.

"학기 초랑 많이 달라진 거 알지? 이제 그런 파티도 기대할 줄 알고 말이야!"

"왜 별로야?" 지우는 생각이 바뀌었는지 캐리어에 담겨 있는 모든 짐을 꺼내기 시작했다.

"아니, 그런 네가 너무 마음에 들어! 네가 물속에 빠져 너덜너덜해진 나를 좀 건져 내 주라." 나는 농담 반, 진담 반으로 멋쩍게 웃어 보였다.

"그게 무슨 말이야? 네가 물에 왜 빠져?" 지우는 어리둥절한 표정이었다.

"아니야. 나 금방 씻고 나올게." 나는 방 바로 옆에 있는 욕실로 향했다. 주황불이 딸깍 켜지니 세면대와 욕조가 보였다. 오늘은 대충 씻고 잠을 청할 테지만 조만간 욕조에 뜨끈한 물 한가득 받고 반신욕을 하면 좋을 듯했다. 아칸소보다 위도가 높아서인지 날씨 좋기로 소문난 캘리포니아임에도 샌프란시스코는 밤이 겨울처럼 추웠다. 곧 6월이라는 사실이 무색할 만큼 추위가 걱정이 되었다. 여름옷만 잔뜩 챙겨 왔는데 겨울옷도 챙겨 왔어야 했나?

"지우야, 이제 씻어." 나는 화장실 불을 딸깍 끄면서 지우에게 말했다. 지우는 이곳이 꽤나 마음에 드는 모양이었다. 콧노래를 흥얼거리면서 짐을 정리하고 있었다.

"알았어. 먼저 자! 오늘은 아무것도 안 하고 일찍 자려고 했는데 막상 잠이 안 오네? 버스에서 나 기절하듯이 잤나 봐?"

"맞아. 여행의 여독을 버스에서 다 풀고 가는구나 생각했지." 지우의 흥에 맞장구 쳐 주었다.

"너는 한숨도 안 잔 것 같은 얼굴인데 얼른 들어가서 자." 지우는 들어가라는 손짓을 했다.

나는 빛이 새어 나오지 않게 방문을 꼭 닫았다. 아칸소를 떠나기 전 민정이가 짜 준 여행 일정을 소화하느라 몸도 마음도 많이 지쳐 있는 상태였다. 질퍽해진 나의 몸뚱이를 침대 위로 집어 던졌다. 얼마 만에 혼자만의 시간인지 모르겠다. 여행 내내 지우에게 애써 밝은 척하며 힘든 이 마음을 들키지 않으려고 무던히도 노력했지만 혼자가 되니 언제 그랬냐는 듯 눈물이 다시 똑 하고 흘러내렸다. 여행 내내 한시라도 그를 잊은 적이 있었을까? 순간적으로 그의 생각을 하지 않을 때도 있었지만 극히 드물었다. 그럴 때마다 무기력 속으로 빠져들었다. 온몸이 깊은 바닷물 속에 잠겨 있는 것처럼 한없이 무거웠다. 몸이 내 의지대로 가누어지지 않는 기분이었다. 그래도 지우와 무언가를 함께할 때는 괜찮았다. 그 순간만큼은 잊을 수 있었다. 이렇게 걸음마를 떼는 심정으로 그를 비워 내는 연습을 해 나가야 하나 보다. 호기롭게 '그를 떠나 보냈어.'라는 말은 말 그대로 호기일 뿐이었나? 혼자 있는 시간도 잘 지냈던 나로 다시 돌아가야 한다. 여기 있는 동안 천천히 연습해 보자. 지옥 같은 이런 순간을 처음 겪는 일도 아니었다. 불행했던 그 시절을 떠올리니 맥박 소리가 관자놀이에서 거칠게 울리기 시작했다.

Ў Ў Ў

고등학교 때 나는 예정에도 없는 전학을 가게 되었다. 한 동네에서 함께 쭉 자라 온 친구들과 생이별을 해야 했고, 입시로도 벅찬 상황에 새로운 곳에서 적응까지 마쳐야 했다. 그때부터 인생이 꼬이기 시작했다. 소위 그 학교에서 제일 잘나가던 한 아이의 고백을 거절하자 여기저기서 이름 모를 번호로 협박 문자가 들어왔다. 처음에는 대수롭지 않게 생각했다. 이까짓 일은 금세 수그러들 줄 알았다. 하지만 나를 향한 입에 담기도 어려운 소문은 걷잡을 수 없이 퍼져 나갔다. 나의 미적지근한 반응이 그들을 더 자극했던 것일까? 그때부터였다. 야금야금 나를 좀먹는 괴롭힘이 시작된 것이다. 체육 시간에는 체육복이 사라졌고, 시험 전날에는 공들여 한 필기 노트가 사라졌으며, 화장실에 들어가 문을 걸어 잠글 때면 불이 다 꺼지는 고초를 겪어야 했다. 갑자기 어두워지면 무섭기도 했지만 눈이 어둠에 익숙해지기를 기다리면 되었다. 그리고 오랜 시간 걸리지 않았다. 북향이긴 해도 내가 사용했던 화장실에는 큰 창이 나 있어 낮에는 심각할 정도로 어둡지 않았다. 과학실이나 음악실을 찾아갈 때면 복도에서 수군대는 소리에 아무것도 들리지 않은 척 넘겨야 했다. 선생님의 사정으로 이동 수업이 취소되는 날이면 반갑기까지 했다. 그저 자고 일어났을 뿐인데 하루아침에 죄인이 되어 있었고, 죄인인 것마냥 숨을 죽이며 살아야 했다. 최악인 것은 이 모든 불합리한 행동에 대해 아무렇지 않은 듯 의연하게 넘어가는 것뿐이라는 사실이었다.

"야." 누가 나를 흔들어 깨웠다. 왁자지껄한 분위기가 당최 적응이 되지 않았던 나는 웬만하면 쉬는 시간에는 엎드려 자거나 눈을 감고 있었다. 물론 입시생 본분을 지키느라 잠은 항상 부족했던 터라 엎드린 순간 바로 잠이 들어 버려서 문제였다.

나는 고개만 살짝 들어 누구인지 확인했다. 우리 반 반장이었다. 성적이 나보다 낮았던 그녀는 나의 필기 노트를 빌려가거나 모르는 문제를 물어보는 등 공부 방법에 대해 이것저것 물어보았다. 그녀는 내게 도움을 청했지만 내가 필요할 때는 외면하던 친구였다. 이용당하는 걸 알면서도 그녀의 부탁을 응해 주었다. 어쨌든 유일하게 말을 하고 지낸 친구이기도 했으니까.

"다음 체육 시간이야." 어쩐지 주변이 조용했다. 교실에는 그녀와 단둘이었다. 그녀는 다른 사람들을 의식했기에 오늘처럼 꼭 이렇게 단둘이 남는 상황에서만 내게 말을 걸어왔다. 나는 느리게 일어나 가방에서 체육복을 꺼내 들었다.

"그냥 사귀지 그랬어? 걔 고백을 순순히 받아들였다면 아무도 널 건드리지 못했을 거야." 그녀는 나가려다가 말고 교실 문 앞에 서며 말했다.

"안 좋아하니까. 거절 한 번 했다고 저렇게 나를 골탕 먹일 궁리만 하는 거 보면 거절하기 잘했다 싶은데?" 나는 교복 치마 안으로 체육복 바지를 갈아입으며 답했다.

"당연히 걔 입장에서는 자존심에 꽤나 스크래치 났겠지." 그녀는 복도 쪽을 두리번거렸다. 나와 대화를 나누는 것이 어느 누구에게도 들키고 싶지 않은 것이다.

"걔 입장을 이해하고 싶은 마음은 추호도 없어."

"어쨌든 걔가 남자친구였다면 이런 꼴은 당하지 않았을 거란 말이야.

너를 지켜 줬을 텐데. 왜 힘든 길을 자처해?" 그녀는 나를 나무라듯 말했다.

"누가 누굴 지켜? 내 안위는 내가 지켜. 그 누구한테서도 기댈 생각은 없어." 그녀의 말에 기분 나빴지만 아무렇지 않은 척했다.

"아주 잘났어. 정말! 그럼 전학이라도 가. 방관자 입장에서도 지켜만 보는 게 마냥 편치만은 않아. 다른 데 가면 우리 학교보다 내신도 더 잘 받을 거 아니야?"

"나도 도망치고 싶은 마음은 굴뚝같아. 그런데 같잖지도 않은 것들 때문에 전학 가는 게 내 자존심에도 꽤나 스크래치가 나더라고." 나는 엷은 미소를 띠어 보였다.

"말을 말아야지."

"전학을 가야 한다면 개네들 때문이 아니라 나의 진로와 관련된, 오로지 나를 위한 일일 때만 분명 후회가 없을 것 같거든." 교복을 가방에 대충 개어 넣으며 말했다.

"잘났어. 정말!" 그녀는 나를 째려보더니 교실 문을 쾅 하고 세게 닫고 나가 버렸다.

"또 모르지. 지금은 내가 오기를 부리고 있는 것일지도. 전학의 가능성을 아예 차단한 건 아니니 말이야." 나는 아무도 들을 사람 없는 빈 교실에서 혼잣말을 했다. 매 순간 도망치고 싶은 마음을 억누르며 하루하루를 버티고 있었다.

다행인지 불행인지 그들은 내게 직접적인 신체적 폭력은 휘두르지 못했다. 대놓고 앞에서 나를 괴롭히지 못한 것이다. 이 모든 것을 알아차린 엄마는 일까지 그만두고 내 곁을 지켜 낸 덕분이었다. 그로 인해 우리 집은 가세가 많이 기울어져 작은 집으로 이사를 가야 했다. 햇살 가득 들어오는 창가 앞을 지키던 새하얗고 길쭉한 책상, 어릴 때부터 만지작거렸던 피아노, 내 취향은 아니었지만 곰인형이 가득했던 폭신한 침대, 사계절 옷이 넉넉하게 들어가고도 남던 넓은 장롱은 더 이상 내 방에 들어갈 수 없을 만큼 작은 공간이 되어 있었다. 집도 집이지만 나 때문에 엄마가 사랑하는 일을 그만두게 된 것 같아 내 고개는 자꾸만 바닥을 향해 있었다. 처음에는 무리를 향한 미움이 극도로 치달아 복수하고 싶었다. 그들이 꼭 벌을 받았으면 했지만 나중에는 이 모든 것이 다 부질없다는 생각이 들었다. 차라리 나는 태어나지 말았어야 했는지도 모른다. 이런 내 마음을 귀신같이 알아차린 엄마는 여태껏 본 적 없는 근엄한 모습으로 내게 말했다.

"내 모든 걸 내어 주더라도 너 하나는 엄마가 기필코 지킬 거야. 너는 엄마가 살아가는 이유라는 걸 잊지 마."

엄마 때문이라도 나는 무너질 수 없었다. 애초에 태어나지 않았으면, 교실에 붕붕 떠다니는 저 작은 먼지가 나였으면 하는 헛된 망상을 더 이상 이어 나갈 수 없었다. 그때 처음 알았다. 흔한 나의 울음에도 엄마, 아빠 눈에서는 피눈물이 흐른다는 사실을. 한없이 나약해 보이는 내가 죽기만큼 싫었다. 도망치듯 전학을 갈 수도 있었지만 이 한 몸 부서지는 한이 있어도 버텼다. 오히려 승부욕이 강한 성질 때문에 그들 앞을 지날 때는 고개를 더욱더 빳빳이 치켜 들 수 있었다. 그들에게 굴복당하지 않았음을 증명해 보이기라도 하듯 말이다. 당연히 성적 또한 단 한 번도 내려가지 않았다. 3년 내내 반 1등을 내어준 적이 없었다. 억울해서라도 가치 없는 것에 나의 에너지를 낭비하지 않으려고 부단히도 애썼다. 나를 세상 그 무엇보다도 소중히 다루어 주었던 엄마, 아빠 덕분에 나 자신을 함부로 대할 수 없었던 것이다. 하지만 내 노력과 상관없이 악을 쓰고 버텼던지라 시간이 지날수록 살은 미친듯이 빠져나갔다.

　적나라하게 감정을 드러내는 것은 삶을 살아가는 데에 큰 도움이 되지 않았고 문제를 해결하는 데 방해만 될 뿐이라는 사실을 뼈저리게 깨달았다. 그래서 감정에 매몰되기보다 무미건조해지기를 자처했다. 그럴수록 정신은 피폐해질 대로 피폐해졌다. 마침 정신과 의사 선생님의 추천으로 시작한 미술치료가 감사하게도 나에게 효과가 좋았다. 그 시절 나의 아픔을 아무도 알아차리지 못했으면 했다. 나로 인해 사랑하는 엄마, 아빠가 다치지 않았으면 했다. 아무도 모르게 버거운 이 마음의 짐을 풀어낼 곳이 필요했는데 그것이 그림이었다. 나만의 언어로 풀어낼 수 있는 방법이 유일하게 그림이었던 것이다. 그림을 그릴 때만 오롯한 나를 드러낼 수 있었다. 나를 조금씩 툭툭 꺼내 놓을 때마다 긍정의 에너지가 마음속에서 다시금 피어올랐다. 그렇게 나는 그림과 짝사랑에 빠지게 되었다. 그 이후로 누구보다 삶의 재미를 갈망하게 되었지만 나는 여전히 나를 나약한 존재로 인식하는 것이 죽기만큼 싫었다. 그때부터 덜 의존적이고 더 독립적인 사람인 척 굴었다. 더 이상 엄마, 아빠의 피눈물을 흘리지 않겠다고 다짐하고 또 다짐했으니까.

하지만 나는 그때처럼 또 다시 허우적거리고 있었다. 지금 내가 할수 있는 일이라고는 베갯잇이 더 젖어 들기 전에 어서 빨리 잠에 드는 것밖에 없었다. 아팠던 그 기억이 어서 물러가기만을 바랄 뿐이었다.

Ÿ Ÿ Ÿ

지우와 버스를 타고 20분 정도 거리에 있는 한인 마트에 다녀왔다. 며칠 내내 인스턴트 음식만 먹으니 질릴 대로 질린 나머지 종종 요리해서 먹기로 합의했기 때문이었다. 덕분에 할 수 있는 메뉴들이 늘어났다.

간장, 고추장뿐만 아니라 떡볶이 같은 즉석요리 키트들도 담았다. 한인 마트에는 한국 대형 마트에서조차 찾기 힘든 과자나 라면까지 판매되었다. 더 이상 보이지 않아 단종되었다고 생각했던 제품들까지 진열되어 있었다. 각종 조미료는 한인 마트에서 구입했지만 야채와 과일을 살 때는 집 근처에 있는 '홀 푸드 마켓(Whole food market)'으로 향했다. 특히 산지와 직거래되어 훨씬 신선하면서도 저렴했기에 걸어서 20분이면 도착하는 '홀 푸드 마켓'을 한인 마트보다 더 자주 애용했다.

가득 찬 장바구니를 식탁 위에 하나씩 올려놓으며 지우가 말했다.
"도희 언니랑 수현이 곧 도착할 시간이야. 일단 냉장고에 다 때려 넣고 나중에 정리하자." 지우는 들뜬 목소리로 말했다. 오늘은 도희 언니와 수현이가 샌프란시스코로 넘어가 여기저기를 구경시켜 주기로 한 날이었다.

"몸이 갑자기 안 좋아져서 집에서 쉬어야 할 것 같아. 넌 얼른 들어가서 준비해."

"아파? 아픈 너 두고 나 혼자 어떻게 가?" 지우는 냉장고에 식재료를 넣다 말고 내 쪽으로 몸을 돌리더니 일그러진 표정을 지어 보였다.

"아픈 건 아니고, 컨디션이 안 좋아서 그래. 이건 내가 마저 정리할게." 나는 애써 웃으며 지우가 들고 있던 김치가 담긴 비닐 팩을 뺏어 들어 냉장고에 마저 넣었다.

"너 혼자 두고 가도 괜찮아?"

"괜찮고 말고!"

집에 혼자 있지 못하게 하려는 도희 언니와 수현이, 지우의 만류에도 나는 그들을 내보내고 현관문을 걸어 잠갔다. 나 홀로 이리도 지독하게 지지리 온갖 궁상을 다 떨고 있을 줄 누가 알았겠냐마는 그 이후로 그에게서 단 한 번의 연락이 없었다. 그럴 것이라고 예상은 했지만 그는 아무렇지 않게 잘만 먹고 잘 지낼 것이라는 생각에 화가 치밀었다. 이렇게 아프고 힘든 건 오로지 나만의 몫인 것 같아 그가 너무 미웠다. 그와 나누었던 사랑이 나 혼자만의 착각이었을까? 그가 했던 말들 중 진실이 있기는 한 것일까?

온 세상 그로만 가득 차 있으니 일상생활이 버겁기까지 했다. 나는 깊은 물속에 푹 잠겨 있는 중이었다. 이대로 영원히 잠겨 있을 수도 있겠다는 생각마저 들었다. 나의 모든 것이 잠식되게 내버려 두고 싶지 않았지만 잘되지 않았다. 나는 욕실로 들어가 욕조에 뜨거운 물을 틀었다. 몸을 담그고 있으면 기분이 지금보다 한결 나아지길 바라며 눈을 지그시 감았다.

사실 나는 그를 충분히 그리워하며 떠올리고 싶었다. 그것조차 하지 않는다면 정말이지 내 인생에 등장조차 하지 않았던 사람이 되어 버릴까 봐 무섭기까지 했다. 하지만 그럴 수가 없었다. 그를 떠올릴수록 걷잡을 수 없이 잠식되어 버렸다. 그의 흔적을 하나씩 지우는 일이 생살이 뜯겨 나가는 것처럼 고통스럽지만 그럼에도 나는 그를 내 머릿속에서 밀쳐 내야만 한다.

욕조에 몸을 담근 지 한두 시간이 지난 것 같았다. 손가락 지문이 퉁퉁 불었다. 기분은 여전히 그대로였다. 생각이 변하지 않았는데 반신욕을 한다고 크게 달라질 일이 없었다. 나는 물 밖으로 나와 긴 수건으로 몸을 대충 닦고 방으로 들어가 붙박이장 안에 걸려 있는 운동복을 찾았다. 처음 이곳에 6시간씩 버스를 타고 온 것처럼 몸을 혹사시킨다면 그의 생각을 조금이라도 떨칠 수 있지 않을까? 나는 옷을 주섬주섬 챙겨 입고 집 바로 옆 축구장으로 나갔다. 축구장에는 단 한 명도 없었다. 오후 5시. 애매한 시간이었다. 차라리 아무도 없는 것이 더 좋았다. 축구장 너머 기찻길이 보였다. 그 앞에 설치된 울타리 사이로 해가 뉘엿뉘엿 지고 있었다. 곧 있으면 해가 사라질 것이다. 머리 위에 있었던 해는 이제 내 눈과 정면으로 마주할 수 있을 만큼 내려와 앉아 있었다. 해가 나의 눈높이를 맞추며 말을 거는 것 같았다.

'머리가 아닌 가슴으로 하는 첫사랑이라 무방비로 당하게 되지. 그래서 첫사랑은 아픈 법이야.'

"이렇게 아픈 게 사랑이라면 다시는 가슴으로 하는 사랑은 하지 않을 거야."

아무도 듣지 않을 말이지만 나는 해를 노려보며 읊조렸다. 잠식되어 있는 내 모습이 정말이지 마음에 들지 않았다. 나는 이 축구장에서 그를 완벽하게 지우고 돌아갈 것이다. 축구장을 둘러싸고 있는 트랙을 숨이 터지도록 돌고 돌았다. 폐가 부풀어 올라 숨이 넘어갈 것만 같았다. 내 안에 각인된 그의 흔적을 모두 토해 내듯 뜨거운 숨을 일부러 더 거칠게 토해 냈다. 이마에서 떨어지는 땀을 손등으로 거칠게 닦아 내며 육체를 혹사시킨 만큼 정신의 아픔쯤은 무디어져 가기를 바랐다. 시간이 꽤 흘렀는지 이미 사방은 어두울 때로 어두워져 있었다. 그때 마침 주머니에 들어 있던 휴대폰이 울렸다. 지우였다. 나는 순간 현기증 때문에 휘청거리는 몸을 축구 골대에 기대어 서며 휴대폰을 꺼내 들었다.

"여보세요."

"어디야? 우리 집 앞인데 문이 잠겨 있어서. 집 아니야?"

"아, 나 금방 갈게. 집 앞 축구장이야."

두 계단씩 성큼성큼 올라가고 싶은 마음이 굴뚝 같았지만 욕실에서, 축구장에서 온 진을 다 뺀 바람에 지칠 대로 지쳐 있었다.

"더 놀다 오지 그랬어?" 나는 호주머니 지퍼를 열었다. 혹시나 뛰면서 열쇠가 빠지는 대참사를 막기 위해 잠가 놓았었다.

"아니…. 지현아, 그런데 너 괜찮아?" 지우가 토끼 눈으로 걱정 가득한 목소리로 물었다. 아마 내 몰골이 만신창이가 되어 있었나 보다. 나는 어떠한 대꾸도 하지 못한 채 그녀 뒤에서 문을 딸깍 여는데 지우가 떨리는 목소리로 덧붙였다.

"힘들면 울어도 되고, 그 새끼 실컷 욕해도 돼. 아무렇지 않은 척할 필요 없어. 여태까지 내가 모른 척하고 넘어가는 게 나은 건 줄 알았는데 아닌 것 같아. 그러다 병 나겠어."

지우의 마지막 말에 나는 문고리를 부여잡으며 그대로 주저앉아 버렸고 지우는 그런 나를 감싸 안아 주었다. 뒤에 있던 도희 언니와 수현이 눈에는 물음표 백만 개가 달리는 눈으로 우리를 내려다보고 있었다.

지우가 부엌 선반을 뒤지더니 루이보스 티백 몇 개를 꺼내 커피포트에 물을 올렸다.

모든 이야기를 들은 도희 언니와 수현이는 화를 내며 씩씩거렸다. 그녀들의 입에서 육두문자가 여러 번 왔다 갔다 했다.

"제가 그를 많이 좋아해서 그런 거예요." 나는 훌쩍거리며 답했다.

"언니, 지현이는 그 사람 욕하는 거 별로 안 좋아해요. 그가 거짓말을 했을 때는 자신에게도 어느 정도의 책임이 있다고 생각하더라고요. 손바닥도 마주쳐야 소리가 나는 법이라, 한쪽만의 잘못은 없다고 생각하는 애라서요." 지우는 목덜미를 손가락으로 긁적였다.

"그런 게 어딨어? 그런 마음으로 이 험한 세상 어떻게 살아가려고? 그리고 너희 둘 갑자기 왜 또 말 높여? 말 놓으라니까." 도희 언니는 우리 둘이 답답했는지 두 손가락으로 관자놀이를 연신 문질렀다.

"이 언니야, 지금 말을 높이고 낮추고 그게 문제냐? 뭐가 중요한지 모른다니까 정말." 수현이는 마지막으로 혀까지 끌끌 찼다.

"아니, 나는 네가 이렇게 막대해 주는 게 왜 이렇게 신선하지?"

"집에서 한 번도 못 겪어 본 거라 그래? 공주님?"

'공주님'이라는 소리에 지우와 나는 휘둥그레진 눈으로 잠깐 동안 서로를 쳐다보았다.

"이 언니 집이 겁나 부자야. 그래서 언니네 스튜디오에 방 하나를 내줘서 내가 살고 있는 거잖아. 어쨌든 친구든, 부리는 사람이든 언니한테 가식적인 사람들만 한가득이었는지 막말 듣는 거 되게 좋아해. 진심으로 말이야."

"부자는 무슨 부자야. 누가 그래?" 도희 언니는 손사래를 쳤다.

"본인만 모르지. 다들 그렇게 말하던데." 수현이는 턱을 치켜 들며 대꾸했다.

"네가 지금 뭐가 중요한지 모르는 거지? 내 이야기는 그만해." 도희 언니의 말에 수현이는 헛기침을 두어 번 했다.

"지현아, 청승 그만 떨고. 다다음 주에 내 스튜디오에서 파티를 할 거야. 꼭 놀러 와. 거기서 사람들도 사귀고 기분 전환하다 보면 다 잊혀져. 10년 뒤에 오늘을 다시 떠올린다고 생각해 봐. 정말 별일 아닐 것 같지 않아?"

"언니! 주만 오빠 이번 파티에는 와?" 수현이는 도희 언니 쪽으로 몸을 한껏 기울이며 불쑥 물었다. 작은 눈을 땡그랗게 뜨려고 온 힘을 주는 바람에 이마에 주름이 잔뜩 잡혀 있었다.

"이번에는 주만 오빠 온다고 했으니까 눈에 힘 풀어. 이마에 주름 잡혀! 그리고 주만 오빠는 모든 사람한테 친절해. 착각하지 마. 나중에 상처받고 씩씩거리지나 말고!" 도희 언니는 팔짱을 바꿔 끼었다.

"상처를 받든 말든 그건 내 마음이야. 그리고 속단하지 마!" 수현이는 절대 굴하지 않았다.

마침 물이 다 끓었는지 '딸깍'하고 전기포트 스위치가 제자리로 올라왔다. 지우가 루이보스 티백이 담겨 있는 머그컵에 뜨거운 물을 부었다.

"아, 맞다. 너 기라델리 샵 가서 지현이 줄 거라고 초콜릿 왕창 사 왔잖아. 얼른 줘. 지현이 한 끼도 안 먹었나 봐. 곧 극락 갈 얼굴이야." 수현이는 지우에게 말해 놓고 본인이 직접 지우 가방을 뒤져 초콜릿을 식탁 위에 올려 놓았다.

"와, 얘는 목소리랑 쓰는 단어랑 매칭이 안 되지 않냐? 친구한테 극락 갈 얼굴이라니!" 도희 언니는 다시 팔짱을 바꿔 끼며 머리를 절레절레 흔들었다.

"그럼 나락 갈 얼굴이라 그러냐? 그래도 예쁘니까 극락 갈 얼굴이라고 말한 거 아니야?"

"너랑은 말을 말아야 돼. 어쨌든 지현아 파티에 꼭 와. 사랑은 또 다른 사랑으로 잊혀지는 법이다. 알지?"

"그래. 우리 가 보자." 지우가 티백이 담긴 머그컵을 내게 내밀었다.

"저 다시는 사랑 같은 거 안 할 거예요…. 아니, 안 하려고." 근래에 좀 힘들었다고 소심해진 걸까? 말까지 더듬거리다니.

"그 전에 샌프란시스코 여기저기 놀러 다니자. 금문교도 보고 기라 델리 샵도 갔다 오자. 또 소살리토? 언니가 아까 말한 데가 소살리토이지? 다음에 소살리토도 가기로 했거든. 거기도 갔다 오자. 그렇게 기분 전환하면 괜찮아질 거야." 축 늘어진 나를 세상에 건져 올리기 위해 지우가 무진장 애를 쓰고 있다는 것이 느껴졌다.

"유니언 스퀘어도 가자. 거기에 매장이 많거든. 기분 전환에 쇼핑이 빠지면 섭섭하지." 수현이가 신난 목소리로 거들었다.

"그래, 그러자. 깊고 짙은 구렁텅이에 빠졌더라도 그까짓 것 헤쳐 나오면 되는 거지?" 쥐어 짜내는 목소리였지만 용기 내어 말했다.

"맞아. 이렇게 혼자 있으면 더 빠져들어. 오늘도 나갔어야 했어." 도희 언니가 초콜릿 하나를 집어 포장지를 까 주었다.

나는 스스로 골방에 처박혀 있기를 자처했다. 혼자 있는다고 해서 나아질 일은 아니었다. 초콜릿을 입에 넣었다. 당이 들어가니 기분이 한결 나았다. 아니, 나를 진정으로 걱정해 주는 사람들과 함께하니 견딜 만했다.

"그리고 굳이 잊으려고 노력하지 마. 어차피 자연스럽게 잊혀져. 한꺼번에 다 비워 내려고 욕심부리다가 오히려 과부하 걸려." 도희 언니 말이 맞았다. 그를 지우려고 할수록 역설적이게도 그리움이 더 짙어져만 갔다. 차라리 마음껏 그리워하고 순간순간마다 그를 찾아내는 편이 더 나을지도 모르겠다는 생각이 들었다. 사실 처음부터 그를 내 머릿속에서 지우는 건 불가능했는지도 모르겠다. 아니, 애초에 그를 비우는 건 이 세상일이 아닐지도 모른다. 그를 한꺼번에 비워 내겠다는 욕심을 버리니 조급했던 마음이 조금은 가라앉았다. 나는 자리에서 벌떡 일어나 냉장고 문을 열었다.

"떡볶이 먹을 사람? 한 끼도 안 먹었더니 이제야 배가 고프기 시작하네?"

"웬 떡볶이?" 수현이가 물었다.

"전자레인지만 돌리면 되더라고. 오늘 마트 갔다 왔거든." 지우가 대신 답해 주었다.

"뭐라도 먹자. 얼른 떡볶이 전자레인지에 돌려!" 도희 언니가 호탕하게 웃었다.

"이 언니는 아까 혼자서 피자 한 판 다 먹었는데 왜 이래?" 수현이가 벌떡 일어나 떡볶이 봉지를 뜯었다.

"아오, 너는 이 무드를 맞출 줄 몰라." 저렇게 말해도 도희 언니는 수현이의 거친 입담이 싫지만은 않은 얼굴이었다. 아니, 오히려 좋아하는 것 같았다.

[6월]

　나는 수현이와 지우를 따라 금문교 앞에서 덜덜 떨며 브이 포즈를 취하고 있었다. 수현이는 연신 카메라 셔터를 누르며 계속해서 다른 포즈를 요구했지만 색다른 포즈가 나올 리가 없었다. 바람이 너무 강해 머리카락으로 여러 번 싸대기를 얻어 맞은 뒤라 정신이 아찔할 뿐이었다.

　"수현아, 이제 너 찍어 줄게." 지우가 수현이를 향해 말했다.

　"아니야. 나는 여기 살잖아. 이미 너무 많이 찍었어. 너희 다른 포즈 잡아 봐." 카메라를 배꼽 쪽으로 한껏 기울여 가며 사진에 열정이었다.

　금문교는 상당히 높았는데 그 때문인지 바람도 상당했다. 살을 에는 듯한 차가운 바람이 휘몰아쳤다. 거기다 안개가 너무 짙어 온 세상을 하얀 구름으로 뒤덮어 놓은 듯해서 마치 구름 위에 떠 있는 건 아닌가 하는 착각마저 들게 했다. 샌프란시스코에 머무는 동안 흐린 날이 많았다. 흐릴지라도 바로 비로 이어지는 경우는 잘 없었다. 문제는 오늘처럼 잔뜩 흐린 날은 겨울을 방불케 할 만큼 춥다는 것이다. 나는 후드 집업을 끝까지 끌어올리면서 말했다.

"우리 정말 소살리토까지 걸어서 넘어갈 거야?" 금문교를 건너 가면 소살리토 마을이었다.

"오늘 같은 날씨는 무리일 것 같아." 지우도 나와 같은 생각이었다.

"그러자. 소살리토는 날 좋은 때 가자. 그래야 풍경이 기가 막히거든." 수현이도 방금 강바람에 싸대기를 얻어맞았는지 휘청거렸다.

"그나저나 도희 언니는 오늘 뭐해?" 지우가 시린 바람 탓에 흘러내린 눈물을 닦으며 물었다.

"파티 준비해야 된다네?" 나풀거리는 검은 긴 생머리를 부여 잡으며 수현이가 답했다.

"샌프란시스코에서 하는 파티는 어떤 파티일지 궁금하다." 지우의 들뜬 목소리가 흘러나왔다.

"우리 유니언 스퀘어로 바로 넘어가자! 쇼핑 좀 해야겠어. 그날 어떤 옷을 입으면 좋을까? 색다른 변화를 주고 싶은데." 수현이는 갑자기 떠올랐는지 데시벨 조절을 못 해 상당히 큰 소리로 내질러 버렸다. 덕분에 주변 사람들이 우리를 쳐다보고 있었다.

"나는 후드 집업 입을래." 내가 말했다. 아칸소에 있었던 파티에서는 바로 잠자리에 들어도 이상하지 않을 차림으로 나타나는 사람들도 꽤 있었기 때문이었다. 방학 중에 여는 파티이니 단출하게 영화나 보고 스낵이나 먹으며 시간을 때우다 올 성싶었다. 그리고 무기력의 여파가 큰지 무엇에도 의욕이 잘 생기지 않았다. 심지어 모든 일에 회의감마저 들었다.

"뭐라는 거야? 여기는 도시야. 시골 학교에서 하는 파티와 차원이 다르다고." 수현이는 정색했다.

"정색할 것까지야?"

"오, 받아칠 줄도 알고. 많이 컸어." 수현이는 내가 신기한 듯 쳐다보았다. 나는 살짝 웃어 보이며 목 사이에 틈이 생기지 않도록 후드티 끈을 더 댕겨 묶었다. 바람이 절대 파고들지 않게 말이다.

"쇼핑이든 뭐든 얼른 여기를 벗어나자. 춥다!"

아까 잔뜩 성이 난 날씨와 다르게 시청 주변은 해가 보였다. 추운 것은 매한가지였지만 휘몰아치는 바람은 덜했다. 유니언 스퀘어 앞에는 많은 사람들로 붐볐다. 언덕 위로 올라가는 트램이 시선을 끌었는데 영화 속에서 등장할 법한 아담하고 예쁜 트램이었다. 밖에는 발판이 마련되어 있어 서서 갈 수도 있었다. 오르막길이 많아 매달려 가는 것이 무서울 것도 같았지만 한편으로는 실내 좌석에서 앉아서 간다면 서 있는 사람들의 궁둥이밖에 보이지 않을 것 같았다. 탑승 대기 줄은 고사하고 티켓을 구매하는 줄조차 상당히 길었다. 트램을 타려면 꽤나 오래 기다려야 했다. 다음으로 미루어야 했지만 매달려 올라가는 사람들의 익살스러운 표정을 구경하는 것만으로도 눈이 즐거웠다. 조금씩 눈앞에 보이는 것에서 재미를 찾아가고 있는 것일까?

수현의 옷차림은 오늘도 노출이 굉장했다. 우리와 같은 시기에 교환학생으로 왔다면 끽해야 6개월인데 이미 현지인이었다. 그녀의 드레스코드는 항상 화이트였기에 어느 매장에 들어가도 하얀색에만 관심을 보였다. 지우와 나도 수현이를 따라 여러 매장을 둘러보았지만 딱히 마음에 드는 것을 발견하지 못했다.

"우리 뭐라도 먹고 쇼핑하는 거 어때?" 지우가 지친 얼굴로 물었다.

"그러자. 추워서 뭐라도 먹어야겠어. 빈속이라 더 추운 것 같기도 해." 수현이는 양팔을 비비며 대답했다.

"다시 카디건 업어. 나처럼 꽁꽁 싸매야지." 나의 빅 사이즈 후드티를 가리켰다.

"이건 나의 패션이야. 다른 어떤 걸로도 덮을 수 없어. 그리고 지나가는 사람들 봐 봐. 다들 반팔 입고 잘만 다니잖아." 수현이는 추위에 굴복하고 싶지 않은 듯했다.

"아까 금문교에서는 카디건 입고 있었잖아." 지우는 어이가 없는지 고개를 절레절레 흔들어 댔다. 나는 걱정이 되어 그녀의 닭살 돋은 양팔을 같이 비벼 주었다.

"야아~. 이런 호의는 고맙지만 여기서 이러면 동성애자로 오해받아." 수현이는 소스라치게 놀라며 한 발짝 뒤로 물러섰다.

"미국에서는 그냥 친구 사이끼리도 팔짱 끼면 오해한다며?" 지우가 맞장구쳤다.

"친구끼리라도 팔짱 끼는 건 절대 금지! 그나저나 치즈케이크팩토리에서 먹는 건 어때? 식사에서 디저트까지 한 번에 다 해결할 수 있거든. 아무리 생각해도 거기 만한 곳이 없겠어!" 수현이는 갑자기 들뜬 목소리로 말했다. 들뜬 모습에서 지우의 얼굴이 보였다. 아마 오래된 친구이니 그 세월만큼 당연히 닮아 있을지도 모르겠다.

"치즈케이크팩토리라고 해서 치즈케이크만 파는 줄 알았는데…. 끼니 하나 때우자고 고른 곳 치고는 꽤나 고급스럽지 않아?" 지우는 내게 귓속말하듯 말했지만 그 안에 있던 사람들이 모두 다 들리고도 남을 크기였다.

"내 취향 알잖아." 옆에서 듣고 있던 수현이가 대신 대답했다.

종업원이 안내해 준 자리에 앉으며 메뉴판을 받아 들었다. 메뉴판 정독이 끝난 지우와 나는 수현이가 주문하기를 잠자코 기다리며 그녀가 얼마나 완벽한 음식을 주문했는지 재잘거리는 것을 들어 주었다. 그녀의 어깨에서도 자신감이 뿜어져 나오는 것 같았다.

"지우는 페이스북 자주 업데이트 하는데 지현이는 왜 안 해?" 수현이가 불쑥 나를 향해 물었다.

"사진 업로드하는 거? 딱히 보는 사람도 없고, 잘 살고 있지도 않은데 굳이 잘 지내는 척하고 싶지 않아서." 냅킨을 펴 무릎에 올려 놓았다.

"네 말대로 팔로워도 몇 명 없는데 잘 살고 있는 척한다 해서 누가 신경 써? 그리고 프로필 사진이 너무 오래됐잖아. 여름이면 여름에 맞춰서 옷을 바꿔 입혀 줘야지. 아직도 겨울옷을 입고 있으면 어떡하니?" 수현이는 정말 이해가 되지 않는다는 표정으로 쳐다보았다.

"프로필이 우리 아바타야? 분신이라도 돼? 왜 계절에 맞춰 옷을 바꿔 입혀 줘야 돼?" 옆에 듣고만 있던 지우가 약간은 못마땅한 얼굴로 물었다. 사진을 자주 업로드하는 지우도 수현이의 말에 이해가 되지 않는 것은 나와 똑같은 모양이었다.

"프로필이 나를 대표하고 있잖아. 그러니까 현실은 슬프고 우울해도 애는 웃어야 하고, 멋져 보여야 하고, 부자처럼 보여야 돼." 수현이는 단호했다.

"왠지 인형 놀이 같아. 현실과 다른 나를 만들고 있는 기분이랄까?" 나는 앞에 있는 물컵에 물을 따르며 말했다.

"어쨌든 사진 바꿔 주면 안 돼? 내가 오늘 사진도 많이 찍어 줬잖아?" 수현이는 나를 다시 빤히 쳐다보았다.

"어쩐지 열심히 찍어 주는 것 같더라? 어떤 사진으로 바꾸길 원하는데?" 나는 휴대폰 사진첩을 열어 그녀에게 보여 주며 물었다. 점심시간이라 식당은 빈자리 없이 사람들로 가득했다. 주문한 음식이 언제 나올지 가늠조차 되지 않았다.

"유니언 스퀘어의 랜드마크인 하트 앞에서 찍은 건 어때? 사진만 봐도 샌프란시스코인 게 티가 팍팍 나잖아." 식당이 있는 건물 맞은편에는 유니언 스퀘어였다. 식당에 올라오기 전 하트 랜드마크에서 지우와 차례대로 인증샷을 찍은 뒤였다. 그녀는 금문교에서 찍은 사진을 확대해서 보더니 말을 이었다.

"금문교에서 찍은 사진은 머리카락이 얼굴을 죄다 가려 버렸어. 거기에서 제일 공을 많이 들였는데 말이지."

"그럼 이걸로 할게." 나는 어느 길거리에서 찍은 사진을 골라 가리켰다.

"엥? 이 사진으로 샌프란시스코에 와 있는지 누가 알아차릴 수 있어? 중요한 건 꼭 티가 나야 돼. 티 내지 않으면 아무도 몰라. 무조건 알려야지." 수현이는 눈에 힘을 주며 다시 한번 더 강조했다.

"자연스럽게 알아봐 주는 게 좋던데." 나는 기어가는 목소리로 답했다. 그녀의 말이 맞을지도 모른다는 생각 때문이었다. 상황에 따라서는 티를 내야 했다. 알리지 않으면 어떤 것도 알려고 하지 않는 세상이지만 티를 내는 일이 천성적으로 잘 맞지 않았다. 그리고 알아준다 해서 딱히 바뀌는 것도 크게 없었다.

"그런 건 없어." 수현이는 다시 한번 더 단호하게 말했다.

"그래서 수현이는 내가 칭찬해 주기도 전에 알아 달라고 생색을 너무 내서 입을 닫아 버리게 만들지." 지우가 개구쟁이처럼 익살스럽게 웃어 보였다.

"됐어. 네가 너무 늦게 말해서 내가 생색내는 거잖아."

수현이의 말이 끝나자마자 주문한 음식들이 하나둘씩 나왔다. 생각보다 회전율이 좋은 레스토랑이었다. 스테이크와 치폴레, 파스타, 볶음밥이 곁들어진 새우구이였다. 수현이는 메뉴가 겹치지 않게 골고루 주문을 해 주었다.

"와우 맛있어!" 지우는 새우를 찍은 포크를 얼른 입으로 가져갔다.

"아니, 내가 주문을…." 수현이의 말을 자르고 내가 가로챘다.

"수현이가 겹치지 않게 기가 막히게 주문을 해 주었네?" 나의 말이 끝남과 동시에 지우와 수현이는 깔깔 웃어 댔다. 나도 그냥 따라 웃었다. 이렇게 웃는 것이 낯설게 느껴질 만큼 정말 오랜만이라는 생각이 들었다. 나의 부자연스러운 웃음이 남들이 보기에 굉장히 어색하게 들렸을지도 모르지만 크게 웃어 보았다.

"윤지우! 이런 건 지현이 본받아야 돼! 방금 말해 준 건데도 너는 그냥 먹기만 하고!"

"맛있다는 말이 칭찬인 걸 왜 못 알아먹어?" 지우가 포크로 파스타 면을 돌돌 말았다.

"아유, 내가 너한테 뭘 바라냐? 그나저나 지현아, 얼른 프로필 바꿔!" 약간은 씩씩거리는 말투였다. 저번에 도희 언니가 말한 '씩씩거리지나 말고.'라는 음성이 귓속에 빠르게 지나갔다.

"아유, 강수현 진짜 집요해! 지현아, 얼른 바꿔. 쟤 바꿀 때까지 계속 저럴 거야. 진짜 집착의 끝판왕이거든." 지우는 고개를 좌우로 흔들었다.

"남의 프로필까지 집착하는 거야?" 내가 물었다.

"수현이가 집착하는 분야는 아주 다양해. 상상을 초월하지. 별것도 아닌 것에 꽂혀서 아주 지랄 발광하는 편이거든. 우리 이제 앞으로 함께 보게 되겠구나?" 지우는 체념한 듯한 얼굴이었다.

"넌 조용히 해. 그리고 친구야, 우리는 이제 남이 아니잖아. 친구잖아?" 수현이의 작은 눈이 이글거렸다.

나는 포크를 내려놓고 하트 앞에서 찍은 사진 중 하나를 골라 프로필 사진으로 업데이트했다. 눈은 반쯤 감고 있지만 그나마 제일 웃고 있는 사진이었다. 수현이 말대로 프로필만큼은 웃는 얼굴이었으면 했다.

"바꿨으니 이제 그만 말해. 하루 종일 시달리고 싶지는 않으니까." 수현이를 따라 나도 단호하게 받아쳤다.

"어디 보자." 지우와 수현이는 내 폰을 가로채더니 또 다시 깔깔 웃기 시작했다.

"너는 사진을 골라도 눈 감은 사진을 고르냐? 진짜 이해할 수가 없어."

"다 감지는 않았어. 반은 떴잖아. 그리고 이 사진이 제일 웃고 있는 얼굴이니까."

Ÿ Ÿ Ÿ

어떤 날은 침대에 마냥 늘어져 있기도 하고, 또 어떤 날은 몇 시간씩 걸리는 요리를 해 보기도 했다가 이 모든 것이 지겨울 때쯤이면 직접 발굴한 맛집에 찾아가 기분 전환도 했다. 또 주말마다 열리는 동네 플리마켓에 들러 하루를 활기차게 시작하기도 했다. 그중에서 오후 네 시쯤 아파트 앞 공원에서 산책하는 일은 하루 일과 중 가장 중요한 일과로 자리 잡았다. 생활이 참 단순했다. 하지만 단순한 덕분에 기승전결, 모든 결말이 그에게 머물러 있었다. 처음 이곳에 왔을 때는 숨조차 제대로 쉴 수가 없었다. 그때와 비교한다면 지금은 숨은 쉬고 있지만 마음은 여전히 공허했다. 시간이 아주 많이 흐르면 단 한 번도 상처받지 않았던 것처럼 누군가를 다시 사랑할 수 있을까? 아니, 사람을 다시 믿을 수 있을까? 당분간은 누군가를 사랑할 일도, 사랑받을 일도 없을 것이다. 고작 몇 개월 만에 그 아이를 이토록 많이 좋아했다는 사실이 놀라울 뿐이다. 왜 그리도 많이 좋아했을까? 이쯤 되니 내 머릿속은 그 해답을 찾기 위한 분석에 들어갔다.

나는 누군가로부터 받은 다급한 고백, 나를 전혀 고려해 주지 않은 이기적인 행동들, 내 마음의 크기와 상관없이 들입다 붓기만 하는 일 방적인 사랑 등 내가 원치 않은 것들을 상대하며 살아왔다. 고백한 마음을 알아주지 못하면 결국 내게 돌아오는 것은 증오와 분노뿐이었다. 어장 관리를 한다는 등, 남자관계가 좋지 않다는 등, 사람을 이용한다는 등 나를 따라다니는 소문이 무성했다. 그저 나를 아프게 하는 소문들이 잠잠해지기만을 조용히 기다렸다. 진실은 꼭 밝혀질 것이라 믿으며 침묵했지만 소문은 몇 곱절은 더 커져 나를 옭아매기만 할 뿐이었다. 나를 꽃뱀이라고 지칭하는 사람도 있었다. 결국 버티는 길을 택했다. 이 길이 오롯이 나를 지키는 일이라 믿으며 말이다. 버틴다 말하면 주변 사람들은 나를 불쌍히 여길지도 모르겠지만 내가 할 수 있는 최선이었다. 그 어떤 부당함과 경멸감을 직시하면서도 나 자신을 지켜 내야 하는 일이었기에 나의 몸과 마음은 참 많이 상해 있었다. 그 모든 것들을 상대하느라 피폐해진 나는 결국 잠식되어 버렸고, 사람에 대한 병적인 의심으로 이어져 정신과에서 처방해 준 약에 의지하기도 했었다. 그럴 때마다 나를 전혀 모르는 곳에서 새롭게 다시 시작하고 싶었다. 아무것도 없는 하얀 도화지에 내가 원하는 것으로만 가득 채워 넣고 싶었다. 새로 채워 나가던 도화지에 내가 원치 않은 얼룩이 묻을 때면 도망칠 궁리부터 했지만 그럼에도 나는 오롯이 버텼다.

투야는 본인의 마음을 내게 강요한 적이 단 한 번도 없었다. 그는 분명히 달랐다. 내가 걷는 속도에 발을 맞춰 줄 줄 아는 사람이었다. 그의 방식이 아닌, 나의 방식으로 살펴주는 그였다. 그와 나는 분명 같은 우주를 공유하고 있다 생각했는데 그 믿음을 부정당하게 되니 마음이 더 힘든 것이다. 투야는 내 모든 걸 내어 주어도 좋겠다고 마음먹을 만큼 좋아한 사람이었다. 그래서 마음이 몇 곱절은 더 아픈 것인지도 모르겠다.

나를 잘 모르는 사람들이 괴롭히는 것은 그나마 견딜 만했다고 표현해야 될까? 그 시절 참 많이 힘들었지만 그들이 나를 미워하는 마음에 크게 동요하지 않으려고 했다. 그래서 전학 가지 않고 버틸 수 있었다. 그런데 이번에는 다른 선택을 하고 싶다는 생각이 머릿속을 지배했다. 이제 더이상 몸이 다 으스러질 만큼 버티고 싶지 않았다.

어쩌면 나는 정착이라는 온전한 사랑은 영원히 기대할 수 없는 사람으로 태어난 것인지도 모르겠다. 평생 도망만 다녀야 한다고 생각하니 서글퍼졌다. 지금도 어떤 이유에서든 떠나고 싶은 충동이 자꾸 일었지만 충동에 지배되지 않게 눈을 질끈 감아 버렸다.

"띠링." 유리 테이블에 올려 둔 휴대폰이 울렸다. 액정화면을 보니 기훈 오빠의 카톡이었다. 오랜만이었다. 한 달만의 연락이었다.

'샌프란시스코에서 여행 중인 거야? 잘 지내고 있어?'

며칠 전에 바꾼 프로필 사진을 본 듯했다.

'여행 중이라고 해야 하나? 당분간 여기서 정착할 생각이야.'

나는 바로 답장했다.

'오, 숙소는 구했어? 장기 렌트한 거야? 얼마나 있을 건데? 이제 좀 괜찮아진 거야?'

눈물, 콧물 범벅이었던 나의 마지막 모습이 그를 신경 쓰이게 만들었는지 질문이 한 아름이었다.

'걱정해 줘서 고마워. 장기 렌트했어. 남은 여름 방학은 여기서 보낼 듯싶어.'

'지우랑 둘이서 외롭지 않아? 그때 말한 거 기억나? 내 친구가 버클리 다니거든. 한 번 만나 봐. 그곳 생활에 대해 조언도 들을 수 있을 테니까.'

'외롭지는 않아. 지우 고등학교 친구도 버클리 교환 학생으로 있는 덕분에 마냥 집에만 틀어박혀 있지는 않거든. 나름 샌프란시스코를 열심히 만끽하고 있어.'

'그래? 내 친구도 만나 보지 그래? 활발한 친구라 사귀어 두면 언젠가는 쓰일 날이 있을 거야.'

'얻다 쓰이는데?'

나는 테이블에 위에 있는 M&M 초콜릿 한 봉지를 뜯었다.

'그건 모르지. 어쨌든 친구가 많을수록 쌓일 수 있는 경험도 많아지겠지?'

'알았어. 맞아! 경험이 중요하니까!'

집에만 박혀 있다가 아칸소로 돌아갈 수 없으니 말이다. 달달한 초콜릿 덕분에 괜히 힘이 났다.

기훈 오빠가 소개해 준 '성진'이라는 사람은 만나 보지 않아도 몇 번의 카톡만으로도 어떤 사람인지 파악이 되었다. 굉장히 외향적이고 활달한 성격인 사람임이 분명했다. 방학이라 퍽이나 무료했는지 그의 등쌀에 못 이겨 지우와 나는 빠른 시일 내에 그를 만나 보기로 했다.

도희 언니가 심혈을 기울인 파티가 오늘로 다가왔다. 지우와 나는 그녀의 스튜디오에 시간 맞춰 찾아가기로 했다. 상당히 높은 언덕 위에 있는 점을 감안해 한인 택시를 예약해 둔 상태였다. 긴 여름 방학 동안 따분하게 흘러가는 시간이 아까워서 간소하게 여는 파티라고 했다. 간소한 파티라 말했음에도 요 근래에는 준비 이외에 다른 어떤 것도 신경 쓸 겨를이 없어 보였던 도희 언니였다. 심지어 이번 주는 언니를 단 한 번도 보지 못했다.

　"같이 사니까 수현이도 정신없겠지?" 지우가 마스카라로 속눈썹을 올리다 말고 내게 물었다.

　"그러니까. 오늘이라도 일찍 가서 도와줘야 할 것 같은데 도희 언니가 한사코 거절하니 말이야." 나는 옷장을 뒤적거리며 답했다.

　"서프라이즈로 맞이하고 싶다고 하니 우리가 뭘 어쩌겠어." 지우 말이 맞았다. 우리가 당연히 놀랄 것이라고 예상하는 눈치이니 실상 놀랍지 않더라도 놀라는 척 연기라도 해야 할 성싶었다.

　"뭘 입으면 좋을까? 편하게 입고 싶은데, 그럼 수현이가 한 소리를 하겠지?" 나는 짧은 한숨을 내쉬었다.

　"예쁘게 하고 오라고 했으니까 그 원피스 입는 건 어때?" 지우가 화장을 하다가 말고 옷장에서 원피스 하나를 꺼내 들었다. 무릎 위까지 오는 미니 블랙 원피스였다.

　"그럼 이걸로 해야겠다." 라인이 들어가 있기는 하지만 과하지 않았고 더군다나 올 블랙이라 좋았다. 최대한 눈에 띄지 않은 무채색 옷들이 좋았다.

"저번 유니언 스퀘어에 나갔을 때 봤던 연핑크색 원피스도 예뻤는데, 네가 화려하다 했지만 전혀 그렇지 않았거든! 네 피부색이랑 정말 잘 어울렸단 말이야." 지우는 아쉬운 표정을 지어 보였다.

"안 사 오길 잘했다. 사 올 일도 없었겠지만 만약 사 왔더라면 오늘 너의 등쌀에 못 이겼을 게 분명해." 나는 살짝 미소 지어 보였다.

지우와 나는 아파트 건물 앞에서 한인택시가 오기를 기다렸다. 아무리 생각해도 힐이 좀 과한 것 같아 계속 신발을 내려다보았다.

"신발 갈아 신을 시간 없어. 저기 택시 들어온다." 지우는 택시를 향해 손을 뻗었다.

치마를 입고 힐을 신은 덕분에 택시에 올라 탈 때도 조심해야 했다. 지우가 손을 내밀었다. 우리는 넘어지지 않게 팔뚝을 부여잡으며 서로의 무게를 지탱해 주었다. 내게도 의지할 수 있는 친구가 생겼다는 사실에 순간 눈시울이 붉어졌다. 사실 그녀와 함께하는 소소한 일상 덕분에 도망가지 않고 버틸 수 있었다. 지우는 내가 무기력해질 때마다 손을 내밀어 주었다. 산책을 하루 일과 중 빼놓지 않은 이유도 무기력한 나 때문이었다. 그녀는 그저 함께 걸어 주었다. 무작정 일어서도록 다그치지 않은 그녀가 고마웠다.

Ÿ Ÿ Ÿ

언니의 스튜디오는 가히 환상적이었다. 들어서자마자 앞에 펼쳐진 통창이 눈에 확 들어왔다. 택시를 타고 올라오면서도 꽤나 높이 올라

간다고 생각했는데 이렇게나 황홀한 미국의 시티뷰가 발아래 펼쳐질 줄이야! 도시에서 뿜어내는 불빛들이 마치 별처럼 반짝거렸다. 지우와 나의 입이 떡 하니 벌어져 버렸다.

"내가 이걸 기대했거든." 도희 언니가 우리를 맞이해 주었다.

"언니 진짜 부자구나." 지우가 땡그란 토끼 눈으로 쳐다보았다.

"우리가 이날을 위해서 스튜디오에 초대하는 걸 미루었던 거지." 수현이는 본인 얼굴만큼 큰 링 귀걸이가 흔들거리자 부여잡으며 말했다. 우리를 발견하고는 어디선가 뛰어온 게 분명했다.

"지현이, 지우 오늘 너무 예쁘다. 우선 바(Bar)에 가면 샴페인도 있고 핑거푸드도 다양하게 있으니까 먹으면서 구경하고 있어. 나 잠깐만~."

도희 언니는 춤추듯이 인파 속으로 유유히 사라졌는데 파티 주최자답게 바빠 보였다. 오늘따라 언니의 여성스러운 자태가 배가 되었다. 걸음걸이조차도 저렇게 우아할 수 있다니! 나는 언니에게 머문 시선을 거두지 않고 말했다.

"도희 언니 탑 드레스 너무 잘 어울리지 않아? 여성스럽고 예쁘다."

"저 언니 중성적인 걸 좋아하지만 오늘 같은 날은 작정하는 거야. 본인에게 여성스러운 스타일이 제일 잘 어울린다는 걸 그 누구보다 잘 알아서 탈이지." 수현이는 말할 때마다 흔들리는 링 때문에 다시 한번 더 부여잡았다. 아까 뛰어와서 흔들리는 것이 아니었나 보다.

"작정한 거야? 언니는 전혀 과해 보이지 않아. 너의 아이라인은 오늘따라 너무 과한데 말이지." 지우가 감탄하듯 박수를 쳤다. 수현이의 아이라인은 평상시보다 3배는 더 두꺼웠다. 평상시에도 상당히 두껍다고 생각했는데 말이다.

"나의 스타일을 모독하지 말아라. 어쨌든 샴페인이나 마시러 가자! 저쪽에 먹을 것도 많아. 언니가 유명한 파티셰들한테 주문 제작한 음식들뿐이라 기가 막힐 정도로 예쁘고 정교해."

"맛있어?" 지우가 물었다. 우리 셋은 바(Bar) 쪽으로 걸어가며 대화를 이어 했다.

"말했지. 예쁘고 정교하다고. 다들 한입거리라서 뭐라고 평가해야 되지? 더 허기질 뿐이라고 해야 되나?"

"이럴 줄 알았으면 저녁 두둑이 먹고 오는 건데." 지우가 아쉬운 표정을 지었다.

"걱정 마. 그래서 이번에는 샌드위치도 준비해 봤어. 내가 언니한테 강력하게 주장했거든. 이 파티의 무드와 어울리지 않는다더니 그런데 봐 봐. 샌드위치가 제일 잘 팔렸네." 수현이는 만족스러운 미소를 지어 보였다.

"그런데 집에 그림이 엄청 많다? 나는 이 많은 그림들 때문에 여기가 집이 맞나 싶었어." 내가 주변을 두리번거리며 말했다.

"언니는 그림을 전공하고 싶어하지만 집에서는 가업을 잇길 바라지. 집안이 의약품 개발 관련 사업을 하거든. 그래서 취미로 그림도 그리고 이렇게 전시도 하고 그래. 안 팔리면 집에다 죄다 진열해 놓거든. 고로 집을 전시관으로 꾸미는 것에 집착하는 거지. 보다시피 겉보기에는 너무 예쁜데 살기에는 별로야. 저 통창으로 햇빛이 하루 종일 내리쬐고 있다고 생각해 봐. 선크림 바르면 뭐 해. 나 봐 봐. 여기 와서 얼굴

더 탔잖아."

"너 원래 까맸어." 지우가 핑거푸드 몇 개를 골라 먹으며 아무렇지 않게 말했지만 나는 마시고 있던 샴페인을 뿜을 뻔 했다. 수현이는 지우의 이런 모습이 익숙한 듯 타격감이 전혀 없어 보였지만 나는 샴페인을 삼키며 웃음을 참아야 했다.

"샌드위치는 어디서 납품 받고 그런 건 아닌가 보다?" 지우가 샌드위치를 베어 물며 물었다.

"저 언니가 할 마음이 없으니 나라도 직접 만드는 수밖에." 그녀는 팔짱을 풀며 앙증맞은 에끌레어 하나를 입으로 집어넣었다.

"어쩐지 다른 음식들과 달리 이 샌드위치에서는 싸구려 맛이 난다 했어."

"야아! 먹지 마." 수현이는 지우가 들고 있던 샌드위치를 낚아채려 했으나 지우가 더 빨랐다.

"먹던 걸 왜 가져 가려고 그래? 맛있다는 뜻이야. 향수도 느껴지고. 고등학교 때 종종 네가 만들어 줬던 그 샌드위치잖아."

"이미 늦었어." 수현이는 씩씩거리며 지우를 째려보았다.

"뭐가 늦어? 칭찬이고만."

"이런 칭찬은 사양할게."

순간 옆자리에 어떤 일행이 자리에 앉으며 진한 향수 냄새를 풀풀 풍겼다. 전시되어 있는 그림에 대해 재잘거리며 샴페인을 홀짝였다. 테이블 위에 내려놓은 가방이며 신고 있는 구두며 전부 다 값비싼 명품처럼 보였다.

"그런데 정말 다른 세상에 와 있는 것 같아. 우리 학교에서 보던 그런 파티와는 너무 다른데?" 나는 샌드위치를 하나 집어 들었다.

"맞아. 왠지 어느 패션 회사의 런칭 파티 같아." 지우도 스튜디오를 훑으며 나의 말에 맞장구쳤다.

"별거 없어. 여기도 사람 사는 데야. 재력가들도 있지만 다 그런 건 아니니까. 여름 방학 동안 할 일 없어서 온 학생들도 많아."

이리저리 두리번거리는 것을 멈출 때쯤 도희 언니가 어떤 남자 한 명을 데리고 우리 앞에 나타났다.

"오, 주만 오빠! 언제 왔어요? 엄청 기다렸어요!" 수현이가 방실거리며 말했다. 그녀의 얼굴이 단번에 발그레졌다. 이제껏 본 적 없는 표정이었다. 수현이는 의심에 여지없이 이 사람을 좋아하는 것이 분명했다.

"어휴, 강수현 못 말려." 도희 언니는 수현이에게 혀를 끌끌 차며 말을 이었다.

"인사해. 나랑 제일 친한 오빠야. 이름은 하주만이야."

"안녕하세요." 지우와 나는 얼떨결에 고개를 숙여 인사했다.

"이런 한국식 인사 정말 오랜만인데?" 주만이라는 사람은 한국어에도 영어 악센트가 강하게 묻어 있는데 목소리가 상당히 좋았다.

나는 고개 숙인 것이 민망해서인지 아니면 술도 잘 못하면서 샴페인을 들입다 마셔서인지 양 볼이 뜨거웠다.

"더워요?" 주만이라는 사람은 밝게 웃으며 말을 건넸다. 가지런하고 하얀 치아가 그의 얼굴을 환하게 밝혀 주었고, 한쪽 뺨에 살짝 자리 잡은 보조개는 포근한 인상을 주었다. 쌍꺼풀 없는 큰 눈이 아래로 향해 있어서 선한 이미지였지만 눈빛만큼은 강인했다.

"괜찮아요." 나는 차가운 두 손을 양 볼에 가져다 댔다. 그런 내가 웃긴지 그의 얼굴에는 미소가 가득 돌았다.

수현이는 본인이 아는 모든 지인들을 우리에게 다 소개할 심산인 것 같았다. 다 부질없는 일이었다. 어차피 한 번 듣고 까먹을 이름들이었다. 지우는 컨디션이 좋아 보였다. 아칸소에서 맞이했던 첫 파티에서 적응하지 못하고 자주 들락거렸던 모습은 이제 어디에도 찾아볼 수 없었다. 나는 스튜디오 곳곳에 전시되어 있는 그림들을 살펴보기 위해 무리에서 벗어났다. 복도에서부터 진열되어 있을 만큼 그림이 상당히 많았으며 특히 몽환적인 그림이 주를 이루었다. 이 그림들은 어떤 심리적인 상태에서 그린 것일까? 그림에 담긴 이야기가 궁금했다. 나도 한때는 화가를 꿈꾼 적이 있었다. 하지만 '배고픈 예술가'라는 편견 때문에 부모님은 내가 미술을 전문적으로 공부하는 것을 원치 않으셨고 자연스럽게 성적에 맞춰 경영학과를 선택했다. 나 때문에 마음 고생한 엄마, 아빠의 말을 거역하고 싶지 않았다. 내게 미술은 오로지 치료 목적이었다. 더욱이 가세가 기울어진 것이 뻔히 보이는 상황에서 돈 많이 들어가는 미대에 진학하겠다고 고집부리기도 민망한 노릇이었다. 없는 형편에 미술 학원을 꾸준히 보내 주신 것만으로도 감사했다. 하지만 한 번씩 이런 전시회나 미술관을 갈 때면 잠재해 있던 나의 욕구들이 꿈틀거리기 시작했다. 이런 기분 좋은 떨림 때문에 배고픈 예술가가 될지 언정 좋아하는 일을 업으로 삼자며 호기로운 다짐을 해보기도 했지만 미술관을 나오는 순간 현실 앞에 좌절하고 말 뿐이었다. 내게 예술은 사치였다. 그럼에도 이젤 위에 올려져 있는 하얀 캔버스에다가 말캉하면서도 꾸덕한 유화 물감들을 채워 나가고 있을 때면 나는 자연스럽게 깊은 몰입 상태가 된다. 그 상태가 되면 내게 시간이라는 개념은 아무런 의미가 없어진다. 그런 몰입이 참 좋았다. 시공간이 분리된 그런 느낌. 분명 아침에 앉았는데 일어서면 깜깜한 밤이 되어 버리는 마법 같은 순간이었다.

창가 쪽에 이 그림을 둔 것은 다분히 언니가 의도한 것이라 생각되었다. 두 가지 색으로만 표현한 이 그림이 어찌 보면 단조로울 수도 있었을 테지만 서서히 지고 있는 해가 걸쳐지니 이 그림의 오묘한 느낌이 더욱더 살아났다. 창밖의 반짝이는 시티뷰와 환상적인 조화를 이루었다. 마침 부드러운 하얀 털로 감싸져 있는 안락 의자가 그림 옆에 우아한 자태를 내뿜으며 나를 유혹하고 있었다. 폭신한 털의 촉감을 기대하며 궁둥이를 밀어 넣으려는 순간, 귀 가까이에서 느껴지는 인기척 때문에 화들짝 놀라 뒷걸음질쳤다.

"그렇게 가까이 있지는 않았어요. 놀라게 했다면 미안해요." 아까 인사를 나누었던 주만이라는 사람이었다. 나는 안락의자에 기대려던 몸을 곤두세웠다.

"그림 좋아하나 봐요? 미술 전공이에요?"

나는 어떤 대꾸도 하지 못했다. 마음이 아팠다. 미술을 전공하고 싶지만 현실에 맞춰 하고 싶은 공부보다 해야 할 공부를 하고 있다는 말

불꽃과 재 속의 작은 불씨 - 하

이 차마 입 밖으로 나오지 않았다.

"그림을 진지하게 보는 것 같아서 물어봤어요." 내가 답이 없자 그는 환하게 웃으며 말했다.

"아뇨. 미술과 전혀 관련 없는 공부를 해요." 나는 씁쓸하게 미소 지으며 답했다.

"그런데 그쪽은 아니, 주만 씨? 아니, 주만 오빠? 아무튼 왜 여기에 서 있는 거죠?" 참 바보 머저리 같은 질문이었다. 전시되어 있는 그림을 그 또한 감상하고 있을 뿐인데 나를 쫓아다녔을 것이라는 확신에 가득 찬 질문을 하다니! 현기증이 돋을 만큼 이런 질문을 한 내가 너무 싫었다.

"저를 부르는 호칭이 꽤 많네요. 주만 오빠라고 부르면 될 것 같은데? 도희도, 수현이도 저를 그렇게 부르니까요." 그는 싱긋 웃어 보이더니 이어 말했다.

"그냥요. 아까부터 그림을 보는 모습이 인상 깊었나 봐요. 저도 모르게 그 뒤를 따라다녔네요. 방해했다면 죄송해요." 나를 따라다닌 것이 나는 터무니없는 질문에 부정할 법도 한데 그대로 인정하는 그의 태도에 나도 모르게 그의 눈동자를 응시했다. 나를 바라보고 있는 그의 큰 연갈색 눈동자는 어딘지 모르게 단순한 호기심을 넘은 무엇인가가 있어 보였다.

"아니에요. 방해한 건 아니에요." 나는 아무렇지 않은 척 답했다.

"저는 그럼…. 자리를 오래 비어서 다시 돌아가 봐야겠어요."

"다음에 또 봐요." 그는 마지막 인사를 하고도 시선을 바로 거두지 않왔다. 그의 반짝이는 눈빛과 힘있는 목소리가 순간 내 뇌리를 강하게 때렸다.

"아아, 네. 다음에 다 같이 봐요." 가볍게 목례를 한 뒤 그 자리를 재빨리 벗어났다. 수현이가 마음에 둔 이 사람과 어떤 오해도 생기지 않도록 이 자리를 멀리멀리 떠나야겠다는 생각뿐이었다. 나는 지우와 수현이를 찾기 위해 연신 두리번거렸다. 바에도 없었고, 화장실에도 없었다. 스피커에서 쿵쾅대는 진동과 사람들의 대화 소리 때문에 점점 피곤해져 갔다. 갑자기 귀를 찌르는 듯한 수현이의 큰 웃음소리가 거실 쪽에서 들려왔다. 수현이와 지우는 뭐가 그리 웃기고 재밌는지 소파에 앉아 연신 웃음꽃을 피우는 중이었다.

"어디 있었어?" 지우가 나를 발견하고는 일어서며 물었다.

"창가 쪽에 있던데?" 나 대신 수현이가 답했다. 수현이는 내가 어디에 있었는지 알고 있는 듯했다.

"더 있을 거야?" 나는 찌뿌듯한 몸을 바로 피며 지우에게 물었다. 높은 천장에서 울리는 음악 소리도 점점 귀에 거슬리기 시작했던 터였다.

"시간이 많이 지나긴 했지?" 지우는 아쉬운 듯했지만 떠날 채비를 하려고 소파에 올려 둔 가방을 챙겨 들었다.

"어떻게 가려고?"

"택시 불러야지." 지우는 택시를 부르기 위해 폰을 꺼냈다.

"도희 언니 차로 내가 데려다 줄게. 지금 이 시간은 택시도 위험해." 수현이는 국제 면허증이 있어 도희 언니의 차를 종종 몰았다.

"술 마시지 않았어?" 나는 고개를 갸웃 돌리며 수현이에게 물었다.

"한 잔은 끄떡 없지." 수현이의 답변에 나는 반사적으로 표정이 일그러졌다.

"하하, 강수현 여전해. 지현아, 걱정 마! 얘 술 한 방울도 못 해. 신기한 건 술 마신 애들보다 더 잘 놀아서 주변 사람들을 착각하게 만들잖아."

차 키를 받으러 도희 언니에게 가는 길에 어떤 남자가 수현이를 알은체했다.

"오, 오늘은 안 오나 했다?"

"야구 때문에 좀 늦었지. 어디 가?"

"얘네들 데려다 주고 오려고." 그러더니 수현이는 그 남자를 우리에게 어김없이 소개했다.

"안녕하세요. 오성진입니다."

엇, 성진? 기훈 오빠가 소개해 준 그 사람인가? 아니면 그저 동명이인인가?

"저는 윤지우입니다."

"저는 김지현입니다." 나는 그의 반응을 잠시 기다렸다.

"혹시… 이기훈 알지 않아요?" 그는 눈을 가늘게 뜨며 물었다.

"그죠? 제가 아는 그 '성진'이 맞는가 했어요."

"이렇게 다 아는 사이라니 너무 신기하네요. 그냥 다음에 다 같이 보면 좋겠네요! 야구장 가 봤어요? 여기 야구장 뷰가 끝내주는데." 그의 목소리는 상당히 신나 있었다.

"으휴. 야구에 미쳐 산다니까." 수현이가 못 말린다는 표정으로 말했다.

"그럼 기훈 오빠가 소개해 준 사람이 이분인 거야?" 옆에 있던 지우도 신기한지 눈을 말똥거리며 물었다.

"그러니까, 이런 우연이 다 있네?"

집으로 돌아가는 차 안이었다. 자초지종을 들은 수현이는 엑셀을 더 세게 밟았다. 늦은 밤이라 그런지 깜깜한 거리에는 차 한 대가 없었다.

"이런 우연이 다 있지? 이 동네가 그리 좁은 바닥은 아닌데 그나저나 아까 주만 오빠와 무슨 이야기한 거야?" 수현이는 뒷좌석에 앉아 있는 나를 백미러로 바라보며 물었다. 아까 내가 어디에 있는지 알고 있던 이유가 주만 오빠를 주시하고 있었기 때문일지도 모르겠다는 생각이 들었다.

"이야기라고 할 것도 없어. 잠깐 마주친 거야." 나는 대수롭지 않은 듯 대답했다.

"뭐래? 무슨 대화를 한 거야?" 수현이의 집착 모드에 시동이 걸리고 있어 나는 서둘러 답했다.

"아, 다음에 다 같이 보자더라."

"그래? 예의상 한 말인가?" 수현이는 한쪽 눈썹을 치켜 올리더니 말을 이었다.

"사람 많은 걸 좋아하는 성격이 아니라서 뭘 같이하자고 제안한 걸 본 적이 없거든." 수현이는 고개를 갸우뚱거렸다.

"뭘 하자고 제안한 건 아니지. 예의상 다 같이 보자고 한 말일 테니까." 나는 아무 일 아니라는 듯 말했다. 치켜 올라간 수현이의 눈썹이 잠잠해지기를 바라며 말이다.

Ÿ Ÿ Ÿ

파티가 끝나고 며칠이 지난 뒤였다. 우리 넷은 'Little Star Pizza' 레스토랑에서 보기로 했다. 시카고 피자로 유명한 곳인데 구글맵을 켜서 보니 걸어서 15분 정도 소요되는 거리였다. 온몸을 감싸는 햇살을 받으며 지우와 나란히 걸어갔다. 샌프란시스코 날씨는 요상스러웠다. 하루에 사계절이 다 있었다. 아침은 봄으로 시작해서 정오에는 여름이 되었고 해가 지기 시작하면 가을에서, 밤으로 넘어가면 완벽한 초겨울 날씨가 되었다. 하루에도 사계절 옷이 다 필요했다. 추울 것을 대비해 외투까지 껴입었지만 해가 머리 정중앙에 떠 있는 지금은 땀이 맺혔다. 지우도 더웠는지 입고 있던 카디건을 벗고 있었다.

"사실 나 도희 언니 얼른 만나고 싶었잖아." 나는 두피를 뜨겁게 달구는 태양 때문에 정수리에 손을 올렸다.

"왜?" 지우는 의아한 눈으로 나를 보았다.

"나 그림 진짜 좋아하거든. 언니 스튜디오에 가득 찬 그림들 보니까 완전 반했어. 어떻게 그 많은 그림들을 그릴 수 있는지 또 그림에 어떤 의미를 담고 있는지 모두 다 물어보고 싶었거든."

"오, 간만이야. 이 눈빛. 이렇게 반짝이는 눈빛 대체 얼마 만이야! 이래야 김지현이지!"

사실 치료 목적이었지만 우연한 계기로 붓을 잡은 뒤부터 나의 삶은 달라졌다. 삶이라는 것은 내가 통제할 수 없는 것 투성이라고 생각했다. 상대의 마음도, 내가 발 내리고 살아가는 이 환경도 내 뜻대로 할 수 있는 것이 단 하나도 없다는 사실을 깨달았을 때 무력감은 극도로 치달았다. 그 시절 내가 유일하게 통제할 수 있는 분야가 그림이었다. 무엇을 그릴지, 어떤 색을 입힐지, 어떤 재질로 표현할지 유일하게 내가 선택하고 결정할 수 있는 것이었다. 붓을 잡을 때면 내 마음은 더할 나위 없이 차분하고 고요했으며 내가 그리는 대로, 원하는 대로 결과물이 나와 주었다. 나의 그림을 본 주변 사람들의 반응은 내가 꽤나 가치 있는 사람처럼 느끼게 해 주었다. 처음으로 즐겁다는 말을 이해했던 순간이었다. 그때부터 멍하니 누워 있기보다 집 밖으로 나가 그리고 싶은 것들을 찾아다녔다. 우연히 마음이 동하는 것을 마주할 때면 눈이 번쩍 뜨였다. 어떻게 그림으로 풀어낼 수 있을지 상상하는 것만으로도 행복했다. 그림은 내게 삶의 재미를 알려 준 은인이나 다름없었다.

우리 넷은 피자를 한 판씩, 총 네 판을 시켰다. 피자가 크지 않아서 각자 한 판씩 시켜야 한다는 도희 언니의 주장에 따른 것이었다. 예전부터 느낀 것이지만 도희 언니는 피자를 상당히 좋아하는 것 같았다.

"지현이 그림 좋아한다며! 주만 오빠가 그러더라?"

"주만 오빠가?" 주만이라는 이름에 수현이는 마시던 물컵을 내려놓으며 반사적으로 반응했다.

"그래!" 도희 언니는 무미건조하게 수현이의 질문에 답했다.

"한때 꿈이 화가였어요. 현실 때문에 접었지만 말이에요. 아니, 뭐 시작도 안 했으니 접은 것이라고도 할 수는 없죠."

"반말해." 집요한 성격은 수현이와 마찬가지였다. 도희 언니는 오늘도 어김없이 높임말을 지적한 뒤 말을 이었다.

"나도 예전에는 화가를 꿈꿨지. 이렇게 파티를 진행할 때마다 전시회를 여는 기분이라 욕구가 어느 정도는 해소되거든."

"화가라 해도 손색이 없던데? 나도 언니처럼 프로페셔널(Professional)하게 그려 보고 싶어." 나는 도희 언니의 높임말 지적이 나오지 않게 의식하며 말을 했다.

"주만 오빠 말에 의하면 내가 프로페셔널한 게 아니라 네가 프로페셔널하게 그림을 대한 것 같던데?" 도희 언니는 캔 콜라를 따며 말했다.

"무슨 말 했는데?" 수현이는 주만 오빠라는 단어에만 반응하는 로봇 같았다. 도희 언니는 자꾸 끼어드는 수현이가 성가셔 보였다.

"너는 그만 좀 끼어 들어! 몰라. 오빠 그런 모습 나도 처음 봤어. 요새 지현이, 네 이야기만 해. 아, 이런 건 이야기하면 안 되는 건가?" 말의 내용과 달리 그녀의 목소리에는 당황하는 기색이 전혀 없었다.

"네???" 나는 당황스러워 냅킨을 만지작거리다 못해 갈기갈기 찢어발기기 시작했다. 나뿐만 아니라 지우도 당황스러워했다. 심지어 수현이의 얼굴은 시뻘겋게 달아오르고 있었다.

"자리 만들어 달라는데?"

"언니이!!!" 수현이는 폭발하기 일보 직전이었지만 도희 언니는 전혀 개의치 않아 했다.

"강수현, 너도 알잖아. 주만 오빠 너한테 마음 없는 거!"

지우와 나는 이 상황을 어떻게 받아들여야 할지 몰라 소처럼 두 눈만 끔뻑거렸다. 도희 언니는 생각보다 훨씬 더 가식이 없는 사람이었다. 설상가상으로 이런 상황에 피자가 차례대로 나오기 시작했다. 이런 분위기에 피자를 누가 먹을 수 있겠냐마는 도희 언니는 전혀 상관하지 않고 피자 도우 끝을 잡아 찢으며 그녀의 작은 입으로 밀어 넣기 시작했다.

"언니는 소시오패스야." 씩씩거리며 수현이는 밖으로 나가 버렸다. 지우와 나는 어쩔 줄 몰라 수현이를 따라 나가려 했지만 도희 언니가 말렸다.

"쟤 아이스크림 하나 먹으면서 혼자 삭히고 돌아올 거니까 걱정 말고 피자 먹어."

지우 얼굴에도 난처한 빛이 역력했다.

"지우야, 넌 여기 있어. 내가 나갔다 올게." 정말이지 마른 날에 날벼락을 맞은 기분이었다.

"나라면 네가 나오는 게 더 싫을 것 같은데? 내가 좋아하는 사람이 너를 좋아한다는데 지금 당장 너를 보고 싶겠어? 그리고 이렇게 말해야 쟤도 마음 정리하기 쉽지."

"그 오빠는 그때 잠깐 한 번 본 게 다야. 그리고 나는 누구도 좋아할 수 없어. 언니가 잘 알잖아." 죄 지은 것도 없는 데도 나는 고개가 절로 숙여졌다.

"원래 사랑은 사랑으로 잊혀지는 거야." 피자를 한입 베어 물더니 환상적이라는 듯 그녀의 양 미간은 인정사정없이 찡그러졌다.

"난 이별이 쉬운 부류의 사람은 아닌가 봐. 사랑의 끝이 감당이 안 된다고. 그 끝이 무서워서 내가 없던 버릇까지 생겼는데 그게 뭔지 알아? 영화든, 드라마든 끝을 못 봐. 심지어 먹던 과자도 커피도 마지막까지 비우지 못해. 이게 정상인 것 같아?" 사랑에 대한 도희 언니의 일방적인 강요 때문에 악에 받친 목소리가 흘러나왔다.

Ÿ Ÿ Ÿ

손도 대지 못한 피자가 담긴 포장 박스를 식탁 위에 차례대로 올려놓으며 지우가 현관문을 걸어 잠갔다.

"나 이제 수현이 얼굴 어떻게 보냐?" 나는 망한 표정으로 두 손으로 머리를 헝클었다.

"네 잘못도 아닌데 뭐 어때?" 말의 내용과 달리 지우의 표정도 심각해 보였다. 수현이가 심히 걱정되는 눈치였다.

"나는 아직 투야를 못 잊었어. 아무렇지 않게 꾸역꾸역 살아가고 있지만 그는 아직도 내 마음에 살아 숨 쉬고 있다고. 아직 불꽃이 꺼지지 않았다고. 물도 뿌려 보고 모래도 뿌려 보지만 여전히 불씨가 남아 있어. 무슨 말인지 알지?"

"알지."

"나 그냥 한국으로 가 버릴까? 이 모든 상황이 너무 버거워." 나는 다리를 끌어 안으며 머리를 무릎에 파묻어 버렸다.

"매번 도피할 생각만 하지? 잘 헤쳐 나가야지! 내가 네 옆에 있잖아." 지우는 타이르듯 말했다. 지우의 말에 눈물이 핑 돌았다.

"고마워. 지우야."

투야의 마지막 모습이 내게는 지독히도 아픈 장면이었다. 결판을 내려고 그를 찾아갔던 날, 내 나름의 정면 승부였다. 나를 선택해 주길 기대했지만 기대와 다른 결과를 받아들여야 했다. 마지막 그의 눈빛이 뇌리에서 잊혀지지 않았다. 그 장면이 없었더라면 이토록 부정당한 기분은 들지 않았을지도 모르겠다. 그랬다면 덜 아팠을지도 모른다. 결국 자책은 심해져 갔고 마지막이 두려운 사람이 되어 버렸다. 뭐든지 마지막을 비우기가 버거웠다. 감당하기 힘든 강한 바람이 불 때는 버선발로 나가 맞이하기보다는 그저 지나갈 수 있도록 비껴 서는 법도 필요하다는 것을 너무나도 뼈저리게 배우게 된 것이다.

Ÿ Ÿ Ÿ

며칠이 흘러도 수현이는 나의 전화만 받지 않았다. 아무리 생각해봐도 내가 무엇을 잘못했는지 모르겠다. 내가 미운 건 알겠지만 일방적으로 전화를 받지 않으니 큰 잘못이라도 저지른 기분이었다. 설령 그녀가 전화를 받아 준다 해도 문제였다. 무슨 말을 전해야 할지 모르겠지만 꿀 먹은 벙어리가 될지언정 오늘도 수현이 번호를 누르고 또 눌렀다.

"띠리리링." 벨소리가 울렸다. 소파 테이블에 두고 간 지우 휴대폰이
었다. 지우는 방해받고 싶지 않은지 영어 공부를 할 때면 자신의 방과
거리가 먼 거실에 휴대폰을 두었다. 액정화면을 보니 도희 언니였다.
방으로 들어가 폰을 건네주니 지우는 책상 위에 핑크색 볼펜을 내려놓
으며 전화를 받았다.

"여보세요." 지우는 통화 스피커 버튼을 눌렀다.

"지현이랑 내일 저녁 시간 되지?"

"왜?" 지우가 나를 올려다보았다.

"다 같이 야구 봐야 돼. 표 다 예매해 놨어."

"다 같이? 누구누구 가는 거야?"

"너, 지현이, 수현이, 성진이, 주만 오빠."

"수현이가 지현이 전화 아직도 안 받는데…. 야구장은 오겠데?"

"내가 데리고 갈 거야. 계속 이렇게 안 보고 살 거 아니잖아. 그리고
성진이가 내일 중요한 경기래. 샌프란시스코 전체가 떠들썩할 경기라
더라. 야구 한 판 때려야지." 나는 다리에 힘이 풀려 책상 뒤에 있는 침
대로 가 앉았다.

"성진?" 지우가 의아한 표정으로 물었다.

"파티에서 봤다던데? 기억 안 나?" 지우는 '성진'이라는 이름을 기억
못 하는 눈치였다.

"기훈 오빠가 만나 보라고 했던 사람. '오성진' 기억 안 나?" 뒤에서 들

고 있던 내가 설명했다.

"아아, 알아. 내일 어디로 가면 돼?" 지우는 번뜩 기억이 났는지 고개를 끄덕였다.

"오라클 파크 야구장 앞으로 5시까지 와. 저녁 경기라 옷 따뜻하게 입고 와야 돼."

"알았어. 내일 봐." 지우가 전화를 끊고는 침대로 가 대자로 누웠다.

"우리 내일 야구장 가? 내일이 안 왔으면 좋겠다." 나도 그녀 따라 대자로 누웠다.

"샌프란시스코에 와서 그 유명한 오라클 파크 야구장도 안 보고 돌아갈 거야? 그냥 관광 왔다 생각해." 지우는 담담한 목소리로 말했다.

"내가 나온다는 거 알고 수현이 안 나오면 어떡해?" 내가 천장을 응시하며 걱정 가득한 목소리로 물었다.

"그건 망상이야. 걔 야구 좋아해. 내일은 중요한 경기라고 하니까 꼭 나올 거야."

"수현이 야구 좋아하는구나?"

"그 분위기를 좋아하지. 룰은 하나도 모를 걸?"

"야구는 한 번 하면 너무 오래해서 룰을 모르고 앉아 있기 힘들던데?"

"그 힘든 걸 강수현은 해."

"에효." 나도 모르게 한숨이 나왔다.

"왜 또 한숨이야?" 지우는 이마에 손등을 올려놓았다.

"수현이랑 풀고 싶은 건 사실이야. 그래서 내일 나갈 거야. 그런데 주만 오빠도 있을 테니까. 그 자리가 불편할 것 같아서."

"뭐가 걱정이야? 저번에 도회 언니가 한 말 때문에?" 걱정 한가득인 내 얼굴을 보더니 지우가 말을 이었다.

"사실로 오빠가 너한테 좋아한다고 고백한 것도 아니잖아. 그리고 도회 언니 혼자 착각한 걸 수도 있지. 괜히 방어랍시고 '저를 좋아하면 가만두지 않을 거예요.'라는 식의 행동을 보이면 얼마나 웃기겠냐? 나중에 이불 킥이나 하지 말고!"

지우의 말이 일리가 없는 건 아니지만 내 마음은 여전히 가볍지 못했다. 그날 스튜디오에서 나를 바라보던 주만 오빠의 눈빛이 다시 떠올랐기 때문이었다.

Ÿ Ÿ Ÿ

이 모든 인파가 야구장으로 향한다는 것을 칼트레인 열차를 타자마자 알 수 있었다. 벤치식 의자에는 지우와 나를 제외하고 모두 하나같이 야구 유니폼을 입고 앉아 있었다. 유독 아시아인들이 왜 많은가 했더니 오늘 경기가 한국의 유명 선수가 출전하는 경기였던 것이다. 환기가 잘되지 않은 열차 안은 대단한 응원 열기가 더해져 숨 쉬기 힘들 만큼 내부 공기가 탁했다. 내가 가지고 있는 옷들 중 가장 두꺼운 옷을 골라 입은 덕분에 이마에 땀이 송글송글 맺히고 있었다. 나는 거추장스러운 머리카락을 한 손으로 한껏 끌어올린 뒤 나머지 다른 한 손으로 손 부채질을 했다. 맞은편 사람이 손바닥 모양의 응원 도구를 들고 있는 모습이 눈에 들어왔다. 손부채보다는 저 응원 도구가 더 큰 바람을 일으켜 줄 수 있을 테니 자꾸 눈길이 갔다. 그것도 잠시 지우와 나는 정거장에서 많은 인파에 휩쓸려 얼떨결에 내렸다. 옆으로 잠깐 빠져 나와 도희 언니에게 전화를 걸었다. 아무리 찾아보아도 저 많은 인파들 속에서 우연히 마주칠 일은 제로에 가까웠다. 신호가 몇 번 울리더니 전화를 받았다.

"언니, 우리 도착했어. 어디야?"

"윌리 메이스 동상 보여? 그 동상 뒤에 있는 게이트에서 30분째 줄 서고 있어." 거리에는 선수들의 동상들이 몇 개 더 있었다.

"30분씩이나? 입장 자체도 쉽지 않구나." 지우가 두리번거리며 대답했다.

가까스로 윌리 메이스 동상을 찾았지만 동상 주변으로 넘어 가는 것도 쉽지 않았다. 사람이 많아 길을 스스로 뚫고 만들어야 했기 때문이었다. 가까스로 도희 언니의 얼굴이 보였다. 그 옆에는 주만 오빠, 수현이, 성진 오빠가 서 있는 모습이 눈에 들어왔다. 찐 야구팬답게 혼자 유니폼을 입은 성진 오빠는 쉴 새 없이 뭐라고 떠들고 있었지만 경청하고 있는 것 같은 사람은 한 명도 없었다.

도희 언니를 부르려고 손을 들었다가 다시 내려놓았다. 흥을 돋우기 위해 경기장 밖에서부터 울려 퍼지는 음악 소리와 여기저기 내지르는 고함 소리에 나의 목소리가 들릴 리 만무했다. 나는 숨 한 번 깊게 들이쉬고는 지우를 따라 그쪽으로 다가갔다.

"오, 왔어?" 성진 오빠가 우리를 제일 먼저 발견했다.

"유니폼 멋진데요?" 지우가 인사했다.

불꽃과 재 속의 작은 불씨 - 하

"야구장에 오면 그에 걸맞은 복장을 입고 와 줘야지." 성진 오빠는 유니폼을 자랑하듯 앞으로 내밀었다. 주만 오빠는 이 사건을 전혀 모르는지 속 편하게 연신 웃기만 했다. 저번에 보아하니 도희 언니와 주만 오빠는 상당히 친해 보였기에 이번 일도 전혀 모르지는 않을 것 같았다. 나는 주만 오빠의 인사에 짧게 답하고 수현이의 표정을 살폈다. 그날보다는 좀 진정이 되어 보이긴 했지만 무슨 말로 먼저 시작하면 좋을지 고민에 빠졌다.

"괜찮은 거야? 내 전화만 안 받더라?" 억울한 마음을 숨기지 못한 나의 목소리가 흘러나왔다. 정말 잘못이라도 저질렀다면 억울하지도 않을 것이다.

"내 마지막 자존심이었어." 수현이는 나를 보지도 않은 채 씁쓸한 표정을 지었다.

"야구장 와 줘서 다행이다. 나 때문에 네가 안 올까 봐 걱정했거든." 수현이의 속상한 마음이 내게도 전해져 누그러진 목소리로 말했다.

"엄연히 네 잘못은 아니지." 나의 진심이 전해졌는지 수현이도 허공을 응시하던 것을 멈추고 나를 쳐다보았다.

"아는 애가 전화는 왜 안 받았을까?"

"나도 자존심 한 번 부려 본 거야." 본인도 민망했는지 수현이의 입꼬리가 실룩거렸다.

"우리 예전처럼 돌아가는 거지?" 내 질문에 수현이는 미안한 표정이었다.

"그걸 말이라고 해. 당연하지! 그냥 자존심 부려 본 거야. 도희 언니한테 몇 번이나 설교를 당한지 알아? 네 잘못 없다는 건 나도 알아. 사랑의 작대기가 어긋난 게 속상했을 뿐이야." 수현이의 한탄스러운 목소리가 흘러나왔다.

"사랑의 신, 큐피트가 쏘는 화살은 항상 어긋나는 법이지."

"나한테나 해당되는 소리지. 너의 큐피트는 쏘기만 하면 다 이루어지는 거 아니야?" 그녀의 다소 빈정거리는 말투에 나는 어떤 대꾸도 하지 못했다. 첫사랑이 실패로 끝났으니 나의 큐피트의 적중률도 형편없다고 말한다면 분명 득달같이 쏘아붙일 게 뻔했으니 말이다.

야구장은 바다가 내려다보이는 구조로 말 그대로 바다를 품고 있는 경기장이었다. 환한 전광판은 바다를 현란하게 비추고 있었다. 노을이 번지자 하늘을 독특한 핑크빛으로 물들였는데 바다와 하늘의 경계가 허물어지고 있는 오라클 야구장은 황홀의 극치를 보여 주었다. 역시 메이저리그 구장 중에 가장 아름답다는 말이 맞았다. 저 멀리 떠 있는 보트 몇 대는 홈런 볼을 잡기 위해 대기 중이라고 했다. 그 열정이 참 대단했다. 심지어 맥코비만에서 불어오는 바람 때문에 장외 홈런이 잘 없는 야구장임에도 불구하고 꽤 많은 보트들이 둥둥 떠다니고 있었다. 경기장은 빈 좌석 없이 사람들로 가득 채워져 나갔다. 야구를 좋아하는 사람이 이렇게나 많다는 사실에 새삼 놀라웠다.

우리의 좌석은 제일 꼭대기 층이었다. 선수들의 표정 하나하나 살피지는 못해도 전체를 조망할 수 있어서 마음에 들었다. 마치 어느 전망대에서 샌프란시스코 전경을 내려다보고 있는 듯했다. 경기 시작 전에 신나게 틀어 주는 음악 때문인지, 꽉 찬 사람들의 열기 때문인지 그 리듬에 맞춰 내 몸도 두둥실 떠다니는 기분이었다.

"하, 내가 저 누나 때문에 맨 앞자리를 팔고 여기로 오다니!" 성진 오빠는 꽤 분한 목소리로 말했다.

"오성진, 그만 징징대! 네가 예약했던 자리는 너무 명당이라 여섯 자리를 한꺼번에 구할 수가 없었다고. 대신 3배로 더 비싸게 팔아 먹었으면 됐잖아." 도희 언니는 미안한 기색 하나 없이 핑퐁처럼 받아쳤다.

자리 배치가 영 잘못되었는지 양 끝에 앉은 성진 오빠와 도희 언니의 찢어질 듯한 목소리가 오고 갔다. 옆자리에 앉혀 놓았어야 했다. 마침 주변에서 풍기는 고소한 팝콘 냄새가 코를 자극했다. 이어 바삭바삭 씹는 감자칩 소리가 우리의 귀를 연신 두들겨 댔다.

"여기까지 와서 빈손으로 경기를 관람할 수 없지." 수현이의 상기된 목소리가 들려왔다.

"아까 들어올 때 보니까 먹거리가 넘쳐나던데? 다 먹어 보자!" 바로 옆에 있던 지우가 답했다.

우리는 음식을 사냥하러 신나게 뛰쳐나갔다. 아이스크림, 햄버거, 추로스 등 먹을 게 많았지만 줄이 꽤나 길었다. 일단 도희 언니의 원픽으로 피자부터 손에 쥐며 그다음 먹잇감을 고르기 위해 두리번거렸다. 그 순간 머리 위에 설치된 스피커에서 나팔 부는 소리와 환호성을 지르는 소리가 귓전을 때렸다. 곧 경기가 시작되려는지 사람들이 마구잡이로 밀려 들어가기 시작했다. 선택의 여지없이 바로 앞 가판대에서 살사 소스가 잔뜩 들어간 나초와 치즈 소스가 가득 뿌려져 있는 감자튀김을 속전속결로 사 들고 곧바로 자리로 향했다.

나는 몸을 꾸겨 넣으며 다른 사람들이 지나갈 수 있도록 급히 자리에 앉으려다 그 관성으로 한 손에 들고 있던 감자튀김이 튕겨져 그대로 쏟는 줄 알았다. 주만 오빠가 나의 팔꿈치를 잡아 주지 않았다면 말이다. 그는 내가 들고 있던 감자튀김을 들고 가더니 내 옆자리에 앉았다.

"제가 들고 있어도 괜찮은데요." 그에게 불필요한 도움을 받았다는 생각에 내 의도보다 말이 딱딱하게 튀어나왔다.

"쏟으면 아깝잖아요." 딱딱한 내 말투에도 그는 친절하게 답해 주었다.

"우리 다 이제 반말하는 건 어때? 너무 격식 차리는 것 같지 않아?" 주만 오빠 옆에 있던 도희 언니는 반말이 또 거슬렸던 모양이었다.

"그!래! 나는 좋아! 우리 다 말 놓자아아아." 왜 하필 성진 오빠는 이번에도 도희 언니와 제일 먼 곳에 앉아 있는지 모를 일이다. 덕분에 서로에게 아우성치는 소리를 경기 내내 들어야 할 성싶었다.

"네 목소리 너무 커어어." 도희 언니가 정색했다.

"누나 목소리도 만만치 않아아아." 절대 굴하지 않은 성진 오빠였다. 이제는 메아리가 되어 울려 퍼지는 지경이었다.

"이제 경기 시작한다아아." 성진 오빠가 다시 한번 더 한껏 소리를 질렀다.

"그걸 누가 몰라아아아?" 도희 언니도 똑같이 성진 오빠를 보며 소리쳤다. 목소리는 날카로워 보여도 언니도 상당히 신나 보였다.

관중에서 환호성 소리가 울려 퍼졌다. 규칙 하나 알지 못하고 보는 경기이지만 야구장이 너무 예뻐서 아무래도 상관 없었다. 또 중간중간에 키스타임, 댄스타임, 파도타기 등 즐길 거리가 너무나도 많았다. 한 마음 한뜻으로 응원하는 사람들을 구경하는 재미도 쏠쏠했다. 스포츠 하나로 사람들을 이렇게까지 뭉치게 만들 수 있다는 사실이 놀라울 뿐이었다.

"다음 키스타임에 우리 비추면 어떡해?" 지우가 해맑게 웃으며 물었다.

"그럴 일 없어. 딱 봐도 연인 같아 보이지 않거든." 수현이는 말도 안 된다는 표정으로 답했다.

"만약에 비추면 키스할 거야? 연인 사이가 아니어도? 다들 어떻게 생각해?" 지우는 진심으로 궁금한 얼굴이었다.

"먼저 저 끝에 있는 성진 오빠부터?" 지우는 아무도 대답하지 않자 성진 오빠를 제일 먼저 가리켰다.

"나는 분위기상 '한다'에 한 표. 야구 경기 볼 때마다 호응하지 않은 커플들 보면 좀 그렇더라고! 이 분위기를 즐겨야지."

"오! 접수! 그다음 수현이는?" 모두에게 답변을 들을 심산인지 앉은 순서대로 물어보고 있었다. 지우는 이 주제가 아주 재밌는 듯했다.

"게임인데 뭐 어때? 안 하면 경기장 전체가 야유를 보낼 텐데. 차라리 하는 편이 더 낫지." 그다음 지우는 나를 쳐다보았다. 자리 순으로 따진다면 지우 본인이 답할 차례였다. 그런데 이제 막 6회 말쯤 되었나? 갑자기 다시 또 키스타임이 시작되었다. 전광판 화면이 쏜살같이 움직이기 시작하더니 나와 주만 오빠를 가리키는 것이 아닌가? 나는 정말 기겁하는 줄 알았다. 이내 잠시 후 전광판은 주만 오빠와 도희 언니로 바꾸어 비추었다. 그러고는 성진 오빠와 수현이를 잡아 비추고는 멈추었다. 우리 모두는 소리를 지르기 시작했다. 옥외 관람석 전체가 고래고래 소리를 질러댔다. 지우가 물어보았던 것이 현실이 되었다. 연인도 아닌 수현이와 성진 오빠를 잡아 버리다니! 정말 마구잡이로 잡아 비추는 카메라였다. 관중들의 기대를 실망시키지 않겠다는 일념인지 그 둘은 강렬하게 키스를 나누었다. 아마 아까 지우의 인터뷰에서 무언의 허락을 받은 것이나 다름 없을 테니 더 열정적으로 퍼붓는 듯했다. 우리 넷은 벌떡 일어나 신이 나서 환호성을 질러 주었다.

"어쩐지 둘이 보는 눈빛이 예사롭지 않다고 생각했어." 지우가 한 말이었다.

키스타임이 끝난 후 이 둘에게서 이상한 기류가 흘렀다. 경기가 끝나면 어색해질까 걱정했지만 오히려 주차장으로 향하는 길에서 그 둘은 꽁냥꽁냥 느리게 걸어오고 있었다.

도희 언니와 주만 오빠 차는 나란히 주차되어 있었다. 느리게 오고 있었던 수현이와 성진 오빠는 어느새 도희 언니 차에 잽싸게 올라탔다. 지우와 나도 마저 타려고 고개를 숙이는데 "내가 데려다 줄게." 주만 오빠가 한 말이었다.

"제가 오빠 차로 갈아 탈까요?" 수현이가 차 안에서 해맑게 웃는 얼굴로 치켜 들었다.

"넌 나랑 같이 사는데 저기를 왜 타?" 도희 언니는 기가 막힌다는 표정을 지었다. 옆에 있던 성진 오빠도 기분이 썩 좋아 보이지는 않았다.

"지현아, 주만 오빠 차에 타자! 우리 때문에 도희 언니가 돌아가야 할 테니까." 지우가 열었던 조수석 문을 닫았다.

평생 내가 타 볼 차 중에서 탑 3 안에는 들 것이다. 아니, 내 인생에서 이보다 더 좋은 차를 탈 일은 없지 않을까? 주만 오빠의 차 안은 별나라 세상이었다. 실내 천장은 반짝거리는 우주의 밤하늘 같았으며 가죽 시트의 촉감은 굉장히 부드러워 앉자마자 내 몸뚱아리를 파묻어 버릴 만큼 폭신했다. 거기다가 빠른 속도에도 밖에서 윙윙거리는 소음이 전혀 들리지 않았는데 기본적으로 마땅히 울려야 하는 엔진 소리조차도 없었다. 고요 그 자체였다. 앉자마자 든 생각은 하나였다. 차가 고스란히 주인을 닮아 있다는 것. 그의 크고 연한 갈색 눈동자는 별처럼 반짝였고, 미소를 잃지 않은 그의 얼굴은 언제나 포근해 보였으며, 마지막으로 외부의 어떤 혼란과 소음에도 절대 끄떡이지 않을 여유로움과 강인함이 그의 몸에 장착되어 있었다.

"성진 오빠랑 잘 아는 사이는 아닌 것 같던데요?" 조수석에 탄 지우가 물었다.

"맞아." 단답이었다. 가만히 보면 주만 오빠는 주변 사람들에게 친절했지만 대화가 길게 이어지는 모습을 본 적이 없었다. 스튜디오에서 대화를 나누었던 때와는 사뭇 느낌이 달랐다.

"오빠도 버클리 재학생이에요?"

"학부생일 때가 있었지. 너희보다 4살이나 많거든."

"네?" 지우와 나는 놀라서 동시에 반응했다.

"뒤에서도 듣고 있던 거지? 너무 조용해서 자는 줄 알았어." 주만 오빠가 백미러로 나를 쳐다보았다.

"아, 네네." 나는 당황해서 말을 더듬었다. 괜히 뿔난 청개구리처럼 그가 나를 보지 못하게 다리를 쭉 내밀어 깊숙이 들어가 앉았다. 자동차 가죽 시트 안으로 정말이지 파묻힐 만큼 말이다.

"그런데 진짜 동안이네요. 성진 오빠보다 더 어려 보여요." 나 또한 지우의 말이 전적으로 동의했다.

"그런가?" 지우의 칭찬에도 주만 오빠는 딱히 기뻐하는 내색은 없었다.

주만 오빠는 말주변이 없는 편인지 재잘거리던 지우도 계속되는 단답에 대화할 의지를 상실했다. 결국 차 안은 정적이 되어 버렸고 집에 도착할 때까지 고요 그 자체였다.

"고마워요. 조심히 들어가세요." 나는 차 문을 닫으며 인사했다.

"다음에 또 보자." 저번에도 들었던 말이었다.

"햄버거 좋아해?" 주만 오빠는 차에 타려다 말고 나를 보며 다시 말했다.

"좋아하죠." 내가 답했다.

"서부는 인앤아웃버거라면서요?" 지우는 흘러내리던 가방을 어깨에 쓸어 올리며 거들었다.

"거기 말고 내가 종종 가는 햄버거집이 있거든. 다음에 같이 가자."

마지막 인사를 다시 건네고 계단에 오르려는데 오빠가 우리를 또 불러 세웠다.

"아파트가 외진 곳에 있네. 큰 도로에서도 멀리 떨어져 있기도 하고. 위험한 일은 없었지? 바로 앞에 기찻길과 숲이라니!"

"버클리에서 관리하는 데니까 이 정도면 치안은 괜찮은 편 아닌가요?" 지우가 의아한 얼굴로 물었다. 사실 145동 앞을 비추는 가로등이 밝아서 거리가 딱히 무섭게 느껴진 적은 없었다.

"미국은 어떤 곳도 장담할 수 없는 나라라서. 특히 이렇게 외진 곳은 항상 조심해야 해. 휴대폰 줘 볼래?" 주만 오빠가 나를 보며 물었다. 얼떨결에 나는 휴대폰을 건넸다.

"이거 내 번호야. 혹시나 무슨 일 있으면 전화해. 대낮에도 강도 사건이 발생하는 곳이 미국이니까." 속으로 생각했다. 혹여나 강도를 마주친다면 그에게 전화할 정신과 시간이 있기는 할까?

계단을 올라가며 지우에게 물었다.

"열쇠 네가 들고 있지?"

"네가 들고 있는 거 아니었어? 난 네가 챙긴 줄 알았어."

"아니야. 나 안 챙겼어." 가방을 탈탈 털어 뒤져 보았지만 어디에도 열쇠는 보이지 않았다. 아마도 식탁 위에 그대로 있는 모양이다. 나오기 전까지만 해도 챙긴다는 것을 기억하고 있었는데 언제 금세 까먹었는지 모를 일이다.

"열쇠 챙기는 걸 까먹다니! 수리 기사가 이 시간에 와 줄까?" 전화도 받지 않겠지만 받는다 해도 이 시간에 와 줄 리가 없었다. 어마어마한 금액을 지불한다면 모르겠지만 말이다.

"도희 언니한테 SOS를 신청해야 하나?" 나는 머리를 긁적였다.

"너무 민폐일 것 같아. 아직 멀리 가지 않았을 테니까 주만 오빠한테 연락해 보자."

"그래도…." 왠지 모르게 주만 오빠의 도움을 받는 것이 여러모로 꺼름칙했다.

"그 오빠한테 큰 도움 안 받아. 무슨 걱정하는지 나도 잘 알아. 근처 모텔(INN)까지만 데려다 달라 하자. 거기서 하룻밤 자고 내일 아침에 수리 기사 불러서 해결하는 거 어때?"

"알았어." 내키지 않았지만 휴대폰을 뒤 호주머니에서 느리게 꺼내 들어 주만 오빠한테 전화를 걸었다.

"무슨 일 생긴 건 아니지?" 신호음이 두 번 정도 울리자 주만 오빠의 걱정 가득한 목소리가 흘러 나왔다.

"그게 아니라 열쇠를 집에 두고 나왔어요. 다시 와 줄 수 있나요?"

Ÿ Ÿ Ÿ

"그래서 모텔에서 묵겠다고?" 주만 오빠는 여전히 걱정 가득한 목소리였다.

"우리 집에 방 많아. 아, 그건 불편한가? 아니면 도희네로 가자. 거기로 데려다 줄게."

"아니에요. 여기서 도회 언니네는 한참 더 들어가야 되잖아요. 바로 근처에 모텔이 하나 있더라고요. 거기에 내려 주세요." 뒷좌석에 있던 지우는 상체를 앞으로 내밀며 말했다.

"맞아요. 그래야 내일 집에 오기도 편하고요."

우리 예상과 달리 주변 모텔은 죄다 만실이었다. 이 동네도 주말에는 모텔이 불티나게 팔리나 보았다. 결국 우리는 올버니 지역을 벗어나야 했지만 버스를 타고 돌아올지라도 모텔에 묵겠다고 고집한 끝에 빈방을 찾을 수 있었다. 주만 오빠는 세심한 사람이었다. 방에 들어와 창문과 출입문의 안전장치를 확인하고 있었다. 사실 미국에 갓 도착해서 첫날 묵었던 모텔보다 훨씬 안전해 보였지만 자꾸 걱정이 되는지 주만 오빠는 발걸음을 떼지 못하고 있었다.

"내일 연락해. 데리러 올게."

"더 이상 민폐는 금지. 오늘도 너무 감사했어요." 지우는 주만 오빠를 밖으로 내보내며 문을 걸어 잠갔다. 그리고 트윈 침대 중 하나에 대자로 뻗어 누웠다.

"주만 오빠 말이야. 그저 우리에 대한 호의일 뿐이겠지?" 나도 그녀 따라 침대에 대자로 누우며 물었다.

"그렇게 생각해? 아니면 그렇게 생각하고 싶은 거야?" 지우는 내 쪽으로 돌아 누우며 장난기 가득한 목소리로 물었다.

"그냥 발이나 닦고 잠이나 자야겠다." 나는 벌떡 일어나 양말을 벗어

던졌다.

"그래! 그렇게 모른 척해. 주만 오빠는 너에게 강요할 사람이 아니야. 그럼 너도 강요하지 말아야지. 그게 공평한 거 아니야?"

"주위에서 희망 고문한다고 오해 살까 봐 그렇지. 아니면 아니라고 딱 끊어 내는 게 맞지 않아?"

"너는 병적일 만큼 오해 사는 걸 걱정하더라? 일일이 그런 것에 연연하지 마. 너만 괴롭다 친구야!" 지우는 신고 있던 양말을 발로 벗으며 말을 이었다.

"그리고 왜 굳이 딱 끊어 내서 무안을 줘? 아니다 싶으면 자기도 알아서 돌아서겠지."

"그래서 그냥 모른 척하라고? 내가 잘도 하겠다."

"그러니까 네가 잘도 하겠다."

어장 관리 한다느니, 마음을 이용한다느니 등의 불필요한 말은 딱 질색이었다. 고등학교 때 복도를 지날 때면 짓궂은 아이들은 인어공주 OST인 〈Under the sea〉를 흥얼거리며 헤엄을 치는 제스처를 취하기도 했다. 무시로 일관했지만 나는 지금도 오해를 사는 일이 너무나도 싫었다. 덕분에 행동에 제약이 많았지만 어쩔 수 없는 일이라 생각했다.

Ÿ Ÿ Ÿ

커튼 사이로 햇빛이 강하게 들어왔다. 시설이 낡아 방음이 잘되지 않

불꽃과 재 속의 작은 불씨 - 하

았고 침대도 딱딱해서 잠을 설쳤다. 꿈속에서 〈Under the sea〉 노래가 무한 반복으로 들려온 것도 한몫했다. 나는 동이 트기 시작한 뒤에나 선잠에 들 수 있었다. 시계를 확인해 보니 10시여서 우리는 나갈 준비를 시작했다. 오늘이 일요일이라 커뮤니티 센터도 영업을 안 할 경우가 컸다. 사설 수리 기사를 불러야 할지도 모르니 빌리지 근처에 있는 수리점을 찾기 위해 구글맵을 켰다.

"집으로 넘어가기 전에 뭐라도 먹자. 당 떨어져." 드라이기를 내려놓으며 지우가 말했다. 학기 초보다 꽤나 많이 자랐는지 머리카락은 허리까지 내려와 있었고 끝이 덜 말렸는지 허리 주변의 티셔츠는 살짝 젖어 있었다.

카운터에 열쇠를 반납하고 나오는데 낯익은 차에서 클랙슨이 울렸다. 주만 오빠가 차에서 내리고 있었다. 지우와 나는 당황스러움을 감출 수가 없었다.

"배고플까 봐 도넛 사 왔는데 먹을래? 아님 어제 말한 그 햄버거 어때?" 우리가 차에 올라타니 그는 도넛 박스를 건넸다.

"에피타이저로 도넛 하나씩 베어 물면서 햄버거 먹으러 가죠?" 지우가 웃으며 답했다. 지우는 뭐가 재밌는지 킥킥거리며 말을 이었다.

"저 궁금한 게 있는데 여기서 밤 새신 건 아니죠?"

"그건 아니야." 단호한 목소리와 그렇지 못한 표정이었다.

"그러면 도넛과 햄버거를 함께 먹으려고 아침 일찍부터 저희를 기다리신 건가요?" 지우가 조수석에서 몸을 옆으로 쭉 빼며 물었다.

"그래! 너무 일찍 왔나 봐. 대체 몇 시까지 자는 거야?" 주만 오빠는 핸들을 꺾으며 소리를 약간 높였다. 이 오빠도 아침 잠이 없는 것이 분명했다. 대체 몇 시부터 기다리고 있었던 것일까?

"도착할 때 전화하시지 그랬어요." 뒷자리에 타고 있던 내가 기어가는 목소리로 답했다.

"그래도 슈퍼 듀퍼(Super duper) 오픈 시간에 맞춰 나왔으니 바로 먹을 수 있겠다."

"어제 말한 데가 '슈퍼 듀퍼'예요?" 지우가 물었다.

"맞아." 그가 씨익 웃어 보였다.

주황색 바탕에 하얀색 글씨로 큼직하게 '슈퍼 듀퍼'라고 쓰인 간판이 눈에 서서히 들어왔다. 유니언 스퀘어에서 멀지 않은 위치였다. 가게에 들어가니 이른 시간임에도 사람이 꽤 많았다. 육즙 가득한 고기 향이 매장을 가득 채웠다. 우리는 카운터 앞으로 갔다. 여러 가지 토핑을 추가할 수 있었는데 나는 그중에 아보카도를 추가할 수 있는 게 마음에 들었다. 지우는 오리지널 그대로인 맛도 좋지만 풍부한 맛으로 즐기고 싶다며 베이컨과 치즈, 아보카도를 차례대로 추가했다. 주만 오빠는 슈퍼 듀퍼의 오리지널 버거인 슈퍼버거로 주문을 마쳤다.

"햄버거도 줄여야 하는데." 주만 오빠가 자리에 앉으며 말했다.

"왜요?" 지우가 의아한 얼굴로 물었다.

"요즘 이 햄버거 때문에 식단 관리 실패거든. 살도 찌기도 했고." 그가 어깨를 으쓱했다.

"왜요? 보기 좋은데. 너무 말라도 보기 싫죠." 내가 햄버거 포장지를 열었다.

불꽃과 재 속의 작은 불씨 - 하

"그런가?" 그는 자세를 고쳐 앉으며 밀크셰이크에 빨대를 꽂아 지우와 내게 하나씩 건네주었다.

"곰돌이 같아요." 나도 모르게 주만 오빠의 봉긋 솟은 배를 보고는 웃음이 터져 나왔다. 순간 힘이 잔뜩 들어가 있던 어깨에서 긴장이 풀렸다. 이제껏 부자연스럽다고 느껴졌던 나의 말과 행동이 겉돌지 않는 기분이었다.

"곰돌이 같다는 말. 칭찬으로 해석하면 되는 거지?"

"칭찬 맞아요." 나는 씩 웃으며 답했다. 번이 바싹 익혀져 살짝 딱딱했던 인앤아웃버거와 달리 윤기가 자르르 흐르는 말랑말랑한 번에서 버터향이 솔솔 풍겼다. 한입 베어 물자마자 패티의 육즙이 사방으로 터지더니 부드러운 아보카도와 어우러져 미간에 힘이 절로 들어갔다.

바깥의 햇살이 가게 안까지 내리 쬐고 있었다. 구름 한 점 없이 맑은 날이었다.

"주변에 카페도 많나 봐요." 나가는 문과 마주 보고 앉은 지우는 통창으로 비치는 밖의 어느 지점을 응시하며 말을 이었다.

"이거 먹고 테라스 카페 중 어디든 들어가서 커피 타임 어때요? 날씨가 너무 좋아서 어떤 커피도 맛없을 수 없을 것 같은데." 지우는 이중부정으로 강한 긍정을 강조했다. 그녀도 오늘 같이 햇살 가득한 날을 그냥 흘러 보내기 아쉬운 모양이었다.

"난 찬성." 나는 한 손을 들어 올리며 소리 높여 답했다.

"나도!" 주만 오빠도 따라 외쳤다.

셋이서 보냈던 시간이 생각보다 편안했다. 더군다나 햇살 가득한 안온한 날씨가 자아내는 느긋함 때문에 입가에 조용한 미소가 지어졌다. 그저 흘러가는 시간을 함께 바라보는 것만으로도 괜찮은 하루였다.

그는 내가 오해를 할 만한 행동은 하지 않았다. 지우와 똑같이 나를 대해 주었다. 그럼에도 아침에 우리가 나오기만을 기다렸을 그의 마음 때문에 신경이 쓰였다. 표현이 대단하거나 화려하지 않아도 느낄 수 있었다. 그저 외면하는 것이 맞을까? 지우 말대로 내가 강요할 문제가 아닌 것일까?

Ÿ Ÿ Ÿ

소파에 비스듬히 기대어 소설책을 읽어 내려갔다. 이번에도 수현이의 등쌀을 못 이겨 UC 버클리 대학교에 견학을 다녀왔다. 그때 학교 앞 서점에서 사 온 원서 책이었다. 나름의 영어 공부 중이었다. 책이 지루할 때쯤이면 미국이 어떻게 돌아가는지 영문 기사를 기웃거리기도 했다. 수식어가 많은 긴 문장을 마주할 때면 노트에 받아 적은 뒤 연필로 주어, 동사에 밑줄을 그어 가면서 읽어 내려갔다.

"띠리리링." 휴대폰이 울렸다. 오늘도 어김없이 도희 언니였다. 오늘은 또 무슨 이벤트를 가지고 왔을지 궁금했다. 무료하고 심심한 걸 잠시도 참지 못하는 성격이었다. 거기다 추진력까지도 대단한 언니였다.

"언니!"

"지우랑 금요일 뭐 해? 아니, 시간 무조건 되지? 다른 사람들이 그날

밖에 안 된데."

"집에서 놀고 먹는 우리가 뭐가 있겠어." 나는 읽고 있던 소설책을 유리 테이블 위에 엎어 놓았다.

"나 원데이 클래스처럼 아이들을 가르쳐 볼까 하거든?"

"클래스를 한다고? 언니가 당장 돈을 벌 이유가 있어?"

"돈이 중요한 게 아니지. 나의 자산이 되어 줄 경험 가치를 높이는 중이란다."

"그런다고 가치가 높아져?" 나는 옆에 있는 쿠션을 허벅지 위에 올려 팔꿈치를 괴었다.

"네가 모르나 본데 그런 게 쌓이다 보면 어느새 자산이 되어 있지."

"그런데 우리가 왜 필요해?"

"전문적으로 뛰어들기 전에 무조건 시뮬레이션 작업이 필요한 법이거든."

"대박! 그럼 나 미술 수업 듣는 학생이 되어 보는 거야?" 나는 뛸 듯이 기뻤다. 붓을 잡을 수 있다는 생각에 설렜다.

"당연하지!"

"나 당장 간다! 무조건이야. 무조건 가."

방에서 영어 공부를 하다 말고 나온 지우가 소파 옆에 자리를 잡았다. 전화 내용을 들었는지 해탈한 표정이었다.

"이번에는 우리가 그림을 배우는 학생이 되어 보는 거야?" 지우의 체념한 목소리가 흘러나왔다.

"아크릴 물감으로 하면 스트레스도 안 받고 재밌어. 정신과 가서 상담받는 것보다 훨씬 효과가 좋아. 확실히 정신이 맑아지거든."

"누가 들으면 네가 정신과 다니는 사람인 줄 알겠다." 지우는 웃으며 대수롭지 않게 말했다.

"나 다녔었어." 나는 애써 아무렇지 않게 답했다.

"아, 미안. 그런데… 왜 갔던 거야?" 놀란 지우는 소파에서 자리를 고쳐 앉으며 조심스럽게 물어보았다.

"그냥 인간관계에 신물이 났던 때가 있었거든." 나는 별 일 아니라는 듯 지나가는 말로 답했다.

Ÿ Ÿ Ÿ

도희 언니 스튜디오의 많은 방 중 작업실로 사용되고 있는 방으로 들어왔다. 작업실은 나의 환상 속에만 존재하는 공간이었다. 물감으로 군데군데 더럽혀지긴 했지만 전체적으로 배치된 가구가 하얀색이라 상당히 화사했으며 물감을 색깔별로 진열한 알록달록한 벽 선반은 대형 미술용품점을 방불케 했다. 색깔이 주는 힘이 강렬해 할 일 없을 때는 매장에 방문하여 물감 앞에서 시간을 보내곤 했었다. 형형색색의 물감 패키지를 보고 있으면 이유 없이 기분이 좋았는데 내게 이 방은 천국이나 다름없었다.

한쪽 벽에는 그리다 만 대형 캔버스들이 겹겹이 세워져 있었고 맨 뒤에는 대형 이젤이 몇 개 보였다. 작업실 정 가운데 놓여진 널찍한 책상에는 작은 이젤 5개가 올려져 있었으며 그 위에는 B5 사이즈의 새하얀 캔버스가 보였다. 야구장에서 보았던 멤버들 모두는 이젤이 놓여져 있는 자리에 자연스럽게 가 앉았다. 제법 미술 학원 같은 분위기가 났다.

"이러다 정 들겠어." 수현이는 틱틱거렸지만 얼굴에는 장난기가 가득했다.

"좋으면서 일부러 그러는 거지?" 그냥 넘어갈 일 없는 성진 오빠가 수현이 옆에 찰싹 달라 붙어 앉았다.

"언니 미술 수업도 하는 거야?" 산만한 분위기 때문에 지우는 손을 들어 앞에 서 있는 도희 언니에게 물었다.

"최근에 사업을 구상해 보았는데 그 전에 몇 가지 알아볼 게 있어서."

"평생 일하지 않아도 먹고살 만큼 재력이 충분한데 쓸데없이 이런 걸 왜 계속 구상해?" 성진 오빠는 정말 이해되지 않는다는 표정으로 물었다.

"그 재력이 내 재력이니? 젊을 때 이것저것 도전해 보고 나의 가치를 높여 놔야지. 그게 자산이 되는 법이란다." 도희 언니는 눈살을 찌푸렸다. 그녀는 진취적이었으며 지칠 줄 모르는 열정까지 가지고 있었다.

"자신에게 최대한 많이 투자하라. 당신은 당신의 가장 큰 자산이다. 워런 버핏이 한 말이 떠오르네." 주만 오빠가 공감한다는 듯 고개를 끄덕이며 긍정의 답을 보냈다.

"아주 부자끼리 통하는 게 있다니까. 그 투자도 재력이 없으면 어떻게 해?" 수현이는 코웃음 치며 빈정거렸다.

"평범한 가정에서는 좋은 대학 나와서 좋은 데 취업하기도 급급한 세상이야." 성진 오빠는 수현이 편을 들었다.

"어디에 취업하기보다는 본인의 열정을 업으로 연결시키고 그걸 확장해서 사업으로 구상해 봐. 내 주변 백만장자들은 그렇게 부를 쌓아." 주만 오빠의 목소리는 아까보다 힘이 들어가 있었다.

"흠, 그 사업도 잘난 집안에서 지원해 주니까 가능한 거 아니겠어?" 수현이는 못마땅한지 아까보다 더 날이 선 목소리였다.

"아니야. 생각을 바꾸면 누구나 할 수 있어." 주만 오빠는 이번에는 웃음기가 싹 사라진 목소리로 답했다. 꽤나 진지한 얼굴이었다.

"정말 그사세야(그들이 사는 세상)!" 성진 오빠가 말했다.

"사람 사는 세상 똑같지! 다른 거 없어. 끊임없이 도전하도록 교육받았는지 아니면 세상에 맞춰 살도록 교육받았는지, 단지 그 차이일 뿐이야." 주만 오빠 얼굴에는 여전히 미소를 띠고 있었지만 단호한 말투였다.

지우는 본인의 아무런 의도 없는 질문 때문에 작업실 분위기가 살벌하게 흘러가는 것 같아 난처한 기색이었다. 도희 언니가 책상을 탕탕 치며 시선을 집중시켰다.

"애들아, 그만해! 수업 시작하자. 주제는 자유야. 지금 떠오르는 생각을 그림으로 표현해 봐. 너희들 앞에 놓여진 아크릴 물감으로 자유롭게 그려 봐! 서로를 통합하는 그런 뜻깊은 시간을 가져 보자." 상황 정리가 빠른 도희 언니였다.

"그냥 그리라고?" 성진 오빠는 황당한 얼굴로 물었다.

"뭐라도 가르쳐 주고 그리라고 해야지. 이러면 학생들 안 찾아와." 수현이는 어이없는 표정으로 맞장구쳤다.

"가르치면 창의성이 닫혀." 도희 언니는 이 말을 마지막으로 입을 꾹 닫았다. 아무리 투덜거려도 어떤 것도 가르쳐 주지 않을 그녀라는 것을 잘 알고 있는 우리였다. 잠깐의 정적이 흐른 뒤 다들 각자 캔버스에 집중하기 시작했다. 몇몇은 책꽂이에서 매끄럽게 코팅되어 있는 묵직한 미술책을 가지고 와 책장을 훌훌 넘기고 있었다. 어떠한 영감이라도 얻길 바라는 마음으로 말이다.

나는 정말 오랜만에 알록달록한 물감과 붓을 마주하니 들뜬 마음을 감출 수가 없었다. 기분이 상당히 좋았다. 어떤 걸 그려 볼까 생각하다가 샌프란시스코의 첫날 베이 브릿지에서 내려다본 거센 물살이 떠올랐다. 나를 집어삼킬 것 같던 그 물살이 한동안 내 머릿속을 떠나지 않았었다. 물살의 휘몰아치던 거친 질감과 보기만 해도 가슴 시리게 만들던 시퍼런 색감을 표현하고 싶다는 생각이 강하게 들었다. 바람이 부는 방향대로 흐르지 않았던 물살들, 거칠고 개성 강한 물살들은 대세에 편승하지 않으려고 무던히도 애쓰는 사람들을 닮아 있었다. 저 물살과 달리 나는 단 한 번도 내 인생을 거슬러 올라간 적이 없었다. 현실에 맞추어 살았을 뿐이었다. 물살은 역행할 용기가 없는 내게 아우성을 지르는 것 같았다. 대세에 편승하지 말라고 나만의 길을 가라고. 그래서 그날의 물살을 오랫동안 보고 있기 힘들었는지도 모르겠다. 마치 나를 집어삼키는 듯했으니까.

나는 마지막 터치를 끝내고 홀가분한 마음으로 물이 담긴 유리병에 붓을 담가 마구 휘저으며 찰랑찰랑 소리를 냈다. 오늘도 완벽한 몰입 상태가 되었다. 나중에는 도희 언니가 틀어 놓은 음악조차 들리지 않았다. 이런 순간이 그리웠다. 또다시 느낀다. '나는 그림을 정말 좋아하는구나.'

"와우, 지현아! 그림을 이렇게나 잘 그렸던 거야? 왜 내색 한 번 하지 않았어? 당장 전공 바꾸는 건 어때?" 내가 그린 그림을 처음 본 지우가 감탄한 목소리로 말했다.

"그 정도는 아니야." 지우의 말에 모두가 내 그림에 시선이 집중되어 민망했다.

"아니긴. 내가 봐도 수준급인데. 지금의 마음 상태가 무언가로 휘몰아치는구나?" 내 옆으로 다가온 도희 언니가 물었다.

"오, 그게 느껴져? 그걸 표현하고 싶었어." 내가 어떤 마음으로 그림을 그렸는지를 단번에 알아봐 준 언니가 고마우면서도 신기했다.

"무엇을 표현하고 싶은 거야? 나는 그냥 거칠다는 것밖에 모르겠어." 수현이는 고개를 갸우뚱거리며 물었다.

"처음 샌프란시스코에 도착해서 베이 브릿지를 건널 때였어. 아래를 내려다보니까 물살이 되게 거셌거든. 뭐든 집어삼킬 것 같았어. 특이하게도 바람이 부는 방향대로 흐르지 않더라고. 대세에 편승하지 않으려고 무던히도 거슬러 올라가는 물살들이 기억에 오래 남더라고. 샌프란시스코를 떠올리면 이 차갑고 시린 물살들이 먼저 떠올라." 시린 기운이 나를 스쳐 지나간 듯 나도 모르게 온몸을 부르르 떨었다.

"맞아. 알카트라즈 감옥도 그걸로 유명하지. 섬에 있는 감옥인데 조류도 세고 물도 너무 차가워서 그 섬을 탈출한 죄수가 단 한 명도 없다잖아." 수현이가 덧붙여 말해 주었다.

"티뷰론을 꼭 보여 줘야겠다. 티뷰론에서 바라보는 바다는 달라." 뒤에서 잠자코 있던 주만 오빠가 낮은 목소리로 나직하게 말했다.

"티뷰론이요?" 지우가 동그란 눈으로 물었다.

"소살리토 위쪽으로 더 올라가면 '티뷰론'이라는 지역이 있어. 굉장히 한적한데 참 아름다운 동네야. 주만 오빠 가족 별장이 티뷰론에 있거든." 도희 언니가 책상에 기대어 서며 설명했다.

"오, 그럼 우리 티뷰론에 놀러 가는 거야?" 지우가 들뜬 목소리로 물었다.

"하루 정도는 여유 부려도 되지 않나?" 주만 오빠가 미소 지으며 답했다.

"하루 가지고 돼? 1박 2일 어때? 그 별장 안 가 본 지 나도 오래 됐네." 도희 언니도 꽤나 신나 보였다.

"언니는 가 봤었어?" 수현이가 부러운 눈으로 물었다.

"어릴 때 오빠네 할머니, 할아버지 따라 몇 번 갔었지. 그때가 좋았어." 언니는 회상에 잠긴 얼굴이었다.

"그럼 지금 당장 날짜를 정하자! 잠깐 구경만 했었는데 티뷰론에서 1박이라니. 거기 부촌 중에서도 부촌이잖아." 책상에 올리고 있던 다리를 내려놓으며 성진 오빠는 괴성을 지르며 흥분을 감추지 않았다.

"저 월, 수, 금은 빼 주세요." 지우가 손을 살짝 들었다.

"왜? 그때 무슨 약속이라도 있는 거야?" 도희 언니가 의아한 얼굴로 물었다.

"어학원을 등록했거든. 다음 주부터 시작이라서."

"내가 추천한 학원에 등록하는 거야?" 수현이가 손에 묻은 물감을 벅벅 닦아 내며 지우를 바라보았다.

"응. 거기로 정했어. 아무래도 다음 학기 시작하기 전에 영어 공부를 좀 더 집중적으로 해야 할 것 같아. 독학하는 것도 한계가 있어서 말이야." 지우는 어깨를 으쓱했다.

"그럼 지현이도 같이 다녀?" 도희 언니가 말했다.

"아니."

"그럼 혼자 뭐해?" 성진 오빠가 물었다.

"명상해." 나는 무미건조하게 답했다.

"잔다는 걸 저렇게 고상하게 돌려 말하다니." 성진 오빠가 키득거렸다.

"지현이 그림 보면 진짜 명상하는 사람 같은데?" 도희 언니는 성진 오빠에게 핀잔을 놓으며 말을 이었다.

"지현아, 정말 전공 틀 생각 없어? 미국에 미대도 진짜 많거든. 재능이 너무 아까워." 도희 언니는 진심으로 아까운 듯한 표정이었다.

"맞아. 특히 뉴욕이 미대로 유명하지 않나? 포트폴리오 만들어서 지원해 봐. 미술에 대해 잘 모르는 내가 봐도 너무 아깝다." 주만 오빠도 거들었다.

나는 선뜻 답할 수가 없었다. 뉴욕에 있는 미대를 가려면 1년에 학비와 생활비만 1억 이상이 들었다. 특히 뉴욕은 살인적인 물가를 자랑했다. 우리 집은 그 모든 걸 감당할 만한 형편이 아니었다.

"부모님한테 너무 큰 부담을 드리는 것 같아서요. 오늘처럼 취미로 그리는 것도 좋아요." 취미로도 좋다고 말했지만 씁쓸한 기분을 떨칠 수 없었다.

"장학금도 잘되어 있을 거야. 알아봐. 타고난 재능을 사회에 공헌할 수 있는 게 인생에서 얼마나 큰 기쁨일지 상상조차 못 할 거야. 그 행복을 놓칠 거야?" 나를 바라보는 주만 오빠의 눈빛이 그 어느때보다 반짝거렸다. 나는 그의 눈빛에 어떤 대답도 할 수 없었다.

"저기요! 저희 그래서 날짜는 언제로 정할까요?" 책상을 탕탕 치는 소리가 들려왔다. 이번에는 수현이었다.

"다음 주 토요일 어때?" 내게 쏠리는 이 부담스러운 상황을 얼른 전환하고 싶어 수현이의 질문에 바로 답했다.

"나는 너무 좋지." 지우도 학원 일정이 없는 토요일이 마음에 드는 눈치였다.

다음 주 토요일에 우리는 티뷰론으로 떠나기로 정해졌다. 주만 오빠가 말한 티뷰론의 바다는 어떻게 다른지 전에 없던 호기심이 일었다. 정말 오랜만에 찾아온 호기심이었다.

ツ ツ ツ

지우와 나는 아침부터 들떠 있었다. 샌프란시스코 근교로 떠나는 짧은 여행이지만 왠지 모르게 복잡하던 머릿속이 지금보다는 가벼워지는 기분이었다. '티뷰론'이라는 단어를 듣자마자 전에 없었던 설렘이 강하게 일었다.

"별장 앞에 바다가 딱 보이면 난 그 자리에서 소리 지를 거야." 지우가 짐을 챙기다 말고 양 두 팔을 높게 들어 흔들어 보였다.

"얼른 챙겨서 나가야 돼. 페리(Ferry) 시간 놓치면 안 돼." 하루에 3번밖에 운영하지 않은 페리 운영 시간 때문에 지우의 흥에 제대로 호응해 주지 못했지만 나 또한 그녀처럼 탄성이 절로 터져 나올 것이다. 주만 오빠는 우리를 맞이할 준비를 위해 어제 미리 출발했고, 수현이와 성진 오빠는 도희 언니 차로 이동하기로 하였다. 뼛속까지 관광객이라고 놀려도 지우와 나는 페리를 타겠다는 의지를 굽히지 않았다. 어느덧 피어41 선착장 앞에 도착한 우리는 페리 출입문이 열리기를 기다렸다.

"이때 아니면 우리가 언제 페리를 타 보겠어?" 지우가 상기된 얼굴로 웃어 보였다.

"그러니까. 오늘 햇살도 너무 좋다." 햇살이 선글라스 안까지 뚫고 들어올 기세로 강렬했다.

"생각해 보면 주만 오빠를 만나는 날이면 이상하게도 날씨가 좋은 것 같지 않아?"

"그런가?" 나는 무심하게 대답했다.

"그렇잖아. 샌프란시스코는 흐린 날이 유달리 많지만 주만 오빠를 보는 날에는 항상 맑았어. 주만 오빠와 함께하면 왠지 좋은 일만 가득할 것 같지 않아?" 지우의 얼굴은 오늘따라 생기 가득한 모습이었다.

"너무 의미 부여하는 거 아니야? 그냥 주만 오빠가 날씨 요정인가 보지?" 지나가는 말투로 대답한 뒤 말을 이었다.

"이제 올라탄다. 표 꺼내 놓자." 나는 사람들이 입장하는 쪽을 가리키며 호주머니에서 표를 꺼내 들었다. 어서 빨리 페리에 올라타기를 기다렸다. 정수리에 내리꽂는 햇빛 때문에 얼른 안으로 피신하고 싶다는 생각밖에 들지 않았다.

페리 1층 카페에서 스무디를 하나씩 사 들고 2층 데크에 자리를 잡았다. 상큼한 스무디를 마시며 시원한 바람을 맞으니 이 또한 지상 낙원이었다. 펄럭이는 성조기를 바라보며 귓가에 시원하게 부는 바람을 만끽했다. 페리가 하얀 거품을 내며 움직이자 샌프란시스코 도시의 모습이 점점 작아지더니 얼마 지나지 않아 저 멀리 금문교가 나타났다. 짙은 빨간색이 아주 선명하게 보였다. 샌프란시스코에 온 지 얼마 되지 않았을 때 지우, 수현이와 들렀던 금문교와 확연히 달랐다. 그때는 짙은 안개 때문에 가까이에서도 금문교가 빨간색인지 실로 실감이 나지 않았었다.

수현이가 말했던 알카트라즈섬 바로 옆을 지날 때는 머리 위로 갈매기 떼들이 끼욱끼욱 소리를 내며 나타났다. 몇몇 갈매기들은 갑판 위에 앉아 사람들의 간식을 호시탐탐 노리기도 했다. 독수리만 한 갈매기들을 구경하며 50분 남짓 달리니 정말이지 다른 세상이 펼쳐졌다. 제일 처음 펼쳐진 풍경은 바다를 향해 나란히 줄지어 있는 붉은 벽돌집들이었다. 그 앞에는 초록 잔디와 산책길이 구불구불 나 있었고 바다를 보며 여유를 즐기는 사람들이 한 폭의 그림처럼 서 있었다. 분명 50분 전만 해도 마천루가 즐비한 도시의 풍경이었지만 지금 내가 마주하고 있는 것은 어느 동화 속 세상이었다.

하얀 요트들이 나풀거리는 요트장을 지나 선착장에 가까이 다가서니 속도가 서서히 줄어들었다. 파도가 잔잔해 페리가 크게 출렁거리지 않았다. 우리는 선착장 앞에 설치되어 있는 난간 쪽으로 걸어갔다. 주만 오빠를 기다리며 난간에 기대어 서서 햇빛에 반짝이는 바다를 보고 있으니 마음이 몽글거렸다. 내 인생에서 이렇게 멋지고 아름다운 풍경이 있었을까? 살랑살랑 불어오는 바람에 내 머리칼이 어깨에서 나풀거렸다. 햇빛에 반사된 갈색 머리는 지금 바다에 반짝이는 윤슬처럼 빛이 났다. 난간에 기대던 몸을 뒤로 돌려 머리카락을 귀 뒤로 넘기자 저 끝에서 주만 오빠가 걸어오고 있는 것이 보였다. 그는 단 한순간도 다른 곳을 응시하지 않고 나를 바라보며 걸어오고 있었다. 그의 눈빛이 상당히 강렬했다. 나는 그의 시선이 부담스러워 몸을 살짝 비틀어 옆에 있는 지우를 불렀다.

"저기 오빠 오고 있다." 지우도 난간에서 몸을 떼어 돌아보았다.

"그렇네! 오빠, 우리 여기 있어." 지우는 손을 흔들어 보였다.

주만 오빠 차에 올라탈 때까지 바다에서 시선을 거두기 힘들었다. 하염없이 바라보게 만들었다.

"이곳 바다는 잔잔하고 아름답지 않았어?" 주만 오빠는 핸들을 돌리며 물었다.

"우리가 바다 구경하고 있던 거 봤어?" 지우가 들뜬 목소리로 답했다.

"바다에 흠뻑 반한 얼굴이던데? 온 보람이 있어." 주만 오빠는 상당히 뿌듯한 얼굴이었다.

주만 오빠의 별장은 선착장에서 멀지 않았다. 페리에서 마주했던 붉은 벽돌집들 중 하나였다. 하나같이 바다를 향해 같은 모양으로 나란히 서 있으니 한국의 타운 하우스가 연상되었다. 더 높은 언덕에 있는 고급 주택들은 제각각 다른 개성을 뽐내고 있는 데 반해 이 붉은 벽돌집들은 통일성 있게 한 줄로 줄지어 있으니 깔끔하고 정돈된 인상을 주었다. 바다의 파란색, 산책길의 초록색, 벽돌집의 빨간색, 오로지 세 가지 색만으로 사람의 마음을 흔들어 놓기에 충분했다. 특별할 것 없고 지극히 평범한 것에 나는 매번 사랑에 빠진다. 지금처럼 단순한 색감들이 나의 마음을 뒤흔들어 놓을 때면 당장 캔버스를 펼치고 이 감정들을 마구 쏟아내고 싶은 마음이 강하게 들고는 했다. 확실히 서울보다 미국에 있을 때 그런 마음이 더 자주 들었다.

중문 너머 도회 언니와 수현이, 성진 오빠의 웃음소리가 들려왔다. 물속에 잠겨 축축하게 늘어져 있던 나의 마음을 햇빛에 꺼내 바짝 말리고 싶다는 생각이 들었다. 저들의 웃음소리처럼 티 없이 맑고 깨끗하게 말이다. 오늘은 일광 소독하기 참 좋은 날씨였다.

으리으리한 중문을 밀고 들어가니 빨간 벽돌의 아늑함을 기대한 것과 달리 내부는 온통 대리석으로 꾸며져 있었다. 거실 정중앙에 있는 큰 벽난로가 대리석의 차가움을 중화하려는 듯했지만 역부족이었다. 예전 알렉스 집에서 보았던 벽난로보다 상당히 크고 화려했다. 화려한 쿠션이 놓인 소파 위에서 거대한 샹들리에가 쏟아질 것처럼 반짝이니 어느 중세 궁전을 연상시켰다. 바로 그 옆에 나 있는 큰 창에는 아까 보았던 초록색 산책길과 파란색 바다가 한눈에 펼쳐지고 있었다. 마치 한 폭의 수채화를 감상하듯 넋을 놓고 바라보았다.

별장은 아주 넓은 3층짜리 대저택이었다. 1층에는 거실, 응접실, 부엌이 있었고, 2층은 방들로 가득했는데 모두 다 침실이라고 하였다. 방이 많아 하나씩 배정받았지만 배정받은 방에서 잠을 잘 수 있을지 의문이었다. 그림 같은 이 집에서 바로 잠자리에 들기에는 다들 아쉬울 테니 아마 한방에 모여 밤새 수다를 떨지 않을까 싶었다. 2층 중앙 거실 앞에 있는 테라스에는 테이블과 아기자기한 의자들이 모여 있었고 테이블 위에는 노란 튤립들이 앙증맞은 꽃병에 가지런히 꽂혀져 있었다. 주만 오빠가 직접 고른 꽃일까? 이런 것들을 준비하려고 어제 미리 넘어온 것일까? 어쨌든 2층에서 바라본 풍경도 가히 환상적이었다. 바다멍을 하기 딱 좋은 자리였다. 가기 전에 꼭 다시 들러 잠깐이라도 앉아 있다 가자고 마음먹을 만큼 제일 좋았다.

마지막 3층은 주만 오빠의 어머니가 글을 쓰는 작업실로 사용하는 공간이라고 했다. 한쪽 벽에는 수많은 책들로 가득했으며 커다란 책상 위에는 정리되지 않은 서류들이 비좁게 자리를 차지하고 있었다. 인쇄기가 여러 대 있었으며 개중에서 하나는 굉장히 컸다. 보호 비닐에 그대로 싸여져 있는 것을 보니 산 지 며칠 되지 않은 것 같았다. 그 위에는 인쇄된 종이들과 빨간색 띠지가 나뒹굴고 있었는데 얼핏 보니 미국의 대학교 외관 모습이었다. 화려한 색감을 뽐내니 입체적인 화면을 보는 듯했다.

집 구경을 마친 뒤 응접실 앞에 마련되어 있는 야외 공간으로 이동했다. 발 아래 폭신한 잔디의 촉감이 부드러웠다. 바비큐 그릴 기계 양옆으로는 이름 모를 꽃들이 한가득 드리워져 있었는데 유럽 어느 귀족 가문이 사는 저택에 방문하면 이런 모습이지 않을까 하는 생각이 절로 들었다. 정말이지 상상 속에만 존재할 법한 집이었다.

"고기 너무 부드러운 거 아니야?" 수현이가 구워진 고기를 입으로 가져갔다. 우리는 주만 오빠가 준비한 음식들을 보며 감탄하기 바빴다. 고기와 곁들여 먹을 수 있는 푸릇푸릇한 샐러드와 알록달록한 과일들을 보고 있으니 눈까지 즐거웠다.

"이 많은 음식들 사고 준비하느라 어제 너무 고생했겠다." 나는 치우기 쉽게 다 먹은 접시를 한쪽으로 밀어 놓으며 말했다.

"관리인이 준비해 주신 거라 나는 정리한 것밖에 없어." 주만 오빠는 먹잇감을 물어다 주는 어미 새처럼 연신 고기를 구워 날랐다.

"우리가 너무 부려 먹는 거 아니야?" 지우는 미안한지 머리를 긁적였다. 그녀의 말에도 어느 한 명 일어나 도울 생각은 없어 보였다. 예나 지금이나 몸이 먼저 반응하는 나는 어느새 그릴 기계 앞으로 가 있었다.

"이제 내가 구울게. 오빠도 가서 좀 먹어." 내가 굽겠다는 소리에 적잖이 놀란 눈치였다.

"손님한테 이런 걸 시킬 수 없지. 가서 얼른 먹어."

"아니야. 나 다 먹었어." 집게와 가위를 받으려고 내민 손을 거두지 않자 주만 오빠는 피식 웃었다.

"고집부리지 말고. 괜히 고기 다 태워."

"이래 뵈어도 고깃집 아르바이트 경력이 있는 사람이야." 내가 허리춤에 양손을 올리며 의기양양하게 말했다.

"네가?" 주만 오빠는 믿지 못하겠다는 표정이었다.

"왜 곱게만 컸을 것 같아? 이것 봐 봐. 그때 데인 흉터야. 이제는 좀 믿어져?" 고기를 굽다가 기름이 튀어 올라 생긴 흉터였다. 나는 아무렇지 않게 손등에 있는 흉터 자국을 보여주었다. 내 의도와 달리 오빠의 표정이 심각해졌다. 심지어 심란해 보이기까지 했다.

"다 아물어서 이제 아프지도 않아." 그의 표정을 애써 풀어보려고 일부러 손등을 가볍게 툭툭 치며 웃어 보였다. 오히려 이게 더 역효과였는지 툭툭 치던 내 손을 잡아 들었다. 순간 어떤 반응을 보여야 할지 몰라 벙벙하고 있던 참에 성진 오빠가 그릴 쪽으로 성큼성큼 걸어오는 것이 보였다.

"둘 다 식사 마저 해! 내가 구울게."

"도희 언니한테 등 떠밀려 온 거야? 표정이 왜 그래?" 내가 익살스럽게 물었다.

"김지현, 예리해!"

Ÿ Ÿ Ÿ

다 함께 부른 배를 부여잡고 집 앞 산책길을 따라 걸었다. 찰랑거리는 파도 소리가 들려왔다. 한적하고 여유로운 마을이었다. 강아지와 함께 산책하는 사람들, 자전거를 타는 사람들, 수상 스포츠를 즐기는 사람들, 벤치에 앉아 대화를 나누는 사람들, 그곳에 있는 모든 사람들이 실존하지 않는 그림처럼 보였다. 마치 내가 그림 속에 들어와 있는 기분이었다. 눈에 보이는 장면 하나하나 오랫동안 담고 싶어 일행보다 느리게 걸어가고 있었다.

"다음에는 여기를 배경으로 그림을 그리는 날이 올까?" 주만 오빠는 본인이 걷고 있던 속도를 늦추어 내 옆으로 다가와 물었다. 어떤 말을 해야 할지 몰라 나는 바로 대답하지 못했다.

"나는 그냥 네가 어두운 세상이 아니라 밝고 아름다운 세상만 보고 살았으면 좋겠어서."

"상처 입은 조개가 진주를 만든다." 나는 괜히 씩씩한 척하며 말을 이었다.

"어두운 경험도 지금의 나를 만들어 준 소중한 경험일 테니까. 어떤 상처든 잘 이겨 내 보려고."

나는 무리를 향해 빠른 걸음으로 달려갔다. 주만 오빠의 관심과 호의는 고맙지만 여지를 남길 만한 어떤 행동을 보이고 싶지 않았다. 아직도 내 심장은 '투야'라는 이름에만 반응했다. 연락이 오지 않아도 괜찮았다. 다음 학기에 내가 그를 찾아가 잘 지냈냐고 물어보면 그만이다. 마침 어떤 할아버지가 걸음이 다소 불편한지 할머니의 손을 꼭 잡으며 아름다운 풍경을 따라 걸어갔다. 눈부시게 아름다운 이 장면이 나의 가슴을 시리게 만들고 있었다. 나는 모든 장면에서 자꾸만 투야를 그려 내며 투영했다. 저들처럼 인생의 반려자와 함께 늙어 갈 수 있다면 얼마나 행복한 인생일까?

"자전거 타고 싶다." 지우가 말했다. 주변에는 자전거 라이더가 많았다.

"나도! 자전거 대여해 주는 곳 없나?" 내가 들뜬 목소리로 맞장구쳤다.

"집에 있는 전기 자전거는 3대뿐이라." 주만 오빠가 어깨를 으쓱했다.

"그럼 3명이서 타고 와. 우리는 지하에 내려가서 골프 치고 있을게." 도희 언니가 말했다. 별장 지하에는 스크린 골프장이 마련되어 있었다. 도희 언니의 골프 실력은 프로에 가까웠으며 필드에 나갈 때면 수현이도 몇 번씩 따라 나가기도 했었다.

"당장 내려가자. 저번에 언니한테 배운 거 복습해야지." 수현이도 골프를 칠 수 있다는 사실이 상당히 마음에 드는 모양이었다.

"그럼 나는?" 성진 오빠였다.

"저번에 너도 배우고 싶다며!" 도희 언니가 소리 높여 답했다.

자전거에 올라타 발이 땅에 닿게끔 안장 위치를 조절한 뒤 우리 셋은 똑같은 안전모를 쓰고 거리에 나왔다. 차도, 사람도 많이 없는 티뷰론은 자전거를 타기에 완벽했다. 페달을 힘차게 밟을 때마다 시원한 바람이 얼굴을 간지럽혔다. 거리에는 아기자기한 상점들이 많았으며 관공서조차 이곳의 풍경을 헤치지 못했다. 관공서마저 하나같이 귀여움을 장착하고 있었다. 이 마을 법에는 귀엽고 예쁜 건물만 올릴 수 있다는 조항이 들어가 있는 것일까?

맞은편에 '더 로지 앳 티뷰론'이라는 호텔에서 막 나온 사람들이 우리를 보며 활짝 웃어 주었다. 나는 깊은 굴속에 빠져 운 좋게 어느 아름다운 동화 속 세상에 들어가 헤엄치는 기분이었다. 『이상한 나라의 앨리스』에서 앨리스가 깊은 토끼굴에 빠져 다른 세상을 유영하듯 말이다. 사람들은 하나같이 친절했고, 우리를 감싸는 바람은 한없이 포근했다. 내가 살고 있는 세상과 다른 세상임이 틀림없었다.

우리는 전기 자전거 덕분에 큰 힘들이지 않고 주만 오빠가 이끄는 곳으로 이곳저곳 구경할 수 있었다. 우리는 이 기세를 몰아 소살리토까지 가 보기로 했다. 소살리토는 이탈리아 남부를 연상시켰으며 티뷰론과는 또 다른 매력이 있는 마을이었다. 주변에 씨푸드 레스토랑, 카페, 아이스크림 가게들이 즐비해 있었다. 티뷰론보다 관광객도, 차도 더 많았다. 우리는 거리가 점점 복잡해지자 자전거에 내려 걸어가기로 했다.

"래퍼츠(Lappert's)에 들러서 잠깐 쉬었다 가자." 주만 오빠는 차가 지나가자 본인이 바깥쪽에 서며 말했다.

"소살리토에 오면 꼭 먹어 봐야 하는 아이스크림 가게잖아." 지우의 신난 목소리가 흘러나왔다. 나 또한 강렬한 햇빛 때문에 차가운 아이스크림이 간절했다.

"맛은 무난해. 색다른 맛을 기대하면 실망할 수도 있어."

"아무렴 어때. 이미 여기는 천국인 걸." 나는 한껏 상기된 얼굴로 말했다.

좁은 매장에 사람이 많아 아이스크림을 머리 위로 치켜들며 나왔다. 아이스크림은 사수했지만 앉을 자리는 사수하지 못해 근처 가브리엘슨 공원으로 이동했다. 바다 앞에 놓여진 벤치에 앉아 컵에 담긴 상큼한 라스베리 맛 아이스크림을 떠먹으니 너무나 행복했다. 바다멍을 하며 먹는 달달한 아이스크림이라니! 머리가 비워지면서 수많은 생각과 고민으로부터 해방되는 기분이었다. 내 안에서 거칠게 휘몰아치던 파도가 따스하게 내리쬐는 햇살의 온기에 잔잔히 가라앉고 있었다. 우리 셋은 아무 말 없이 바다를 바라보았다.

"다음에 나이가 들면 이곳을 다시 꼭 찾아와야겠어." 내가 혼잣말로 말했다.

"맞아. 두고두고 보고 싶은 데야." 지우가 방금 흘러내린 아이스크림을 핥으며 맞장구쳤다.

"살아가는 게 힘들어도 꿋꿋하게 잘 버틸 수 있을 것 같거든. 동화 속 같은 이곳을 다시 들른다는 생각만으로도 가슴 벅차니까." 살아가다 보면 역경과 고난이 있겠지만 그 힘든 순간에 오늘 이날의 풍경이 내게 무엇이든 버틸 힘이 되어 줄 것 같았다.

금문교 비스타 포인트까지 찍고 나니 밖에서 배회한 지 세 시간이 훌쩍 넘어 있었다. 전기 자전거도 한몫했겠지만 아름다운 풍경을 눈에 열심히 담느라 전혀 힘들지 않았다. 우리는 돌아가기 위해 방향을 틀자 주만 오빠의 휴대폰이 외투 안쪽 호주머니에서 울렸다. 걸려 온 전화는 도희 언니였다.

"샘스 앵커(Sam's anchor)에서 저녁 먹자는데." 그는 전화기를 다시 호주머니에 넣었다.

"거기는 어떤 것 팔아?" 지우가 상당히 궁금한 얼굴로 물었다.

"음, 랍스터롤, 클램차우더, 튀김, 굴 등등. 해산물 레스토랑이라 생각하면 돼."

"그러고 보니 샌프란시스코에서 클램차우더를 한 번도 못 먹어 봤네?" 내가 지나가는 말로 말했다.

"그렇네? 나는 해산물 스프는 그냥 그래." 지우는 해산물을 좋아하는 편이 아니었고 특히 조개류에 알레르기가 가끔씩 발현되어 조심하는 편이었다.

"꼭 먹어 봐. 샌프란시스코는 클램차우더가 유명하니까. 일단 넘어가자." 주만 오빠는 페달을 발에 올리며 말을 이었다.

"바닷가 앞이라 야외에서 먹으면 환상적이야. 노을 지는 순간을 놓칠 수 없지." 주만 오빠는 저음의 목소리라 단번에 알아채기 힘들지만 지금 그도 상당히 들떠 있음을 알 수 있었다.

"오늘은 노을이 평소보다 더 환상적일 것 같은데?" 지우가 헬멧을 고쳐 쓰며 활짝 웃어 보였다.

"맞아. 오늘 날씨가 너무 좋아서 노을도 굉장할 것 같아." 나도 상기된 목소리로 답했다. 벤치에 앉아 일광 소독한 덕분인지 마음이 보송보송해지면서 온몸에 기분 좋은 전율이 감돌았다.

ÿ ÿ ÿ

종업원의 안내를 받아 야외로 나갔다. 열심히 페달을 밟아 온 덕분에 해는 다행히도 작별 인사를 마치지 않았다. 야외로 나가니 테이블마다 설치되어 있는 하얀색 바탕에 파란색으로 재미를 준 큰 파라솔이 제일 먼저 시선을 사로잡았는데 파라솔마저 감각적으로 보였다. 야외 공간은 수상가옥처럼 물 위에 지어져 있어서 바다의 아름다움을 한껏 즐기며 식사하기 좋은 곳이었다. 바다 바로 앞 명당 자리에 도희 언니가 보였다. 이미 주문까지 마친 상태였지만 그녀는 우리에게 더 주문할 것이 없는지 메뉴판을 건네주었다.

"클램차우더도 시켰어?" 주만 오빠가 앉으며 물었다.

"성진이랑 수현이는 안 먹겠다고 해서 하나만 시켰어. 오빠도 좋아하는 편은 아니니까." 도희 언니는 의자에 걸어 놓은 얇은 외투를 어깨에 걸치며 답했다.

"그럼 두 개만 더 시키자. 얘네들 샌프란시스코까지 와서는 클램차우더를 한 번도 못 먹어 봤데."

"정말? 샌프란시스코에 온 지 한 달이 넘었는데도?" 도희 언니는 정말 놀란 얼굴이었다.

"이 집 클램차우더가 부드럽고 맛있지만 보딘 베이커리에서도 꼭 먹어 봐. 또 다른 매력이 있어. 사우어(Sour)도우 빵에 담아져 나오는데 빵의 시큼함이 스프의 맛을 배로 끌어올려 주거든."

"나는 빵이 시큼해서 별로였는데 좋아하는 사람이 많더라?" 맞은편에 앉은 수현이가 공감이 안 된다는 표정을 지어 보였다.

"나는 시큼한 거 좋아하니까 다음에 도전해 봐야겠다." 유리잔에 담겨 있는 물을 들이켜며 답했다. 아무래도 오늘 하루에 쓸 모든 체력을 이미 소진한 기분이었다. 자전거를 탔던 우리 셋뿐만 아니라 골프를 쳤던 그들도 마찬가지였다. 다들 배가 고픈지 음식이 나오기만을 기다리는 눈치였다. 우리의 눈은 종업원이 들고 나오는 접시만 하염없이 바라보고 있었는데 종업원이 다른 테이블로 향할 때는 얼굴에 실망한 빛이 역력했다. 드디어 우리 차례가 왔다. 아까 주만 오빠가 말한 음식들 외에 햄버거, 홍합 스튜, 감자튀김도 함께 나왔다.

해는 점점 바다 끝으로 사라지고 있었다. 안개 하나 없던 날씨 덕분에 빨갛게 저물어 가는 노을의 모습이 더욱더 장관을 이루었다. 하늘은 마치 불에 타는 것 같았고 주변에 붉게 물든 양떼구름들은 꿀렁꿀렁 춤을 추고 있었다. 나는 레드 와인이 담긴 와인잔의 베이스 부분에 손가락을 걸고 괜히 앞뒤로 흔들어 보았다. 마치 빨간 와인이 춤을 추듯 출렁였다. 배운 적도 없던 왈츠를 폼 나게 추며, 그렇게 황홀할 수 없었던 밤을 보낸 기억 때문에 눈시울이 뜨거워지고 있었다. 오늘은 투야의 안녕이 그 어느 때보다 참 궁금해지는 밤이었다. 그의 안녕조차 모른다 생각하니 무언가에 옥죄는 아픔이 밀려왔다.

그는 날 향해 웃어 주었고 안아 주었다. 그래서 그를 소유하고 있다고 생각했다. 사랑은 소유하는 게 아닌데 착각했나 보다. 마치 내가 바다를 가지고 싶어서 2L 물통에 바닷물을 한가득 담고, 두 주먹에 모래와 자갈 돌을 가득 쥐어 집으로 돌아올지라도 아까 보았던 그 바다가 내 것이 되어 주지 않는 것처럼 말이다.

나는 숨을 크게 들이마셨다. 트라우마를 깨기 위하는 의식을 치르듯

두 눈을 꾹 감고 남은 와인을 단숨에 비웠다. 그와 헤어진 이후 마지막이 힘들었던 나였다. 술의 기운을 빌려 보았다. 평소 같았으면 절대 잔을 비우지 않았을 테지만 괜찮았다. 마지막을 보아도 아무 일도 일어나지 않았다. 그때 맞은편에 앉아 있던 주만 오빠가 말없이 새로운 와인을 채워 주었다. 감정이 소용돌이치는 이 순간을 혹시 그가 지켜보았던 것일까? 그런 걱정도 잠시 그는 다른 사람들의 빈 잔에도 와인을 따르고 있었다. 흘러나오는 음악에, 붉은 노을에, 달달한 와인에 각자만의 방식과 분위기로 취해 가는 중이었다. 보랏빛 하늘 반대편에서는 달이 점점 차오르며 밤이 찾아오고 있었다.

집에 들어오자마자 주만 오빠는 벽난로에 불을 지폈다. 곧이어 나무 장작 타는 소리가 타닥타닥 들려왔다. 해가 지면서 서늘해졌던 몸이 점점 노곤해지더니 온몸이 나른했다. 우리는 마시멜로를 꼬챙이에 하나씩 꼽고서는 하나둘 벽난로 주변으로 모여들었다. 오늘의 디저트는 '스모어'였다. 녹인 마시멜로와 초콜릿을 크래커에 넣어 먹는 간식인데 한입만 베어 물어도 극강의 단맛을 자랑했다. 몸서리쳐지는 단맛 뒤에는 부작용이 항상 뒤따르는 법이라 나는 물을 연거푸 마셔야 했다.

바다멍에 이어 이제는 불멍이었다. 벽난로에서 나오는 뜨거운 불빛 때문에 다들 양 볼이 달아올랐다. 상기된 어린 아이의 얼굴이었다. 마치 이 세상의 번뇌를 단 한 번도 가진 적 없는 아이의 얼굴 같았다. 나의 현실도 그랬으면 얼마나 좋을까? 이런 순간에도 나는 미래에 대한 걱정이 앞섰다. 마냥 행복한 꿈을 꾸지 못했다. 한국에 있는 동기들은 좋은 곳에 취업하기 위해 고군분투하고 있다는 생각에, 나만 경쟁에 뒤처지고 있다는 생각에 마음이 무거웠다. 그렇다고 해서 지금 당장 한국으로 돌아갈지언정 오로지 취업을 위해 원치 않을 공부를 해낼 자신도, 해낼 마음도 없었다. 하지만 성적에 맞춰 학과를 선택했던 것처럼 내 직업도 언젠가는 그렇게 선택될 것이 뻔했다. 지금껏 그래 왔던 것처럼 말이다. 그 사실이 나를 더 힘들게 만들었다. 하지만 이제 와서 막대한 비용을 치르면서까지 미술이라는 분야에 도전할 깜냥이 없었다. 성공이 보장되지 않은 길을 감당할 만한 깜냥이 내게는 없음을 잘 알았다. 오늘 하루는 극강으로 치달을 만큼 행복한 하루였나 보다. 그 부작용으로 내 앞에 놓여진 무서운 현실이 엄습하고 있었다. 마치 스모어 같았다. 아무리 기분을 좋게 해 주는 달달한 음식도 많이 먹으면 몸에 해로운 법이니 나는 들고 있던 꼬챙이를 내려놓았다.

하나둘 피곤한지 각자 배정받은 방으로 들어가기 시작했다. 주만 오빠는 모두가 떠난 자리를 정리하고 있었다. 벽난로에 활활 타오르는 불꽃들이 재가 되어 갈 때까지 그 자리를 지키고 섰다. 나는 부엌에 가 회색 머그잔에 커피를 가득 따랐다. 밤에는 커피를 마시지 않지만 이대로 잠에 들고 싶지 않았다. 2층 테라스에서 시간을 좀 더 보낼 생각이었다. 계단으로 오르려는 찰나 벽난로에서 작은 불씨들이 보였다. 완전히 재가 되지 않은 조그맣고 귀여운 작은 불씨들이 반짝였다.

"작은 불씨도 다 꺼트려야 하는 거 아니야?" 벽난로 주변 정리를 마치고 나오는 주만 오빠에게 물었다. 혹시나 꺼지지 않은 불씨 때문에 화재의 위험이 있지 않을까? 하는 걱정도 있었다.

"괜찮아. 불 날 일은 없어." 걱정 가득 띤 내 얼굴을 읽었다는 듯 답해 주었다.

"조그마한 불씨들이 귀엽긴 해도 왜 다 끄지 않고?" 내가 한 말에 몸을 흠칫하며 상당히 놀란 기색이었다.

"이렇게 두면 집이 따뜻한 기운으로 감도는 것 같거든." 사랑만 가득할 것 같은 주만 오빠에게도 어떤 아픔이 있는 것일까? 차분하고 낮은 목소리는 오늘따라 구슬프게 들렸다.

"집이 대리석으로 가득해서 약간 차갑기는 해." 나는 가만히 그의 말에 맞장구를 쳐 주었다.

"엄마의 일방적인 취향 때문에." 엄마라는 단어가 이렇게까지 시리게 들렸던 적은 처음이었다. 그는 어깨를 한 번 으쓱한 뒤 생각에 잠긴 얼굴로 말을 이었다.

"어릴 때 저렇게 작은 불씨가 아침까지 살아 있으면 밤새 따뜻한 보호를 받은 듯한 기분이 들었거든."

평소와 다른 모습이었다. 이때까지 그가 보여 준 모습 중에 진짜 하주만이라는 사람이 있었을까? 그를 마주하고 있는 지금 이 순간 그런 생각이 들었다. 여태까지 그가 보여 준 모습에서는 그의 색이 단한 방울도 들어가 있지 않았음을. 하지만 나는 그의 이야기를 펼쳐 줄수가 없다. 그의 목소리에서 치미는 아픔을 알아차리고 싶지 않았다.

그의 인생에 더 개입해서는 안 된다는 생각뿐이었다. 나는 머쓱하게 잘 자라는 인사를 건네고 올라가려는데 그가 뒤에서 나지막이 말을 이었다.

"언제부턴가 저 작은 불씨가 왠지 나 같더라고. 항상 사람들은 화려하게 타오르는 불꽃에만 시선이 가 있는 법이지. 재 속에 파묻혀 버렸지만 저 작은 불씨도 여전히 살아 있거든. 작은 불씨는 어떻게든 바람의 기운을 잘 받아서 다시 타오르기 위해, 그것도 안 되면 최소한 꺼지지 않게 노력 중인데 아무도 그걸 못 알아봐." 나는 어떠한 말도 할 수 없었다. 이기적이게도 그가 보여 준 이 감정에 대해 침묵할 수밖에 없었다.

"어릴 때부터 바쁜 엄마, 아빠 때문에 그런 관심과 사랑은 체념했던 것 같아. 그래서 이 작은 불씨를 알아봐 준 사람을 본다면 내 모든 걸 걸어 볼 생각이거든. 생각보다 그 결핍이 꽤 크더라고." 그의 목소리는 다시 힘 있게 울렸다.

"오빠는 참 좋은 사람이야. 그런 사람이 꼭 나타나길 바랄게." 나는 일부러 계단을 쿵쿵 소리 내며 올라와야 했다. 떨리는 목소리였지만 내 귀에 선명하게 들리는 주만 오빠의 마지막 말 때문이었다.

"이 작은 불씨를 알아본 사람은 네가 처음이었어."

내 문제만으로도 머리가 터질 지경이었다. 미안하게도 내 마음에는 그를 헤아릴 공간이 전혀 마련되어 있지 않았다. 훅하고 들어온 그의 이야기를 가슴에 담아 내지 못하고 발 아래 그대로 내려 두었다. 체화

시키지 못할 게 분명했다. 2층 중앙 거실 소파를 지나 테라스 문을 힘껏 열어젖히니 시원한 바람이 불어왔다. 어지러운 내 머릿속에 산소가 가득 채워지길 바라며 회색 머그잔을 유리 테이블에 올려놓았다. 바다가 한눈에 보이는 자리에 양 무릎을 끌어다가 앉았다. 바다 정중앙에 떠 있는 아주 큰 보름달이 맑게 빛나고 있었다. 사방으로 밀려 나가는 샛노란 달빛이 그 아래 가볍게 찰랑거리는 바다 물결을 고요하면서도 은은하게 비추니 그 모습이 성스럽기까지 했다. 심란한 마음과 달리 황홀하게 떠 있는 저 보름달을 보자마자 블랙홀처럼 빨려 들어갔다. 나는 이 순간에도 투야를 끄집어내고 있었다. 그가 얼마나 멀리 있을지 가늠조차 할 수 없겠지만 그는 여전히 나의 삶을 밀고 끌어당겼다. 마치 저 달이 바닷물의 밀물과 썰물을 만들어 내는 것처럼. 내 깊숙한 곳에는 변함없이 그가 서 있었다. 나는 샛노란 달을 하염없이 바라보다가 테이블 위에 올려진 냅킨 한 장을 뽑았다. 마침 옆에 뒹굴고 있던 펜으로 그 위에 끄적이며 적어 내려갔다.

달이 바다를 움직이게 하는 것처럼 사람의 피도 휘저을 수 있을까

어쩌면 너 또한 나의 달이었을까
네가 어디에 있는지 네가 얼마나 멀리 있는지 가늠조차 할 수 없지만
너는 나의 삶을, 나의 생각을 심지어 나의 작은 습관마저도 밀고 끌어당긴다
그렇게 나의 피는 밀물이 되고 썰물이 되어 간다

그 깊숙한 곳에 여전히 네가 서 있으니까

시간이 얼마나 흘렀을까? 머리를 무릎에 숙이고 잠깐 잠이 들었던 모양이었다. 발이 시려워 잠에서 깼다. 양말도 신지 않은 맨발이었다. 목을 한 바퀴 돌리고 눈을 비비니 테이블 위에 내가 가져온 회색 머그잔이 아닌 노란색 머그잔이 하나 더 있는 것이 보였다. 캐모마일 티백이 담겨 있었다. 식어 버린 회색 머그잔과 달리 가져다 둔 지 얼마 되지 않은지 노란색 머그잔은 참 따뜻했다. 그 바로 옆에는 노란색 담요와 수면 양말도 가지런히 놓여 있었다. 노란 튤립, 노란 담요, 노란색 머그잔. 노란색이 얼어붙은 나의 마음을 따뜻하게 감싸 안아 주었다.

담요를 펼치자 A4용지로 철해진 종이 뭉텅이가 떨어져 나왔다. 손가락 두 마디는 될 법한 두께였다. 미국과 한국에 있는 미대에 대해 정리한 자료였다. 입시요강이 쭉 나열되어 있는 서류에는 장학금 제도가 좋은 학교에 빨간색 띠지로 분류 작업까지 마친 상태였다. 오늘 오후 3층 작업실에 보았던 자료가 틀림없었다. 예쁘게 정리해 놓은 서류 맨 위에는 노란색 포스트잇이 붙어 있었다.

'꿈을 향해 달려갔으면 좋겠어. 좋아하는 일을 하면 아무리 힘들어도 이겨 낼 수 있거든. 그리고 밤에는 커피보다 차가 더 좋을 것 같아서.'

두 뺨에서 눈물이 흘러 내렸다. 주만 오빠가 가져다 놓은 것이 분명했다. 내 인생 통틀어 나의 꿈에 이리도 관심을 가져 주었던 사람이 있었나? 그의 관심과 호의는 고맙지만 나는 이 모든 걸 받을 자격이 없는 사람이다. 나는 그가 생각하는 운명의 사람이 아니다. 그에게 미안하고, 고마우면서도 그가 원하는 걸 줄 수 없기에 마음이 아프다.

지우는 유니언 스퀘어에 있는 어학원에 다니기 바빴고, 나 또한 미대 입시요강들을 알아보고 공부하느라 분주했다. 무언가로부터 조급해지는 마음이 들 때마다 아파트 근처에 있는 플라워 카페에 가서 시간을 때우기도 했다. 노란 튤립이 들어오는 날에는 가끔 몇 송이씩 사 왔는데 싱그러운 노란색을 보고 있으면 내 마음도 이상하리만치 어떤 희망과 기대로 가득 채워지는 기분이었다. 미대로 전공을 바꾸겠다고 확실히 결정을 내린 것은 아니지만 알아보는 것만으로도 행복했다. 하지만 성공이 보장되지 않아도 그림을 그리는 것 자체만으로도 충분히 행복을 느낄 수 있을까? 그것에 대한 고민이 많아졌다.

발코니에 멍하니 앉아 하늘을 찌를 듯한 뾰족한 가로수를 응시하던 것을 멈추고 이만 노트북을 닫았다. 꼬리에 꼬리만 무는 고민은 잠시 접어 두고 근처 공원에 산책을 가기 위해 일어서는데 목제 탁자 위에 올려 둔 휴대폰이 울렸다. 주만 오빠였다.

'피어39에 미리 가 있는 건 어때? 독립기념일이라 행사도 많이 하고 볼거리도 많거든.'

오늘은 미국의 독립기념일인 7월 4일이다. 우리 일행은 피어39에서 진행하는 불꽃놀이를 함께 즐기기로 하였다. 오늘 오후 수업이 있는 지우는 저녁 약속 시간에 맞춰 피어39 앞에서 만나기로 하여 혼자 시간을 보내고 있던 참이었다.

'집이 버클리 쪽이라 샌프란시스코는 막상 몇 번 가 보지 않은 것 같아서.'

연달아 카톡이 들어왔다. 주만 오빠의 말이 맞았다. 한 달이 넘었지만 샌프란시스코에 가 본 게 끽해야 두세 번이 다였다. 하지만 그날 밤 이후로 어떤 얼굴로 그를 대해야 할지 몰라 망설여졌다. 그의 마음을 뻔히 알고도 모르는 척하는 건 여간 쉬운 일이 아니었다. 하지만 미대에 본격적으로 알아보게 된 것도, 투야로 인한 가슴의 생채기가 아무는 과정에서 그 아픔을 온전히 맞닥뜨리지 않도록 시선을 돌려준 것도 주만 오빠 덕분이었다. 너무나 고마웠지만 그 이상 그 이하도 아니었다. 그에게 괜한 오해를 살까 방어적인 태도를 장착하는 동시에 혹시 그에게 무례하지는 않았는지 집으로 돌아오는 길에는 걱정이라는 짐을 한 아름 달고 들어와야 했다. 이럴 바에는 나의 마음을 확실히 알리고 수현이나 지우처럼 오빠, 동생 사이가 좋을 것 같다고 매듭을 짓는 게 나을 듯했다. 어쩌면 오늘이 마음의 짐을 내려놓을 수 있는 좋은 기회가 될 수도 있지 않을까?

나는 답장을 했다.

'좋아. 어디로 가면 돼?'

'1시까지 데리러 갈게.'

카톡을 보내자마자 바로 답장이 왔다.

나는 진한 청바지에 어깨가 약간 봉긋한 회색 반팔 니트로 갈아입고 아무것도 달려 있지 않은 열쇠를 챙겨 들고 계단을 내려왔다. 도로 앞에 있는 벤치 앞을 지나가다가 불현듯 열쇠를 집에 두고 나왔던 그날이 떠올랐다. 도넛을 사 들고 모텔 앞에서 우리가 일어날 때까지 기다렸을 그의 심정은 어땠을까? 내가 상상하는 것보다 그의 마음이 크지 않기를 바랐다. 대단할 것 하나 없는 나라는 사람 때문에 그가 상처받는 일은 정말이지 없었으면 좋겠다.

Ÿ Ÿ Ÿ

자동차 궁둥이를 하얀 주차선에 맞춰 넣은 뒤 기어를 R에서 P로 옮겨 놓고 있었다. 차에서 내려 페리빌딩 앞 파머스 마켓으로 향했다. 거리에는 빈 공간 없이 가판대가 줄지어 서 있었고 그 위에는 다양한 물건들이 가득했다. 마켓의 열기만큼이나 주만 오빠도 오늘따라 생기 있고 발랄한 모습이었다. 물론 태생 자체가 열정으로 가득 찬 사람들과 비할 데는 아니지만 말이다.

보기만 해도 기분 좋아지는 색색의 과일과 싱그러운 채소가 한가득 진열되어 있으니 구경하는 재미가 쏠쏠했다. 포도처럼 주렁주렁 매달려 있는 아기자기한 가지, 갓난아이 크기만 한 거대한 고구마, 화려한 자태를 뽐내는 버섯, 결이 많고 넙데데한 한국의 노란 호박과 달리 호리병박 모양의 매끈한 호박, 종류가 너무 많아 맛이 상상조차 안 되는 치즈들의 향연까지 색다르고 낯선 식재료에서 이국 정취 물씬 풍겼지만 새삼 사람 사는 풍경은 똑같다는 생각이 들었다. 이 활기찬 분위기에 이끌려 마음 한구석이 무언가로 꿈틀거렸다.

"오빠가 이런 마켓에 관심 있는 줄 몰랐네?" 새빨간 토마토에 가 있는 시선을 거두고 그를 바라보며 말했다.

"오늘의 목적은 마켓이 아니야. 일단 뭐 마실래?" 주만 오빠는 싱긋 웃으며 파머스 마켓 안에 있는 카페 안으로 슝 하고 들어가 버렸다.

커피를 하나씩 들고 몇 블럭을 따라 걸어가니 빽빽하고 화려한 빌딩 숲이 보였다. 그 사이를 지나 주만 오빠는 소방차 같이 생긴 브라운색의 길쭉한 건물 앞에 섰다.

"현대미술관이잖아!" 나는 감탄한 얼굴을 최대한 티 내지 않으려고 노력했지만 감동받은 나의 얼굴을 완벽히 숨기지는 못했을 것이다. 그리고 그에게 고마운 일이 하나 더 늘었다. 이 마음의 빚을 어떻게 다 갚을 수 있을까?

그가 미리 예매한 덕분에 곧바로 입장할 수 있었다. 그렇지 않아도 샌프란시스코를 떠나기 전에 꼭 방문하려고 했던 곳이었다. 샌프란시스코 현대미술관은 층고가 굉장히 높았으며 꼭대기에 뚫린 창 사이로 햇빛이 강렬하게 쏟아졌다. 빛이 만들어 내는 사람들의 그림자조차도 작품처럼 다가왔다. 미술관이라는 공간은 화장실 팻말조차도 작품이 되어 버리는 곳이다. 더욱이 미술관에 걸려 있는 웅장한 그림이 주는 에너지를 말로 표현할 수 있을까? 그림에 압도당하는 이 기분 때문에

불꽃과 재 속의 작은 불씨 - 하

내가 이토록 미술관에 머무는 시간을 사랑했는데 말이지.

미술관에는 힙하고 재밌는 그림들이 많았다. 이런 그림을 볼 때면 그런 생각이 든다. 본래 용도 이외의 것으로 생각해 본 적 없이 당연한 상식처럼 받아들였던 물체들이 어쩌면 누군가에게는 당연하지 않을 수 있음을 깨닫는다. 미술관은 작가들의 다양한 시각과 생각을 간접적으로 느끼고 체험할 수 있는 공간이다. 이런 작용 뒤에는 나의 마음은 항상 무언가로 벅차 올랐다.

관람을 하던 중 야외 테라스로 연결되어 있는 유리문을 열고 밖으로 나왔다. 잠깐 쉬어 가기 위해 우리는 제일 크고 싱그러운 나무를 등지고 나란히 앉았다.

"나 때문에 잘 알지도 못하는 그림 보느라 지겨웠지? 여기는 생경한 것들이 많더라." 내가 그에게 물었다.

"난해한 것도 많았지만 나름 재밌었어." 그는 팔을 뒤로 짚더니 비스듬히 기대어 앉았다.

"배고프지 않아? 내가 맛난 걸로 쏜다." 내가 활짝 웃어 보였다.

"그렇게 웃을 줄 알면서 왜 맨날 툭 치면 울 것 같은 얼굴로 다녀?" 그의 따스한 미소에 왠지 모르게 눈물이 핑 돌았다.

"내가 언제?" 지독한 사랑앓이를 들킨 것 같아 괜히 고개를 다른 쪽으로 돌렸다.

"그나저나 내가 준 자료는 봤어? 미대에 지원해 보는 건 어때? 찾아보니까 장학 제도도 잘되어 있더라." 주만 오빠는 금세 진지한 얼굴이었다.

"그것도 고마워. 그날 담요도, 캐모마일 티도. 나는 오빠한테 주는 것 없이 받기만 해서 큰일이다." 미안한 나머지 고개를 숙인 채 푸념하듯 늘어놓았다.

"네가 정말 원하는 걸 해. 세상에 너를 맞출 생각하지 말고, 세상이 너에게 맞추게끔 살아."

"아무것도 가진 게 없는 내게는 그런 말들이 되게 뜬구름 같은 소리인 거 모르지?" 나는 자세를 고쳐 앉았다.

"왜 아무것도 없어? 그림이라는 재능이 있잖아. 도희 작업실에서 포트폴리오부터 만들어 보는 건 어때?"

"오빠는 내가 성공할 것 같아?" 나는 숨을 크게 들이쉬었다.

"성공할 것 같아서 미대에 가라고 한 게 아니야. 그림을 그릴 때 제일 행복하잖아. 그래서 그림을 그리라고 말하는 거야. 그리고 단언컨대 많은 사람들이 너의 그림을 좋아할 거야. 내가 보장할게."

"날 잘 알지도 못하면서 어떻게 날 보장해?" 내가 힘없이 웃으며 말했다.

"살아보니까 많은 시간을 함께했다고 그 사람을 잘 안다고 말할 수 있는 건 아니더라. 만난 지 얼마 되지 않았지만 왠지 오랜 세월 쭉 알고 지낸 것 같은 사람도 있어."

마침 기분 좋은 산들바람이 나부꼈다.

"그래서 나는 후자인 거야?" 그가 말없이 고개를 끄덕였다. 막 떨어진 초록 이파리가 돛단배 모양을 그리는 모습을 감상하며 이어 물었다.

"오빠는 꿈이 뭐야?"

불꽃과 재 속의 작은 불씨 - 하

"어릴 때부터 부모님 등쌀에 못 이겨 이것저것 안 해 본 것이 없어서 지금은 방전된 상태라고 해야 하나? 사실 무엇을 좋아하는지 알고, 그걸 또 잘해 내는 네가 부럽기도 해." 그는 마침 정통으로 들어온 햇살 때문에 눈을 살짝 찌푸렸다.

"내가?" 나는 믿어지지 않았다. 부러울 게 하나 없는 나인데 말이다.

"그래!"

"전혀 그렇지도 않아." 나는 씁쓸하게 답했다. 자꾸 내 쪽으로 이야기가 흘러가는 것 같아 다시 오빠에게 물었다.

"꿈이라고 거창하게 생각하지 말고 어떤 걸 할 때 가장 행복해? 무얼 할 때 가장 몰입하고 있는 것 같아?" 나는 진지하게 물었다.

"내 꿈을 함께 찾아 주기라도 하게?" 그가 싱긋 웃으며 물었다.

"나도 오빠 인생에 작게라도 어떤 도움이 되었으면 해서." 나는 그를 바라보았다.

"맛있는 거 사 준다며! 보딘 베이커리 가자." 그가 바지를 털며 일어섰다.

"더 비싼 걸로 골라! 그리고 클램차우더도 그렇게 좋아하는 편도 아니라면서?" 나도 그를 따라 일어섰다.

"어차피 한 번은 먹으러 갈 거 아냐?"

Ȳ Ȳ Ȳ

우묵하게 만들어진 바게트 빵 안 속에 클램차우더가 가득 담겨져 나왔다. 클램차우더의 따뜻한 연기가 긴 한숨을 내뱉듯 천장 위로 가득 올라갔다. 빵을 방금 구웠는지 갓 구운 빵의 고소한 버터 향이 식당 안에 진동을 했는데 크림 스프의 부드러운 냄새와 어우러져 환상적이었다. 나는 빵 한쪽 귀퉁이를 뜯다 말고 자세를 고쳐 앉았다. 클램차우더에 정신 팔릴 때가 아니었다. 나의 꿈을 무던히도 응원해 주는 그인데 방어랍시고 그의 아픔을 모른 척한 것 같아 마음에 걸렸다. 티뷰론에서 발 아래 내려 두었던 그의 이야기를 다시 집어 들었다. '바쁜 엄마, 아빠 때문에 사랑과 관심은 체념했다는 말. 그리고 그 결핍이 꽤나 크다는 말.'

"어머니, 아버지가 항상 바쁘셨어?" 나는 병에 담겨 있는 콜라를 얼음 컵에 가득 따르며 물었다.

"기억하는구나?" 나는 가만히 고개를 끄덕였다. 나의 질문에 놀랐는지 그의 눈동자가 커졌다. 그는 숨을 크게 고르고는 본인의 이야기를 시작했다.

"일과 회사가 항상 1순위였거든. 어릴 때는 할머니, 할아버지가 부모님인 줄 알고 컸어. 할머니, 할아버지가 잘해 주셨지만 항상 무언가가 채워지지 않았지. 어릴 때는 원망도 하고 엇나가기도 해 봤지만 부모님의 관심을 받는 데는 역부족이었어. 그걸 깨닫는 데까지 오랜 시간이 걸렸지."

"관심과 사랑은 부족했어도 부자 부모님 덕분에 누린 것도 많지 않아? 모든 것에는 장점이 있으면 단점도 있지 않을까?" 나는 어쭙잖은 위로를 건넸다. 사실 더 나은 말이 떠오르지 않았다.

불꽃과 재 속의 작은 불씨 - 하

"남들이 보면 그렇게 생각할 수도 있지. 그런데 우리 집은 유서 깊은 가문이 아니거든. 아버지가 하시는 사업이 시대를 잘 탔던 거지. 그래서 실리콘 밸리에서 대박이 난 거야. 정말 하루아침에 거대한 자산을 가지게 되었어. 그런데 그게 발목을 잡을 줄 몰랐어. 여태껏 살아온 모든 환경이 바뀌게 된 거야. 소위 말하는 명문 학교에서는 할아버지, 증조할아버지, 그 전 세대에서부터 부자가 아닌 적이 없던 아이들이 나를 졸부라 부르면서 괴롭혔는데 나 또한 그들을 무시하면서 잘 버티는 줄 알았어. 그런데 착각이었지." 그는 숨을 한번 고르더니 말을 다시 이었다.

"엄마는 자신의 부족한 지적 자본을 채운답시고 그들이 누리는 문화를 본인 것으로 체화하기 위해 발악하는 모습을 보면서 자랐어. 정말 진절머리를 쳤지. 나를 괴롭힌 자식의 부모인 건 중요하지 않았거든. 그 모든 것에 신물이 나기 시작했어. 그들과 함께 있다가는 할머니, 할아버지가 물려준 나의 가치관마저 흔들릴 것 같아서 떨어져 살기로 한 거야."

"괴롭힌 사람을 무시하며 살아갈 수는 있어도 그 상처를 잊고 살아갈 수는 없지. 어쨌든 모든 상처에는 흔적을 남기기 마련이니까. 무조건적인 오빠 편이 한 사람이라도 있었다면 좀 나았을 텐데." 신기하게도 그는 나와 비슷한 상처가 있었고 그 모진 학창 시절을 홀로 버텨 온 것이다. 다른 점이 있다면 부모님의 태도였다. 나는 그 무엇보다 나의 안위를 걱정하고 염려해 주는 부모님 덕분에 나의 삶을 지탱할 수 있었다.

"맞아. 할머니, 할아버지는 내 곁에 오래 있어 주지 못했어."

나는 어떤 대꾸도 하지 못했다. 그의 슬픈 얼굴에 어쭙잖은 위로를 다시 또 건넬 수가 없었다.

"나는 엄마의 눈에 띄지 않은 타고 남은 재일 뿐이었어. 그런데 재 속에는 아직 작은 불씨가 살아 있거든. 한 번을 못 알아보더라. 결국 점점 꺼져만 갔지." 그는 먹기 좋게 빵을 조각조각 뜯어 내어 내 앞 접시에 올려 두었다.

"오빠가 그때 말했잖아. 그 작은 불씨도 바람의 기운을 잘만 받으면 다시 활활 타오를 수 있다고." 그에게 희망이라는 불씨를 심어 주고 싶었다.

"아니. 요즘 생각이 바뀌었어. 활활 타오르지 않아도 괜찮아. 내가 사랑하는 사람을 곁에서 지켜 낼 수 있을 만큼의 불씨면 괜찮은 것 같아."

"그래도 오빠 인생의 불꽃도 한 번은 피워 봐야지." 그의 아픔을 모두 다 헤아릴 수 없겠지만 이렇게 만든 그의 부모님이 왠지 모르게 원망스러웠다.

"그럼 그 사람을 정작 못 지켜 낼까 봐."

주만 오빠는 본인이 사랑하는 사람을 지켜 내지 못할까 하는 걱정이 상당히 큰 듯했다. 강박일 정도로 오로지 그것에만 초점을 두고 있었다. 그의 상처도, 그의 결핍도 말끔히 씻어 내어 그가 화려한 불꽃으로 피어 오를 수 있는 날이 꼭 오기를 바라보았다. 나는 냅킨으로 입가를 닦고 다 먹은 자리를 정리했다. 의자를 집어 넣으며 오빠와 나의 관계 매듭 짓기는 다음으로 미루기로 마음먹었다. 이 상황에서는 어떤 좋은 말도 그에게 상처가 될 것이 뻔할 테니까.

우리는 피어39로 향했다. 바닷길을 따라 느리게 걷다가 요트들이 옹기종기 모여 있는 것이 보였다. 하늘을 향해 길쭉하게 뻗어 있는 하얀 돛대들이 마리나 풍경을 한껏 살려 주고 있었다. 바다 위 둥둥 떠다니는 나무 갑판 위에는 바다사자들이 널브러져 있었는데 싸우고 우는 소리가 귓전을 때렸다. 가까이 다가가 살펴보니 좋은 자리를 차지하려고 실랑이를 벌이는 중이었다. 저 멀리 텅텅 비어 있는 갑판도 있었지만 정중앙에 떠 있는 한 갑판에만 고집하는 분위기였다. 우리 눈에는 다 같은 갑판으로 보였지만 저들에게는 다 똑같은 갑판이 아닌지 결국 명당 자리를 빼앗긴 바다사자들은 세상이 떠나갈 듯 큰 소리로 포효를 했다. 동물이든 사람이든 사는 게 고달픈 건 매한가지인가 보다.

그 모습을 구경하는 사람들이 꽤나 많았다. 애처롭게 바라보는 사람들도 있었고 우는 소리를 짓궂게 따라하는 사람들도 있었다. 같은 것을 보아도 사람마다 표출하는 방식이 제각각 다른 법이다. 바다사자들을 뒤로하고 큰 목조 건물들로 이어진 피어39 안으로 들어오니 기념품을 파는 상점들이 즐비했으며 놀이기구들도 군데군데 몇 개가 보였다. 점점 어두워지자 화려한 조명이 도드라지기 시작했다. 뮤지컬 무대에 설치되어도 이상하지 않을 만큼 화려하고 번쩍거리는 회전목마였다. 엄마, 아빠 손을 꼭 잡으며 회전목마 탑승을 기다리는 아이들의 얼굴을 보고 있자니 가슴이 미어졌다. 설렘으로 가득 찬 아이의 얼굴을 오래 보고 있기 힘들었다. 눈물이 핑 돌았다. 티끌 하나 없이 맑아서 내가 부모라도 나의 모든 걸 걸고서라도 저 아이를 지켜 낼 테니 말이다. 저 나이 때에는 부모가 아이의 우주가 된다. 일어서지 못할 것 같은 아픔도, 슬픔도 부모님이 있어 견딜 수 있었다. 내 세상이 무너지지 않게 무던히도 애써 준 사람들이었다. 내게 부모님은 그런 존재였다.

아마 9살이었을 것이다. 아빠를 따라 산에 오른 적이 있었다. 밟지 말아야 할 돌이었음에도 단순한 호기심에 길에서 벗어난 돌덩이를 밟아 버렸고 그 돌은 낭떠러지 아래로 무서운 속도를 내며 굴러떨어져 나갔다. 아빠가 뒤에서 나를 재빠르게 낚아채지 않았다면 돌과 함께 낭떠러지로 떨어졌을지도 모를 일이었다. 나는 겁에 질려 아빠를 바라보며 울기 위해 온몸에 시동을 걸고 있었다. 그런데 아빠는 넘어지면서 옷에 묻은 흙과 자잘한 나뭇가지를 털어 주며 말했다.

"괜찮아. 별일 아니니까. 울 필요 없어. 뒤에 아빠가 있잖아. 아직 정상까지 한참 남았는데 여기서 힘을 빼면 되겠어?" 나는 아빠의 대처로 그 자리에서 울어 젖히는 일은 막을 수 있었다. 힘을 아낀 덕분에 정상까지 오를 수 있었고 덕분에 겹겹이 펼쳐진 산주름을 신나게 만끽할 수 있었다. 나의 우주였던 아빠가 별일 아니라니까. 괜찮다니까. 그 말만 믿고 따라 올라간 것이다. 그런데 돌이켜 보면 아빠가 나보다 더 기겁할 일이었다. 하마터면 어린 딸이 낭떠러지 아래로 떨어져 크게 다칠 수도 있었지만 아빠는 내색하지 않았다. 만약 본인의 두려움을 그대로 표출했다면 나는 정말 큰일이 난 줄 알고 그 자리에서 자지러지게 울어 젖혔을 것이고 정상에 올라 풍경을 즐길 일은 없었을 것이다.

진한 녹음이 겹겹이 깔려 있던 산주름의 풍경은 내 머릿속에 지금도 각인되어 있었다. 내가 받은 부모의 사랑은 그런 것이었다. 나의 우주가 무너지지 않게 무조건적으로 지켜 주는 것. 그 사랑이 노력해서 얻어야 할 갈구의 대상은 아니었다. 그런데 저절로 얻어지는 것이 아니라 갈망해야 했을 어린 하주만이 떠올라 가슴이 미어졌다. 가엾고 또 가여웠다.

Ÿ Ÿ Ÿ

회전목마 앞으로 시간 맞춰 하나둘씩 도착했다. 우리는 근처에서 진행하는 공연과 각종 묘기 쇼를 구경하려 했지만 사람들로 흘러넘쳐 바로 움직여야 했다. 시간이 지날수록 식당에 자리를 잡기가 더 힘들어질 테니 반짝이는 옷을 입은 곡예사가 저글링하는 모습을 뒤로한 채 식당을 찾아 나섰다. 하지만 6명 자리가 한꺼번에 비워지는 경우가 없어 결국 가판대에서 파는 랍스터 샌드위치로 때우기로 했다. 손에 샌드위치 하나씩 들고 기라델리 스퀘어 앞에 있는 공원으로 갔지만 이곳도 이미 만석이었다. 우리는 작은 틈새를 비집고 들어가 꾸역꾸역 자리를 만들어 내어 마구잡이로 털썩 주저앉았다. 사람들이 너무 많아 피난을 방불케 했다.

"사람이 너무 많은데?" 지우가 샌드위치 종이 포장지를 뜯으며 말했다.

"안개가 하나도 없어서 그런가 봐." 주만 오빠가 어깨를 으쓱하며 대답했다.

"맞아! 작년, 재작년에는 안개가 껴서 잘 보이지도 않았거든." 버클리 학부생이었던 성진 오빠는 매년 독립기념일에 이곳을 찾는 모양이었다.

"그런데 안개가 있으면 뭐가 보이기는 해?" 수현이가 의아한 얼굴로 물었다.

"시원하게 빵하고 터지는 게 아니라, 뭐랄까? 고구마 백만 개 얻어먹은 것처럼 터져."

"고구마 백만 개라고 하니까 어떨지 상상이 가네." 도희 언니가 샌드위치 한쪽을 베어 물었다.

"그런데도 그걸 보러 왔다니. 대단해." 수현이는 특유의 어처구니없다는 표정을 지었다.

"오늘은 선명하게 볼 수 있는 거지? 이렇게 보러 온 사람들도 많은 거 보면 말이야." 지우가 들뜬 목소리로 말했다.

"꼭 그렇지도 않아. 여기는 날씨가 순식간에 확 바뀌어서. 갑자기 안개가 많아질 수도 있어. 그건 장담 못 해." 도희 언니는 손에 묻은 소스를 휴지에 대충 닦아 내며 답했다.

"아니야! 주만 오빠가 있으면 가능해." 지우가 주만 오빠 쪽을 쳐다보며 웃었다.

"맞아. 이 오빠 날씨 요정이잖아." 내가 살짝 웃으며 맞장구쳤다.

우리는 불꽃놀이가 시작하는 시간에 맞추어 바닷가 쪽으로 향했다. 어디에 있다가 모여든 것인지 아까보다 더 많은 인파였다. 나는 일행을 놓치지 않기 위해 지우의 팔을 꼭 붙잡았다.

다들 독립기념일을 맞이하여 불꽃놀이를 보러 온 것이다. 이렇게 많은 사람들이 몰려든 것을 보면 확실히 화려한 불꽃은 만인의 사랑을 받는 게 틀림없었다. 재 속의 작은 불씨를 보기 위해 이렇게 많은 사람들이 몰려들 일은 없을 테니까. 그 순간 불꽃이 솟아 오르기 시작했다. 아주 높게, 아주 화려하게 피어올랐다. 불꽃놀이가 시작되자 여기저기 환호성이 터져 나왔다. 하늘에서 벌어지는 이 장면을 놓치지 않으려는 듯 사람들은 고개를 최대한 치켜들었다. 아마 불꽃놀이를 처음 보는 사람은 없을 것이다. 하지만 이 한 번의 강렬함을 보기 위해 수고스럽더라도 매번 사람들은 찾아온다. 마치 처음 본 것처럼 한껏 반한 눈동자를 이리저리 굴리며 들뜬 얼굴을 하늘 높이 치켜 들었다.

아칸소주 박람회 때 투야와 함께 관람차 안에서 불꽃을 보았던 기억이 떠올랐다. 투야는 내게 화려한 불꽃이었다. 영원할 것처럼 타오르다가 이내 곧 사그라들었다. 지금 하늘에 흔적도 없이 사라지고 있는 불꽃들처럼 언제 그랬냐는 듯 사라져 갔다.

투야는 본인 인생의 불꽃을 피우기 위해 나를 떠났다. 인정하고 싶지 않지만 부인할 수 없는 사실이었다. 나는 투야의 과거에도, 미래에도 철저히 배제되어 있었다. 주만 오빠가 자신의 이야기를 들려준 것과는 달랐다.

지금까지 상황을 고려해 본다면 변함없는 불씨로 나를 맞이해 줄 사람은 주만 오빠일 것이다. 그를 가까이 하는 것이 더 현명할지도 모르겠다. 하지만 머리와 마음은 늘 따로 놀았다. 여전히 투야를 떠올리면 마음이 아프다. 계속해서 그를 그려 내고 있으니 밤하늘을 화려하게 수놓는 불꽃놀이를 제대로 볼 수가 없었다. 고개를 돌리는데 주만오빠와 눈이 마주쳤다. 본능적으로 느껴졌다. 그가 원하는 사람이 나라는 것을 말이다. 그는 항상 나를 주시하고 있었고 잠시라도 고개를 돌릴 때면 내 시선에는 항상 오빠가 닿아 있었다. 애써 아닌 척 무시했지만 오빠의 슬픈 눈이 또다시 말하고 있었다. 나는 그 마음을 받을 수 없기에 다시 고개를 돌렸다. 미안하고 또 미안한 마음에 눈물이 고였다. 그를 아프게 하는 사람이 꼭 나인 것 같아 마음을 가누기 힘들었다.

'꼭 좋은 사람 만나길 기도할게.' 나는 속으로 바라보았다.

Ÿ Ÿ Ÿ

나는 휴대폰을 집어 들었다. 요 며칠 동안 주만 오빠가 만들어 준 미대 입시요강 자료를 들입다 훑어보았지만 뾰족한 수는 없었다. 물감이라도 사 온다면 뭐라도 해 보지 않을까? 스케치만 하는 것보다 좀 더 완성된 그림을 그려 보는 게 좋지 않을까?

"언니! 바쁜데 전화한 건 아니지?"

"아니야. 무슨 일이야?" 도희 언니는 운전 중인지 전화기 너머로 클랙슨 울리는 소리가 요란하게도 들려왔다.

"다름이 아니라 어느 화방에 다니는지 궁금해서. 버클리 앞에 있는 문구점에는 물감 종류가 없다시피 하더라고." 나는 트레이에 우리고 있던 얼그레이 티백을 건져 냈다.

"당연히 거기에는 없지. 미술용품 전문점에 가야 돼. 내가 다니는 화방은 근교로 나가야 되는데 욘트빌 쪽에 'Color Theory Art Supplies'라고 있어. 차로 한 시간은 가야 돼."

"그렇게나 먼 곳에 있구나." 난 실망한 목소리를 애써 감추었지만 오늘 당장이라도 물감을 사 오고 싶은 마음이 굴뚝 같았었다. 그림으로 극복했던 그때처럼 이번에도 삶의 재미를 안겨다 주지 않을까 하는 기대도 있었기 때문이었다.

"나 오늘 그쪽으로 갈 일이 있거든. 어떤 거 필요한지 알려 주면 사다 줄게." 도희 언니의 제안은 무척이나 고마웠지만 선뜻 사 와 달라고 말할 수가 없었다. 간단하게 물감과 붓 두 개만 따져 보아도 브랜드도, 종류도 그리고 가격까지 천차만별이었다. 특히나 물가 비싸기로 유명한 이 동네에서 가격 비교도 하지 않고 무언가를 거침없이 고르기가 쉽지 않았다. 그렇지 않아도 본격적으로 미술을 시작할 것도 아니지만 만만치 않을 재룟값 때문에 아르바이트를 여기저기 알아보는 중이었다. 한인 커뮤니티 사이트에 매일 들어가 새로 올라온 구인 광고는 없는지 살펴보았지만 내가 가지고 있는 유학생 비자로는 일을 하는 것이 금지되어 있어 평균 시급보다 적게 받더라도 이런 유학생을 뽑아 주는 한인 식당 위주로 지원할 수밖에 없었다. 시급보다 적지만 팁 문화가 발달한 미국이라 손해 보는 장사는 아니었다. 수현이 말로는 버클리 학부생들이 한인 식당에서 서빙 일을 많이 한다고 귀띔을 주어 일자리 공지가 올라올 때마다 면접을 보러 다녔지만 몇 달 잠깐 있을 내게 일자리를 내어 주는 일은 없었다. 차비까지 들여 애써 면접까지 보러 갔음에도 한두 달 일할 수 있다고 솔직히 털어 놓으면 탐탁치 않아 했다. 3번이나 낙방의 고배를 마시고 나니 교환학생이 아닌 학부생이라고 거짓말이라도 쳐 볼까 싶다가 고개를 세차게 저었다. 그 어느 도시보다 작은 규모의 한인 타운이라 금세 들통 날 거짓말이었다. 제일 인기 없는 밤 11시까지 근무하는 자리는 항시 모집 중이었지만 차가 없는 나는 그 밤에 목숨을 내놓는 것이나 다름 없었다.

"아니야. 괜찮아. 어떤 걸 살지 정한 건 아니라서. 내가 좀 더 알아봐야겠다. 어쨌든 고마워. 그럼 이만 끊을게. 운전 조심하고." 전화를 끊으려는데 다급한 목소리가 들려왔다.

"오늘 너 혼자 뭐 해? 금요일이라 지우는 어학원 갔을 테고."

"화방이 여기 근처였다면 하루 종일 구경이나 실컷 하려고 했지. 지우도 어학원 사람들이랑 친해졌는지 저녁 약속 때문에 오늘 늦는다고 했거든."

"나 주만 오빠 만나서 브런치 먹으러 갈 건데 할 일 없으면 같이 가자. 데리러 갈게."

"괜히 내가 방해하는 거 아니야?" 무료하던 참에 뭐라도 하면 좋겠지만 말이다.

"방해는 무슨! 여기서 유턴해서 가면 한 20분 후면 도착하겠다. 준비해서 나와." 열린 창문에서 끼익 하는 바퀴 소리가 들려왔다. 내가 대답도 하기 전에 핸들을 확 꺾어 유턴을 하고 있을 도희 언니의 모습이 절로 그려졌다.

그 유명하다던 '마마스 온 워싱턴 스퀘어(Mama's washington square)' 앞에서 메뉴판을 받아 들고 우리 셋은 줄이 줄기만을 목이 빠지게 기다렸다.

"얼마나 맛있길래 성격 급한 언니가 줄을 다 기다려?" 절대 줄 같은 건 서지 않을 것 같은 도희 언니라 잠자코 기다리는 모습이 낯설었다.

"줄 서는 식당은 몇 안 돼. 여기 팬케이크는 그만큼 미쳤거든." 언니는 메뉴판에 눈을 떼지 않은 채 말을 이었다.

"오빠, 원래 먹던 걸로 그대로 주문하면 되지?" 함께한 세월이 길어서인지 둘의 호흡이 자연스러워 보였다.

"원래 먹던 거랑 지현이 원하는 건 추가로 주문하자." 주만 오빠가 내 쪽을 바라보았다.

"이 집은 팬케이크랑, 몬테크리스토가 유명한데." 나는 휴대폰으로 어떤 메뉴가 평점이 높은지 급하게 찾은 것들을 보여 주었다.

"원래 그거 두 개 하고 오믈렛도 주문하는데 사람이 셋이니까 팬케이크는 하나 더 하자."

"좋았어." 주만 오빠가 씨익 웃으며 답했다.

"나도 좋아." 나도 따라 답했다.

생각보다 양이 많았다. 미국에서는 음식 양으로 섭섭할 일은 절대 일어나지 않을 것이다. 접시 위에 남은 음식들을 보니 팬케이크를 2개가 아니라 1개만 시켰어도 되지 않았을까 하는 생각이 들었다. 팬케이크 첫 한입은 폭신폭신 그 자체였지만 죄다 버터 가득한 기름진 음식들이라 김치볶음밥으로 입가심하면 딱 좋겠다는 생각뿐이었다. 우리 집 냉장고에 김치가 좀 남았던가? 조만간 한인 마트에 장을 보러 가야 하지 않을까 싶었다.

"지현아, 오늘 그쪽 동네 갈 거니까 말만 해. 그 매장이 물감 색깔도 오묘한 것부터 화려한 것까지 엄청나게 종류가 많거든."

"물감 사러 가?" 주만 오빠는 목덜미를 문지르며 약간 당황스러운 낯빛이었다.

"오늘 그 동네 가는 거면 나 언니 따라가도 돼?"

"그러면 좋겠지만 나파 밸리 쪽에 지인 결혼식이 있어서 하룻밤 자고 내일 올 계획이거든."

"아, 그렇구나. 어쩔 수 없지." 나는 들고 있던 물컵을 내려놓았다.

"그러면 내가 데리고 가면 안 돼?" 주만 오빠가 나를 보며 말했다.

"오빠도 결혼식 참석해야 하는 건 나랑 똑같잖아?" 도희 언니는 꽤나 황당한지 미간을 찌푸리며 주만 오빠를 빤히 쳐다보았다.

"나는 오늘 갔다가 오늘 돌아오면 되지." 그는 아무렇지 않은지 무덤덤한 말투였다.

"아니야. 물감 당장 필요하지도 않아. 나 때문에 결혼식에 따로 갈 수도 없는 노릇이잖아." 나로 인해 곤란한 상황이 만들어지는 것이 싫었다.

"우리 원래 따로 가." 도희 언니가 유리잔에 담겨 있는 오렌지 주스를 들이키며 말을 이었다.

"나는 같이 갈 파트너가 있어."

이게 또 무슨 소리인가? 도희 언니가 남자친구가 있었던 말인가? 단 한 번도 남자친구 이야기를 하는 모습을 본 적이 없는데 말이다.

"언니 남자친구 있었던 거야?" 나는 땡그래진 눈으로 그녀를 바라보았다.

"아니. 그냥 파트너야. 파티가 워낙 많아야지. 아무튼 이럴 때 서로 애용하는 파트너가 따로 있단다. 남자친구는 절대 아니니 오해는 말아 줘." 허스키한 목소리는 간드러지는 웃음과 매칭이 잘되지 않았지만 애교 있는 언니의 모습은 꽤 귀여웠다.

"결혼식 먼저 들렀다가 돌아오는 길에 미술용품점 들르면 되겠네. 어차피 난 파트너 없어서 지현이랑 같이 가도 되잖아." 그는 물컵에 물을 채웠다.

"오 마이 갓! 나 왜 그 생각을 못 했지? 지현아! 우리랑 결혼식 파티에 같이 가자! 너무 재밌을 거야. 매번 파티 때마다 쓸쓸히 왔다가 쓸쓸히 퇴장하는 오빠의 뒷모습을 지켜보는 것도 못 할 짓이었거든. 사람 한 명 구제한다고 생각해 줘."

"구제라고 할 것까지야." 주만 오빠는 씁쓸한 얼굴로 나직하게 읊조리듯 말했다.

내가 가겠다고 어떤 확정의 발언도 없었지만 이 둘은 내가 참석하는 것에 이미 동의한 듯 대화가 흘러갔다. 그들의 대화 화법은 항상 거침 없었고 그들이 무언가를 제안했을 때 세상에 단 한 번이라도 거절이라는 것을 당해 본 적 없는 사람처럼 행동했다.

"저기요!" 나는 손을 살짝 들어 들었다.

"나는 그냥 집으로 돌아가는 게 좋을 것 같아. 모르는 사람 결혼식에 참석하는 것도 실례이기도 하고 말이야." 이렇게 말했으니 실망한 눈빛으로 나를 바라보며 아쉽지만 다음을 기약해 줄 것이라고 기대했다면 그것은 나의 크나큰 오산이었다.

"실례는 무슨 실례야. 엄연히 오빠 파트너로 가는 건데." 나의 논리는 택도 없는 소리였나 보다.

"지우도 저녁 약속 있다며! 집에서 혼자 뭐 하려고?" 도희 언니는 혼자라는 단어에 힘을 주며 강조했다.

"혼자서도 할 거야 많지." 나는 다른 좋은 아이디어가 머릿속에 떠오르기를 기다렸다.

"아, 수현이랑 놀면 되겠다."

"걔 학교 친구들이랑 LA 놀러 가서 언제 돌아올지 몰라."

나의 말이 끝나기 무섭게 도희 언니가 받아쳤다. 하필 수현이는 버클리 교환학생 친구들과 일주일간 LA 여행 중이었다.

사실 이 모든 것들이 문제가 되지 않는다 해도 제일 큰 문제는 당장 입고 갈 옷이 없었다. 주만 오빠, 도희 언니 지인의 결혼식이라면 어느 정도 드레스업은 해서 가야 할 테니까.

"혼자 둘 수는 없지. 다 결정됐으면 움직이자. 시간 빠듯하다. 지현이

드레스 사러 가야 되니까."

"좋아! 쇼핑 후딱 끝내고 우리 집 가자! 내가 메이크 오버(Make over) 해 주마! 얼마 만에 인형 놀이야."

이 둘은 막무가내였다. 정말이지 꼭두각시 인형이나 다름 없었다.

Ÿ Ÿ Ÿ

드레스에 붙은 택에 명시된 가격 때문에 편치 못한 마음으로 옷을 한참이나 들고 서 있었다. 별거 아니라는 듯 실크 드레스와 락스터드 징이 박혀 있는 발렌티노 구두를 선물이라고 사 주는 주만 오빠나 메이크 오버를 위해 전문 스타일리스트를 둘씩이나 부르는 도희 언니나 정말이지 적응이 되지 않았다. 내가 나오지 않자 옷 입는 걸 도와주겠다고 들어오려는 스타일리스트를 저지했다. 지금 상황이 어떻게 돌아가고 있는지 잠깐일지라도 생각할 시간이 필요했다. 오늘 아침, 도희 언니한테 화방에 대해 물어보려고 전화를 걸었던 게 다인데 이름도 모르는 어느 누구의 결혼식 파티에 참석할 준비를 하고 있다니! 가까스로 옷은 입었지만 도무지 이 상황이 쉬이 받아들여지지 않았다. 언니네 드레스 룸은 가히 넓었고, 가히 번쩍거렸으며, 가히 화려했다. 새하얀 조명이 비추는 나의 모습이 꽤나 낯설었다.

홀터넥 스타일로 전체적인 색감은 연회색이지만 빛을 받을 때마다 오묘한 초록빛이 반사되는 드레스였다. 초록색과 실버 비즈 장식이 드레스 곳곳에 달려 있었는데 어찌 보니 나무에 새순이 돋은 것처럼 보였다. 내게 핑크색과 라벤더색을 추천해 주었지만 나는 아무래도 무채색이 좋았다. 그리고 나파 밸리의 와이너리 포도밭에서 진행되는 결혼식이라 온통 초록색일 텐데 이 드레스라면 절대 튀지 않고 묻혀 갈 수 있으리라. 나와 정반대로 도희 언니는 초록색 배경에 존재감을 드러내야 한다며 오늘만큼은 정열의 맑은 빨강색 드레스를 골라 입었는데 열정 많은 언니와 참 잘 어울린다고 생각했다.

그 어느 때보다 정갈하게 탄 가르마와 물결치는 앞머리, 겹겹이 쌓아 올려 만들어진 색조 화장. 평상시에 마스카라와 립스틱만 바르고 다니는 나와 너무나도 대조되었다. 천지개벽할 만큼은 아니겠지만 그만큼 내게 충격적이었다.

"역시 전문가는 다르지?" 도희 언니는 꽤나 만족스러운지 함박 미소를 지으며 나를 훑어 내렸다.

"낯설고, 어색하고 그렇네." 나는 멋쩍게 웃어 보였다.

"네가 화장을 안 하고 다녀서 어색할 수 있지. 그런데 거울 좀 봐 봐. 팅커벨 요정이 따로 없는 걸?" 속으로만 외쳤다. 나 화장하고 다닌다고 말이다. 도희 언니는 화장대 조명을 더욱 밝히며 하얀 서랍장에서 그린 사파이어 귀걸이를 꺼내 내 손바닥 위에 올리며 말했다.

"해 봐. 오늘 드레스와 너무 잘 어울릴 것 같아. 그리고 오늘 하루 다른 사람이 되었다 생각하고 즐겨. 역할 놀이 같은 거 있잖아. 오늘은 활달하고, 발랄하고, 사랑스러운 팅커벨이 되는 거야. 다른 생각은 아무것도 하지 마. 그리고 네가 괜한 걱정할 것 같아서 미리 말해 두는데 파트너라고 다 남자친구, 여자친구라고 생각하지 않으니까 걱정은 접어 뒤." 오늘도 나의 걱정 가득한 얼굴은 가려지지 않았나 보았다. 걱정이 앞서 '오늘 파티에서도 시종일관 조심해야지.' 속으로 다짐하고 있던 터였는데 언니 말처럼 이왕 이렇게 된 거 잘 즐기다 오고 싶은 마음이 굴뚝같이 샘솟았다. 거울에 비친 나의 모습이 다른 사람 같지만 마냥 싫지 않았다. 아니, 오히려 정말 마음에 들 만큼 예뻤다. 초록색 사파이어 귀걸이는 얼굴 전체에 영롱한 빛을 더해 주었고 실버색의 구두는 의상 전체에 청량감을 불어넣어 주었다. 내 인생에 다시 없을 순간이었다. 잔뜩 힘이 들어간 어깨에 힘을 푸니 왠지 모를 해방감의 전율이 온몸에 스쳐 지나갔다.

"고마워. 언니."

나는 막 도착했다는 주만 오빠 전화를 받고 도희 언니와 인사했다. 내게 맞지 않은 옷을 입은 것 같아 어색했지만 그녀에게도, 그에게도 이 모든 것이 고마웠다.

주차장으로 나가기 전, 건물 현관 전신거울 앞에서 훤히 드러나 보이는 나의 등짝을 다시 한번 더 응시했다. 실크 소재의 드레스라 몸매가 훤히 드러났다. 더군다나 요새 먹는 둥 마는 둥 하는 탓에 툭 튀어나온 골반뼈까지 도드라져 있었다. 노출이 과한 것 같아 신경이 쓰였지만 주문을 외웠다. 이보다 더한 노출도 스스럼없는 국가가 이곳 미국이다!

쫙 빼입은 주만 오빠도 다른 사람이 되어 나타났다. 맞춤인지 그에게 핏 된 정장은 그를 더욱 더 고급스럽게 만들었다. 그는 전에 본 적 없는 연그레이색 스포츠카 앞에서 나를 기다리고 있었다. 나는 그가 열어주는 차에 올라타며 물었다.

"못 보던 차다?"

"너의 드레스 색깔에 맞춰 봤어." 그는 씩 웃어 보였다.

나는 그의 예상치 못한 답변에 어안이 벙벙했다. 무슨 차를 색깔별로 소유하고 있단 말인가?

"그렇게 놀랄 일인가? 장난이야. 차는 기껏해야 2대뿐이야. 드레스 색상과 같아서 이걸로 골라 탔을 뿐이지." 기껏해야 두 대라니! 한 대도 없는 사람이 태반이다. 그는 나를 바라보며 말을 이었다.

"팅커벨 요정 같아. 이렇게 사랑스러운 요정이 내 옆에 앉아 있다니!" 그는 보조개를 깊게 지으며 방긋 웃어 보였다. 도희 언니와 생각하는 것도 비슷했다. 그녀가 나를 보자마자 요정 같다고 했던 말이 절로 떠올랐다.

"요정과 요괴는 한 끗 차이인 거 알지? 요정 중에 사악한 요정을 요괴라 부르니 말이야." 나는 민망한 이 상황을 그대로 두고 볼 수가 없었다.

"네가 사악한 요정이 아니라 다행이지 뭐야." 그는 나의 실없는 소리가 재미있는지 함박 미소를 지으며 오른쪽으로 확 꺾여 있던 핸들을 풀며 앞으로 나아갔다.

끝없이 펼쳐지는 광활한 포도밭에 할말을 잃었다. 멋스러운 철장문을 지나왔는데도 차는 한없이 안으로 들어갔다. 나파 밸리에 있는 이름 모를 어느 와이너리가 오늘 있을 결혼식 장소였다. 나파 밸리에서도 와이너리는 여러 곳이 있었지만 우리가 오늘 방문할 장소는 구글 검색에서도 잘 나오지 않은 프라이빗한 장소임에 틀림없었다. 그들이 아니었으면 샌프란시스코 근교에 이런 곳이 있는 줄 꿈에도 몰랐을 것이다. 아니, 이 지구 세상에서 이런 곳이 있는 줄은 평생 몰랐을 것이다.

미끄러지듯 부드럽게 주차를 마친 주만 오빠는 내게 기다리라고 말을 한 뒤 조수석으로 걸어갔다. 문을 열어 주려는 듯했다. 짧은 순간이지만 잠자코 기다리고 있기 뭣한 나는 차문을 살짝 밀며 궁둥이를 뗄 준비를 했다. 낮은 스포츠카에서 높은 힐을 신고 휘청거리지 않고서 내리기는 생각보다 쉽지 않았다. 그는 내가 무너지지 않도록 손을 잡아 주었다. 그저 짧은 부딪침일 뿐인데 왜 이렇게 떨리는지 모를 일이다. 너무나도 멋진 광경이 눈앞에 펼쳐져서 그런 것일까? 지금 나는 영화 속 한 장면에 와 있는 것이 분명했다. 사진으로만 보던 베르사유 궁전 같은 공간에 하얀색 꽃잎으로 뿌려진 버진 로드가 천국으로 가는 길처럼 드넓게 펼쳐져 있었다. 노을이 지는 저녁 웨딩이라 길쭉한 나무에 덩굴처럼 휘감아진 조명이 주변을 밝혔다. 차에서 내리자마자 향긋하고 달큰한 향이 코 속으로 하염없이 밀고 들어왔다. 끝없이 펼쳐진 포도나무와 거대한 꽃 장식에서 나오는 꽃 향이 한데 어우러져 환상적인 자연의 향을 풍겼다. 정말이지 이 숲속에 사는 요정이 된 것처럼 하늘로 붕붕 떠다니는 기분을 감출 수가 없었다.

"이런 곳이 있다니! 다른 세계에 온 것만 같아." 나는 잇몸 만개한 미소를 활짝 지어 보였다.

"네가 행복해 보이니 나도 기분 좋다." 그는 뒤에서 나를 에스코트하듯 걸었다. 그리고 자연스럽게 무리 속에 들어가 인사를 나누며 나를 소개했고 처음 보는 나를 하나같이 다들 반가운 얼굴로 환영해 주었다. 오늘의 주인공인 신랑, 신부도 선남선녀가 따로 없었다. 그들을 원래부터 알고 지냈던 사이인지 아닌지는 크게 중요하지 않았다. 오늘 하루 자신들을 축하하기 위해 시간을 내어 와 주었고 또 그 축하를 받을 수 있음에 감사하다며 따스하게 웃어 주었다. 마침 도착한 도희 언니가 그녀의 파트너인 제임스라는 친구를 소개했다. 우리 넷은 천장이 초록 덩굴로 뒤덮인 바(Bar)로 들어가 와인잔을 하나씩 집어 들었다. 한 모금에도 입안 전체가 향긋한 향으로 가득 채워졌다. 달달한 와인은 청량하기까지 했다. 나는 셋이 대화를 나누는 동안 뒤로 잠깐 빠져 나와 섰다. 재즈 밴드에서 아름다운 음악이 흘러나왔고 곳곳에 퍼진 사진작가들은 대형 카메라를 들고 신랑, 신부뿐만 아니라 하객들을 향해서도 연신 셔터를 눌러 대고 있었다. 정갈하게 차려입은 웨이터와 웨이트리스들이 곳곳에 배치되어 있었는데 그 숫자에 놀라울 따름이었다. 어떤 하객도 불편하지 않도록 한 조치일 것이다. 같은 하늘 아래 정말 다른 삶을 살아가고 있었다. 오늘 같은 풍경은 내게 처음이자 마지막일 테니 기억 속에 가득 담아 두자는 심정으로 숨을 크게 들이마셨다. 싱그러운 포도 향이 내 온몸에 퍼져 나갔다. 나는 옆에 진열되어 있는 작은 라벤더 타르트를 손으로 집어다가 입으로 쏙 밀어 넣었다. 라벤더 크림이 기분 좋게 입안에서 맴돌더니 은은한 라벤더 향이 코

속으로 올라왔다. 보라색 크림이 묻은 손을 냅킨에 문지르는데 냅킨에도 신랑, 신부의 예식 날짜와 이름이 새겨져 있었다. 소품 하나도 허투루 만든 것이 없었다.

"이제 곧 예식 시작이야." 주만 오빠가 어느새 내 옆에 와 있었다. 오랜만에 만난 지인들과 시간을 보내라고 뒤에 떨어져 서 있었음에도 그는 나를 금방 찾아왔다. 그의 세심한 배려 덕에 단 한순간도 겉돌지 않았다.

예식이 시작될 것이라는 종소리가 울리자 떠들썩한 공간이 금세 조용해졌다. 예식은 아름답고 신성한 분위기 속에서 진행되었다. 혼인 서약을 할 때는 여기저기 훌쩍거리는 소리에 나도 덩달아 코끝이 찡해져 손에 쥐고 있던 냅킨으로 코끝을 문질러야만 했다. 아까 손에 묻은 크림을 닦아 냈던 냅킨이라 기분 좋은 달달한 라벤더 향이 났다. 양옆으로 퍼져 있는 신랑, 신부 들러리를 보니 참 축복받은 결혼식이라 생각이 들었다. 아직 내게는 머나먼 이야기지만 내 결혼식에 들러리로서 줄 친구들은 몇이나 될까? 아니, 있기는 할까? 다행히도 한국에는 들러리 문화가 없으니 고민할 필요도 없겠지만 말이다. 옆에 서 있는 도희 언니는 혼인서약서 같은 감동적인 내용은 귀에 하나도 들어오지 않는지 벤치마킹하러 온 직원처럼 연신 이곳의 장소를 분석하고 있었다. 분수에 둥둥 떠다니는 꽃의 색감마저 예사로 보는 것이 없었다. 핑거푸드 종류까지 살피며 그녀의 다음 파티에 적용될 만한 것들은 없는지 매의 눈으로 살피고 있는 그녀였다.

리셉션 만찬은 야외에서 진행되었으며 하얀 식탁보가 깔린 테이블 위에는 만개한 하얀 장미꽃들이 가득했다. 곳곳에 파란 장미로 포인트를 주어 신부가 들고 있던 부케와 통일감을 주었다. 서양에서는 결혼식에 오래된 물건, 새로운 물건, 빌린 물건, 파란색 물건이 모두 들어가야지 행복한 결혼 생활을 한다는 전통이 있다고 한다. 다른 것은 모르겠지만 파란색 포인트는 예식장 곳곳에서 찾을 수 있었다. 서빙된 식사가 모두 끝나자 새파란 2부 드레스로 갈아 입은 신부는 신랑과 케이크 커팅식을 위해 자리를 잡고 있었다.

"한국에서 30분 컷 하는 결혼식만 본 나로서는 신랑, 신부뿐만 아니라 하객들에게도 오늘이 잊지 못할 날이 될 것만 같아." 맛있다고 홀짝거린 와인 때문에 달아오른 양 볼을 살짝 눌러 잡으며 말했다.

"미국은 워낙 땅 덩어리가 넓어서 먼 거리를 이동해서 오는 게 일반적이라 아무래도 대접에 소홀할 수가 없지. 그렇다 보니 보통은 3일에 걸쳐서 극진하게 대접하는 편이야." 내 옆에 앉은 도희 언니가 광이 나는 로즈골드색 포크를 내려놓으며 말했다.

"3일이나? 그럼 이 결혼식도 2박 3일 동안 진행되는 거였어?" 며칠이나 걸쳐 진행된다는 사실이 놀라 물었다.

"그렇지. 나는 내일 늦은 오후쯤에 떠날 거야. 이틀 내내 광란의 밤을 보내는 건 체력적으로 무리라서. 그러고 보니 지금 이 시간이면 화방 문 닫았겠는데?" 이미 해가 진 지 오래였다. 결혼식에 푹 빠져들다 보니 오늘의 목적을 정말 말도 안 되게 잊어버린 것이다.

"이왕 이렇게 된 거 하객 축사도 끝나가는데 곧 있을 댄스 파티까지 즐기다 가. 욘트빌에 배정받은 호텔 방이 있으니까 나랑 같이 가자. 어차피 오빠는 배정받은 방이 있으니까 문제 될 거 없잖아?" 그렇지 않아도 어디를 가나 울려 퍼지던 사랑스러운 재즈 음악은 어느덧 시티 팝으로 바뀌어 있었고 이곳의 분위기는 점점 축제 현장이 되어 가고 있었다.

"외박은 좀 그런 것 같기도 한데." 나는 어떻게 하는 것이 좋을지 몰라 얼버무렸다.

"물감 사야 되는 거 아니야? 내일 아침에 화방 들렀다 가면 되지. 그 호텔이랑 멀지도 않아." 도희 언니는 빨간 탑 드레스 끝을 살짝 끌어 올렸다. 사실 사뭇 달라진 분위기라 댄스 파티는 어떨지 궁금한 것이 사실이었고, 마지막까지 즐기다 가고 싶은 욕심도 났다.

"난 지현이 하자는 대로 할게." 주만 오빠가 한 손을 살짝 들어 올리더니 우리 쪽을 향해 말했다.

"지현이한테 결정권 주지 마. 매번 보수적인 선택만 한다고! 댄스 파티까지 즐기자고 설득해야지." 도희 언니가 주만 오빠를 흘겨보았다.

"내가 언제 보수적인 선택만 했다고 그래?" 순간 소심하고 부끄러움 많은 사람으로 비쳤다는 사실을 직면하게 되니 오기가 발동했다. 그래서 나는 손을 쭉 뻗어 대답했다.

"내일 출발해!" 앞으로 펼쳐질 일이 기대되니 말이다.

"고마워. 나도 진열되어 있는 이 수많은 와인들을 즐기고 싶었거든." 주만 오빠는 그제서야 알코올이 들어간 와인잔을 집어 들었다.

"앗, 아까 말하지 그랬어?" 미처 생각지도 못한 부분이었다. 나는 너무 미안한 나머지 얼굴이 시뻘겋게 달아오르고 있었다.

"오늘 하루 안 마시면 어때? 별일도 아닌데. 미리 말할 것까지야 있나?" 그는 지나가는 말로 말하며 달아오른 나의 얼굴 때문인지 생수 한 병을 건네주었다.

유명 가수들의 열정적인 무대를 끝으로 드디어 댄스 파티가 시작이 되었다. 말그대로 마구잡이로 섞여 다들 춤 실력을 뽐내기 정신이 없었다. 휘황찬란한 조명 덕분에 어떤 막춤일지라도 볼품없어 보이지는 않았다. 아니면 다 예뻐 보일 만큼 술이 거나하게 취한 것일 수도 있겠다 싶었다. 나 또한 술도 되었겠다 억눌려 지냈던 요 며칠 한풀이라도 하듯 나의 막춤이 시작되었다. 아리랑의 민족답게 두둥실 어깨춤이 절로 나왔는데 나의 요란한 한풀이가 끝날 줄 몰랐다. 우스꽝스러울 나의 모습이지만 이 순간만큼은 그 어떤 시선에도 매달리지 않고 음악에 몸을 맡겨 보기로 했다. 분위기는 점점 무르익어 갔다. 대형 헛간에 마련된 에프터 파티를 만끽하기 위해 우리는 자리를 옮겼다. 네온 조명과 디스코 볼이 수를 놓으니 이곳은 또 다른 별나라 세상이었다. 결혼식인지 클럽인지 분간하지 못할 만큼 번쩍였다. 신랑, 신부는 이제 3번째 드레스로 갈아입고서는 환희의 밤에 흠뻑 젖어 들고 있었다.

여름 방학을 시작으로 이렇게 즐겨 본 적이 있었던가? 활짝 웃어 본 적도, 이렇게 흥분된 적도 없었다. 그 자리에 있는 모든 사람들이 서로의 어깨에 손을 올려 둥그렇게 돌기 시작했다. 원무를 그리며 돌다가 그 속도에 못 이겨 떨어져 나간 사람들의 익살맞은 표정 때문에 웃음이 절로 흘러 나왔다. 처음에는 실수로 넘어졌지만 그 이후로 일부러 넘어지기도 하고 픽픽 쓰러뜨리기도 했다. 쓰러질 때 과장되고 개구진 모습에 그 자리에서 웃지 않고 배길 수 있는 사람은 없었다. 내 옆에 선 주만 오빠의 얼굴도 굉장히 신나 보였으며 왼쪽 뺨에만 오목 패인 보조개가 오늘따라 더 도드라져 보였다. 내 어깨에 올려진 그의 손아귀에는 힘이 잔뜩 들어가 있었는데 휘청거리는 내가 혹여나 넘어지지 않게 나의 온 무게를 한 손에 지탱하고 있으니 말이다.

Ÿ Ÿ Ÿ

따뜻한 햇살이 창문 가득 들어왔다. 나는 몸을 일으켜 세웠다. 옆에는 도희 언니가 여전히 꿈나라를 헤매고 있었다. 어젯밤 웨이터, 웨이트리스들이 호텔 방까지 운전해 준 덕분에 편하게 올 수 있었다. 한 팀당 한 명씩 배정되는 꼴이었는데 그들이 많이 포진된 이유는 이 때문인 듯했다.

나는 간단한 양치와 세수만 하고 아침의 차가운 공기를 들이 마시기 위해 호텔 방을 나왔다. 상쾌한 공기가 폐 속까지 번지니 살 것 같았다. 어제 그렇게 부어라 마셔라 했음에도 신기하게도 머리가 아프거나 속이 쓰리지 않았다. 비싼 술이라 다른 것일까? 호텔에 딸린 오솔길을 따라 걷다가 파라솔이 펼쳐진 작은 테이블에 앉아 나의 숨소리에 집중했다. 어제 하루는 정말 내가 아닌 사람처럼 굴었다. 팅커벨 요정이 정말이지 내 몸을 훑고 지나간 것일까? 투야를 그리워하지도, 끄집어내지도 않았다. 화방에 들르려던 계획조차 기억하지 못했다. 그 순간 누군 가 내 앞에 의자를 빼내고 있었다. 파라솔에 가려 누구인지 바로 알아 차리지 못했으나 역시 주만 오빠였다.

"여기서 혼자 뭐 해? 더 자지 않고?" 그는 자리에 앉으며 물었다.

"워낙에 아침형 인간이라 해가 뜨는 시간이면 눈이 절로 떠져. 그리 고 동화 속 같은 이곳을 눈에 좀 더 담고 싶은 마음도 있어서." 나는 눈 을 지그시 감으며 햇살을 느꼈다.

"다음에 또 오면 되지." 그는 지나가는 말로 말했다. 그에게 욘트빌은 자주 들를 수 있는 곳이겠지만 나는 오늘 이곳을 떠난다면 여기에 머무 를 일은 다시 없을 것이다.

"속은 어때?" 그가 기지개를 켜며 물었다.

"생각보다 숙취라는 게 없네?" 나도 그를 따라 기지개를 켜며 답했다.

"그럼 이 근처에 부숑이라는 베이커리가 있는데 잠깐 들러서 샌드위 치라도 먹고 미술용품점으로 넘어가는 건 어때?" 그가 앉은 자리에 정 통으로 내리쬐는 햇살 때문에 내 쪽으로 자리를 당겨 앉았다.

"나야 너무 좋지." 따스한 햇살이 내리쬐니 온 몸에 온기로 가득 찼 다. 어제 등이 훤히 파인 옷을 입고 광란의 밤을 즐긴 덕분에 몸이 살 짝 차가웠다. 야외 곳곳에 온풍기가 돌아가고 있어서 파티를 즐기는 데 큰 문제는 되지 않았지만 지금 따스하게 내리쬐는 햇살이 참 반가웠 다. 그와 나란히 앉아서 잠시 햇살을 즐기는데 막 불어오는 바람에서 꽃잎이 흩날렸다. 어디선가 날아온 얇은 꽃잎 하나는 나의 오른쪽 볼 에 안착했다. 정확한 위치를 몰라 손가락으로 허우적거리고 있으니 주만 오빠는 내 얼굴에 있는 꽃잎을 떼어 주었다. 그런데 그의 맨 손목에 가로로 찍 그어진 상처가 눈길을 끌었다. 급히 나왔는지 항상 차고 있던 시계가 보이지 않았다. 그 순간 탄성처럼 흘러나왔다.

"손목에 상처." 주만 오빠의 당황한 얼굴이 스쳐 지나갔다. 나도 모르게 흘러나온 말을 주워 담을 길이 없었다. 곧바로 그는 굳은 얼굴로 허공을 응시했다. 그의 이야기를 파고들 생각은 없지만 그 상처가 우연한 사고로 생긴 흉터는 아니라는 것은 다분해 보였다.

"얼른 들어가서 준비하자! 부숑이라는 데는 얼마나 맛있을지 되게 궁금하네." 나는 괜히 씩씩한 척 말하며 엉거주춤 의자에서 일어섰다. 그는 알 수 없는 표정으로 고개를 끄덕였다.

도희 언니는 이제 막 샤워를 끝냈는지 샤워 가운 차림에 수건으로 머리를 돌돌 말며 나왔다. 언니의 쌍꺼풀 없는 두 눈이 오늘따라 더 부어 있었다. 아니나 다를까 언니는 숟가락 두 개를 급히 냉동실에 넣으며 말했다.

"어디 갔었어?"

"앞에 오솔길 잠깐 걸었어. 주만 오빠 있잖아." 문득 손목에 나 있는 상처에 대해 그녀에게 물어볼까 하다가 마음을 고쳐 먹었다. 당사자가 알려 주지 않은 이야기를 다른 사람에게서 듣는 게 실례일 수 있을 테고, 그녀도 남의 이야기를 전달하는 게 불편할 수 있을 테니 말이다.

"주만 오빠가 왜?" 그녀는 부풀어 오른 눈덩이를 손으로 지그시 눌러 잡으며 물었다.

"아니, 같이 걸었다고." 나는 머리를 긁적이며 답했다.

"주만 오빠 어때?"

"숙취는 없어 보이더라. 오빠도 어제 저녁부터 꽤 마신 것 같았는데." 나는 어제 벗어 놓은 옷가지들을 정리했다.

"아니. 그게 아니라 사람으로서 어떠냐는 거야." 그녀의 기습 질문에 정리하던 것을 멈추고 그녀를 바라보았다.

"사람으로서? 좋은 사람 같아." 뜸을 잠깐 들였지만 이보다 더 좋은 말을 찾지 못했다.

"맞아. 좋은 사람이야. 그래서 곁에 오래오래 두었으면 좋겠어." 나는 무슨 말인지 몰라 그녀를 말없이 쳐다보았다.

"파티에서 그렇게 늦게까지, 심지어 춤까지 추면서 자리를 지켰던 적을 단 한 번도 본 적이 없어. 함께한 세월이 꽤 긴데도 말이야." 그녀는 찬물이 가득 담긴 유리잔을 쥐고 소파에 가 앉았다.

"오빠가 누군가를 위해 자신의 상황을 모두 다 맞추는 꼴도, 무언가를 제안하는 꼴도 본 적이 없어. 본인의 선이 분명한 사람이라서. 웬만하면 자신의 세상에 잘 들여놓지 않거든. 그런데 지금 오빠의 모습을 보면 다른 사람 같아. 심지어 눈에서 빛이 나. 이제야 사람 눈처럼 보이더라. 아마 너의 효과이겠지?" 그녀가 내 표정을 살피며 말을 이었다.

"부담을 주려고 한 말은 아니야. 그냥 알려 주고 싶었어. 처음 여기 샌프란시스코에 왔을 때 죽을 것 같던 너의 얼굴도 지금은 그 누구보다 생기 넘치거든."

불현듯 빌궁이 한 말이 떠올랐다. 투야를 멀리하는 게 좋다는 말. 그런데 도희 언니는 내게 말하고 있다. 그를 곁에 두었으면 좋겠다고 말이다. 이 모든 것이 그에게 고마운 마음에 기인한 것인지 아니면 내 안에 그를 향한 다른 무언가가 있는지 잘 모르겠다. 그저 그를 빨리 만나 보고 싶다는 생각뿐이었다. 손목에 상처를 보았을 때 애초에 파고들 마음이 전혀 없다고 여겼지만 아까 자리에서 급히 일어난 것이 마음에 걸렸다. 그의 또 다른 아픔이 어떤 것인지 자꾸만 신경이 쓰였다.

나는 샤워를 후다닥 끝내고 어제 팬케이크 집에서 입었던 옷을 그대로 갈아입었다. 하루밖에 안 되었지만 다른 시대를 탐험하고 돌아가는 기분이었다. 이제 현실로 돌아올 준비를 해야만 한다.

풀 메이크업을 받은 어제와 달리 너무 말간 얼굴이라 도희 언니 파우치에 담긴 화장품을 빌려 대충 찍어 바른 뒤 프론트 데스크에서 요청한 쇼핑백에다가 드레스와 구두를 챙겨 넣었다. 오늘 오후 일정까지 소화할 언니에게 어제보다 더 즐거운 시간이 되길 바란다는 인사를 끝으로 나는 방을 나왔다. 일찍 나온 덕분에 로비에 있는 폭닥한 소파에 앉아 주만 오빠를 기다려야 했다.

"지현아!" 그는 미소 가득한 얼굴로 나를 향해 손을 흔들었다. 걱정한 내 마음과 달리 편안한 얼굴이었다. 그는 내 옆으로 와 나의 쇼핑백을 받아 들더니 주차장으로 향했다.

"쇼핑백 내가 들게. 하나도 안 무거워."

"나도 하나도 안 무거워." 주만 오빠 특유의 받아치는 말투를 들으니 아침에 본 상처가 꿈이었나 착각이 들 정도였다. 그의 왼쪽 손목에는 스테인리스 시계가 다시 견고하게 채워져 있었다.

부솽이라는 빵집은 푸릇푸릇하고 싱그러운 거리에 자리를 차지하고 있었는데 이 거리 전체가 따뜻한 색감의 필터를 끼운 것처럼 온통 아늑하고 따뜻한 풍경이었다.

민트색 건물 안으로 들어가니 달콤한 빵 굽는 냄새가 나의 식욕을 자극했다. 우리는 야외에서 식사를 할 수 있는 테라스로 넘어가 결제를 마친 빵 봉투를 테이블 위에 내려 놓았다. 빨간색 파라솔과 초록초록한 거리와 대조를 이루어 더할 나위 없이 예쁜 공간이었다.

나는 샌드위치를 베어 물며 그가 빌려준 선글라스를 머리 위로 올렸다. 이곳에서는 햇살이 강렬해 맨눈으로 거리를 활보하는 것은 미친 짓이나 다름 없었다. 눈을 반쯤 감은 상태로 활보하니 그가 내린 조치였다. 주만 오빠가 바삭하는 소리와 함께 오리지널 크루아상을 크게 한입 베어 무니 고소한 버터 향이 바람을 타고 내게도 전해졌다. 매장에는 오리지널 크루아상 말고도 코코넛, 피스타치오, 아몬드 등 한국에서도 찾기 힘든 맛이 꽤 많았지만 오빠는 어디를 가나 오리지널만 골랐다. 커피도 아메리카노 이외의 다른 음료를 주문하는 것을 본 적이 없었다. 그 순간 테이블에 올려 둔 오빠의 하얀색 아이폰이 울렸다. 그는 아이스 커피를 쭉 들이킨 뒤 전화를 받았다. 학교에서 온 전화인 것 같았는데 심각한 얼굴이었다. 다행히도 이내 표정이 풀어졌지만 여전히 무엇인가 문제가 있어 보였다. 판례가 어쩌고저쩌고, 과제가 어쩌고저 쩌고하는 것 같은데 주만 오빠가 어느 대학에서 무엇을 전공하는지 아 는 게 전혀 없다는 사실이 인지되고 있었다. 나는 얼음에서 녹은 물 때 문에 라테의 층이 분리되자 빨대로 휘휘 저으며 그를 바라보았다. 통 화가 끝나기를 잠자코 기다리다가 그가 휴대폰을 내려놓자 곧바로 물 었다.

"오빠 로스쿨 다녀?"

"그래. 관심 좀 가져 주라!" 그는 얼마 남지 않은 커피를 마저 마시며 말했다.

"알려 준 적이 없잖아."

"물어본 적도 없잖아."

"오빠도 날 잘 모르잖아." 나는 괜히 발끈했다.

"경영학을 전공하지만 딱히 그 공부에는 관심이 없다는 거. 사연 많 은 얼굴이지만 환하게 웃어 줄 때 아이같이 되게 예쁘다는 거. 아기 때 사진을 본 적도 없지만 아기 때 얼굴이 어땠을지 신기하게도 그려진다 는 거. 눈에 띄고 싶지 않은 건지 본인한테 어떤 색도 용납 못 하겠는 건지 죄다 무채색만 입고 다닌다는 거. 뒤에 서 있어도 보석같이 반짝 거려서 저 멀리에서도 눈에 띈다는 거. 무채색으로 가려질 게 아니라 는 걸 본인만 모른다는 거. 그리고 또⋯."

"그만해. 그러면 내가 더 미안해지잖아." 나는 그의 말을 잘라야 했다.

"네가 왜 미안해? 너보다 한 발짝 뒤에 서 있을 테니까 알아만 달라 고. 힘들 때 꼭 말해. 너 혼자 주저앉지 말고."

"왜?" 괜히 울컥해서 시선을 아래로 떨구었다. 어쩌면 그가 나보다 더 힘든 시간을 견뎌 왔을지도 모를 일이었다.

"툭 치면 부서질 것처럼 너 혼자 견고하게 서 있으면 내가 더 힘들어. 내가 안아 줄 수 없으니까. 그래도 곁에 있으면 챙겨 줄 수라도 있잖아."

나는 어떤 대꾸도 할 수 없었다. 이 감정이 어떤 것인지 모르겠다. 나의 심장은 투야에게만 반응하는 것 같은데 그의 상처를 마주하는 순간 신경이 쓰이는 것을 부인할 수 없었다. 그저 고마운 것 투성이인 이 사람이 절대 아프거나 다치지 않았으면 했다.

다 먹은 포장 종이를 오크통으로 만들어진 휴지통에 대충 구겨 넣은 뒤 오빠 차로 향했다. 그는 집 가까운 게 최고라며 유니언 스퀘어 옆에 위치한 헤이스팅스(Hasitngs) 로스쿨에 재학 중이었는데 하필 저번주와 같은 제목의 파일로 과제를 잘못 제출해 버린 것이다. 다시 보내 달라는 조교의 전화였으며 오늘까지 제출하지 않으면 감점이라 서둘러 샌프란시스코로 넘어가야 하는 상황이었다.

"미술용품점에 잠깐 들를 수 있는데 그 전에 줄게 있어." 주만 오빠는 트렁크를 열어 묵직한 상자를 내게 전해 주었다.

"이렇게 주려고 했던 것은 아니지만 마음에 들었으면 좋겠다. 사실 예전에 사 놓았거든. 어떻게 주면 좋을지 고민하고 있었는데 이왕 이렇게 된 김에 지금 주어도 괜찮을 거 같아서."

상자를 열어 보니 한국에서도 비싸서 웹 사이트에서 기웃거리기만 하던 물감의 전 색상이 담겨 있었고 한쪽 귀퉁이에는 붓이 호수별로 꼽혀 있었다. 그의 생각지도 못한 선물에 금세 눈물이 맺히는 것이 느껴졌다. 어떻게 알고 이 많은 것들을 준비했는지 고맙다는 말 한마디로 절대 표현되지 않을 마음이었다.

"고마워. 매번 받기만 해서 어떡해?" 항상 고마운 상황뿐이라 이제는 고맙다는 말이 나조차도 지겨울 지경이었다.

"고마우면 이것들로 포트폴리오 만들어 보는 건 어때?"

그 순간 나는 숨이 턱 막혀 어떤 대답도 하지 못했다. 나보다 나를 더 아껴 주는 그의 진심이 전해지니 가슴이 시릴 만큼 고마우면서도 아팠다.

"잘 모르는 내가 봐도 네 그림 실력은 취미로 만족할 수 있는 수준이 절대 아니야. 그러니까 한번 시작해 봐."

내가 좋아하는 그림은 그저 취미로 즐기면 된다 생각했었다. 그런데 그림을 그릴수록 공허한 마음은 쉬이 사그라들지 않았다. 과연 내가 취미로 만족할 수 있을까? 오빠 말대로 내가 취미로 만족할 수 없는 사람이라면? 당장 미술로 전공을 바꾸겠다는 약속은 못 하겠지만 그림을 꾸준히 그려 볼 생각이다.

"응. 일단 시작은 해 보려고. 그리고 화방은 안 들려도 괜찮아. 내가 필요한 게 이 상자에 다 들어가 있지 뭐야." 나는 그를 향해 고마운 마음을 한껏 담아 미소 지어 보였다.

"지현아, 우리 집 들러서 과제 먼저 제출한 뒤에 너희 집에 데려다 줘도 괜찮을까?" 그는 엑셀에서 발을 살짝 떼며 물었다. 신호등이 빨간색으로 바뀌고 있었다.

"당연하지. 나 때문에 감점 받으면 안 되지." 도움은 못 될 망정 나 때문에 감점이나 받게 내버려 둘 수는 없었다. 절대 일어나서는 안 되는 일이었다. 더군다나 졸업을 한 학기 앞당기기 위해 계절학기를 이수하고 있는 것이라 좋은 점수를 받아야 한다고 하니 그런 일은 절대 일어나서는 안되는 일이었다. 사실 도희 언니, 성진 오빠, 수현이, 지우 우리 모두가 방학을 즐기고 있던 터라 그가 여름 방학에도 학교를 다닐 것이라고 상상도 못 했다.

"파일이 잘못 들어간 거지 과제는 이미 다 작성된 거라 몇 분 안 걸릴 거야."

"어떤 과제야?" 나는 그가 챙겨 준 준 생수병 뚜껑을 따며 물었다.

"보통 중요한 판례에 대해서 분석하거나 요즘 이슈로 통과되는 법안 중에서 제기될 수 있는 소송을 예상해 보는 거야. 사회에 어떤 영향을 미칠지 미리 생각해 보는 거지."

"법과 판례 분석이라니! 멋지다. 이번 과제는 어떤 내용인데?" 신호를 받아 차가 멈춘 틈에 생수를 들이켰다.

"지루할 텐데 괜찮겠어?" 예상치 못한 질문이었는지 그는 놀라는 표정을 지었다.

"여부가 있겠어. 얼마든지 해." 어서 시작하라는 눈짓을 보냈다.

"샌프란시스코는 무지개 깃발을 심심찮게 볼 수 있잖아. 특히 카스트로 지역에 가면 집집마다 깃발이 걸려 있는데 이게 동성애자가 살고 있다는 뜻을 나타내거든. 숨기지 않고 거리낌없이 공개하겠다는 거지."

"성소수자한테 상당히 관대한 도시라는 생각이 들었어. 그래서 세계적으로 유명한 게이 프라이드 페스티벌도 샌프란시스코에서 열리는 게 아닐까 싶었지."

"자유, 평등, 다 좋은 말이지. 그런데 성소수자, 성전환자의 화장실 사용 자유를 보장해야 한다는 이유로 새롭게 지어지는 건물에 층마다 최소 하나의 성중립 화장실을 구축해야 한다는 법이 2016년에 통과된 거야. 이제 문제는 여기서부터 발생하게 되지." 그는 핸들에 올려진 손가락으로 방금 흘러나오는 음악에 맞춰 리듬을 탔다.

"잠깐만, 성중립 화장실이라면, 남녀 공용으로 사용한다는 뜻이야?"

"그렇지. 정확한 뜻은 성별, 성적 정체성에 관계없이 모두가 사용 가능하다는 뜻이야."

"좋은 취지이겠지만 모두 다 이용 가능하다면 나는 왠지 불편할 것 같아." 나는 미간을 살짝 찌푸렸다.

"맞아. 더욱이 성범죄 등에 대한 우려를 반영해서 죄다 1인용으로 만들어 버렸는데 이게 더 큰 문제를 야기시킨 거야. 1인용 화장실을 만들면 실질적으로 몇 칸 못 만든다는 뜻이고 화장실을 이용하려고 한참이나 줄을 서서 기다려야 된다는 뜻이지. 이념을 지키려니 삶에서 너무 큰 불편을 감수해야 하는 거야."

"설마 이게 역차별과도 관계가 있는 거야? 요즘 역차별 때문에 미국이 떠들썩하잖아." 며칠 전 관련 신문기사를 읽었던 것이 떠올랐다.

"지현이 똑똑한 줄 알았지만 역시!" 그는 엄지를 들어 보이며 말을 이었다.

"너도 알겠지만 소수인종 우대 정책이 백인들에게 역차별을 조장한다며 미국 전체가 골머리를 앓고 있잖아. 대학 입시뿐만 아니라 기업에서 추진하는 소수계 배려책 때문에 패소한 기업은 막대한 보상금을 지불해야 되니까. 소수를 위한 배려는 취지만 좋다는 거야. 역차별을 조장하니까. 이 현상과 더불어서 추가적으로 설명을 덧붙이자면 마리화나가 합법인 캘리포니아주에서도 샌프란시스코는 민주당 텃밭이라고 불릴 만큼 가장 진보적인 도시거든. 이런 진보적 이념 때문에 기본적인 상식과 이성을 그 어느 도시보다 평가절하는 곳이기도 해. 샌프란시스코에서 약에 취한 사람과 노숙자 수는 이례가 없을 만큼 급증하게 되었고, 진보적 이념을 우선시하다 보니 오히려 사회적 문제가 발생하게 되었으며, 이를 해결하기 위한 비용이 어마무시하게 들어가게 된 거지." 말하느라 초록불로 신호가 바뀌었음에도 출발하지 않자 뒤차에서 경적 울리는 소리가 들려왔다. 그는 그제서야 엑셀로 발을 옮겼다.

"개성과 다양성을 존중하고 자유를 보장하면 모두가 만족할 줄 알았는데 막상 그렇지 않다는 거네. 진보적인 이념이 오히려 각종 범죄를 발생하게 만들었다는 뜻이야?" 내가 이해한 것이 맞는지 그에게 확인차 물었다.

"맞아. 지금 샌프란시스코는 범죄의 소굴이 되어 버렸으니까. 진보적 이념에 기저를 둔 몇몇 법들은 앞으로 일어날 수 있는 문제를 간과하고 있다는 거지."

"오빠는 소수에 대한 배려책과 다양성을 존중하는 것이 잘못되었다고 생각해?" 들고 있던 생수병을 컵 홀더에 다시 끼우며 그를 바라보았다.

"진보적 이념 때문에 샌프란시스코가 범죄의 도시가 된 것은 부인할 수는 없다고 봐." 나의 시선이 느껴졌는지 그는 확신에 찬 얼굴로 나를 잠깐 바라보더니 이내 고개를 돌려 앞을 응시했다.

"맞아. 범죄에 노출되어 있으니 매사 조심해야 하고 생활이 상당히 불편하게 되었지. 그럼에도 나는 그런 진보적 이념을 추구하는 것이 가치 있다고 생각해. 원래 세상은 차별과 억압이 난무해. 그래서 소수가 목소리를 낼 때, 당당하게 맞설 때 사회는 좀 더 나은 방향으로 발전할 수 있었어. 한 때는 여성도 소수라고 여겨질 때가 있었잖아. 여성이 참정권을 가진 게 19세기 후반쯤에나 가능했을 걸? 그때도 여성이 정치에 참여하는 것이 사회의 악으로 간주하는 사람들이 분명 있었을 거야. 그런데 지금은 그게 너무나 당연한 일이 되었잖아. 어떤 변화든 성장통 없는 변화는 없다고 생각해. 물론 샌프란시스코가 과연 회복은 할 수 있을까 싶을 만큼 진한 고통 속에 빠져 있는 건 사실이지만 그럼에도 소수를 배려하고 보호했기 때문에 샌프란시스코가 잔인한 도시가 되었다고 생각하지는 않아. 물론 오빠 말대로 기본적인 상식이 평가절하되어서는 안 되겠지만 말이야." 나의 말에 그는 생각에 잠겼는지 잠깐 뜸을 들였다.

"지현아, 나는 절대 내 생각이 틀리지 않았다고, 내가 옳다고만 생각했어. 누군가 진보적 이념의 중요성을 설명할 때 어떤 말에도 설득당하지 않았거든. 그런데 네가 여성의 참정권에 대해 말할 때 방망이로 한 대 얻어맞은 기분이었어. 맞아. 여성도 한때는 소수로 간주할 때가 있었지."

"그런 말도 있잖아. 다수가 소수를 존중하고 소수가 다수를 수긍할 때 의미 있다고. 다수든 소수든 서로를 배려해야 된다고 생각해. 서로를 위한 배려는 권리가 아니라는 인식이 더 중요하겠지만 말이야."

그의 과제에서 시작한 대화는 한 시간이 어떻게 흘러갔는지 모르게 만들었다. 사회 현상에 대하여 서로의 다른 생각을 공유하고 해석하는 것이 꽤 재미있었다. 어느덧 도착했는지 그는 주차를 마치고 기어를 P로 바꾸고 있었다.

"그러고 보니 오빠 집은 처음이네." 나는 엉거주춤 문 앞에 섰다.

그가 지문을 찍으니 현관 자동문이 옆으로 스르륵 열렸다. 그가 잡아주는 중문 안으로 쏙 들어가니 조도가 낮게 깔린 공간의 묵직한 아늑함이 나를 사로잡았다. 인센스 스틱에서 나올 법한 향은 나의 마음을 차분하게 만들었다.

"환영해." 그는 현관 앞에 있는 크리스털 병에 차 키를 내려 두며 살짝 웃어 보였다.

모든 가구와 소품은 진회색이나 검은색으로 이루어져 있었으며 특히 어디에 사용되는지조차 모르겠는 가전제품들이 많았다. 마치 미래 박물관을 견학하는 것처럼 '미래의 인류는 이런 공간에서 살아갑니다.'라는 안내말이 귀에 들려올 것만 같았다. 그는 시커먼 냉장고 문을 열며 말했다.

"뭐 마실래?"

"물이면 돼." 두리번거리는 것을 멈추고 그가 있는 쪽으로 빙그르 돌며 답했다.

"들어가지 않아야 하는 방은 없으니 마음껏 구경하면서 편히 있어. 나는 우선 과제부터 쳐내야 할 것 같아. 아까 너와 나눈 대화 때문에 과제를 전체적으로 수정하고 싶은데 기다려 줄 수 있어?"

"당연히! 얼마든지." 나는 씨익 웃어 보였다. 우리가 나눈 대화로 인해 그가 좋은 점수를 받게 된다면 나로서는 너무나도 뿌듯할 일이었다.

나는 그가 건네준 머그잔을 받아 들고서 그에게 방해되지 않도록 혼자 조용히 시간을 보낼 수 있는 장소를 물색했다. 그가 거실에 널찍한 책상에 앉아 안경을 닦고 있는 모습이 보였다. 나는 최대한 멀리 떨어져 있는 방으로 들어갔다. 한 쪽 벽에는 책이 빽빽하게 꽂혀져 있었다. 집 분위기상 전자책만 볼 것 같은데 책은 또 지면으로 즐기는지 책장은 종이책으로 빈틈없이 가득 채워져 있었다. 창가 앞에 있는 길쭉한 소파에 앉아 창밖을 바라보았다. 빨간 금문교가 희끗하게 보였다. 맑디맑던 날씨는 이제 어디에도 없었다. 샌프란시스코만으로 들어오니 초겨울 날씨처럼 제법 쌀쌀했다. 훌쩍이는 콧물 때문이었는지 그는 내게 따뜻한 물을 건네주었다. 살짝 시린 손으로 물컵을 감싸 쥐며 한 모금 홀짝이니 따뜻한 온기가 온몸에 퍼져 나갔다. 잠시 후 천장에서 '삐리릭' 소리와 함께 따뜻한 바람이 내려앉았다. 자동 시스템인지 아니면 주만 오빠가 작동시킨 것인지 모를 일이지만 참 아늑하고 편안한 공간이었다.

머그잔을 사이드 테이블에 내려놓고 쿠션 좋은 패브릭 소파에 기지개를 켜며 그대로 드러누웠다. 대자로 누워도 공간이 넉넉했다. 새벽에 잠들었기도 했고 그 누구보다 열심히 댄스파티를 즐긴 나머지 눈이 절로 감겼다. 관자놀이에서 들려오는 맥박 소리가 어느새 희미해지더니 그대로 깊은 잠에 빠져 버렸다. 정말 오랜만에 꿈 한 번 꾸지 않았다.

눈이 덜컥 떠졌다. 대체 몇 시간이나 자 버린 거야? 창밖은 이미 어두웠다. 나는 그대로 벌떡 일어나 휴대폰을 찾았다. 액정 화면을 눌러 시간을 확인하니 그가 과제를 끝내고도 남아돌아 버릴 시간이었다. 아니, 남의 집에서 그것도 너무나도 푹 자 버린 나 자신 때문에 미쳐 돌아버릴 지경이었다. 일어나면서 내게 덮인 담요가 스르륵 흘러내렸다. 그가 덮어 주고 간 모양이었다. 나는 담요를 개어 소파에 올려 두고 방을 나왔다. 그런데 그가 보이지 않았다. 미로 같은 이 집에서 그를 어떻게 찾을지 잠시 고민하다가 전화를 걸기 위해 휴대폰을 들었다. 마침 주만 오빠의 목소리가 뒤에서 들려왔다.

"잘 잤어?" 뒤를 돌아보니 그가 계단에서 내려오고 있었다. 알고 보니 복층집이었다. 층고가 꽤나 높았음에도 아까는 왜 저 계단을 발견하지 못했을까? 아마 아까는 블라인드가 드리워져 있어서 미처 알아차리지 못했나 보다. 블라인드가 활짝 올라간 지금은 통창으로 비치는 도시의 야경이 반짝였다. 층고가 높아서인지 도희 언니 집보다 개방감

불꽃과 재 속의 작은 불씨 - 하

이 훨씬 좋았다. 그녀의 집도 답답한 것 하나 없는 탁 트인 시티뷰라고 생각했는데 그의 집은 바람까지 느껴진다고 해야 할까? 상쾌하기까지 했다.

"나 깨우지 그랬어." 너무 깊은 잠에 빠진 것이 민망하여 머리를 긁적였다. 부시시한 나의 모습이 우스꽝스러운지 그는 함박 미소를 지었다.

"코를 고니까 피곤한 것 같아서 차마 깨우지 못했어." 그가 일부러 울상을 짓는 듯했다.

"내가 코를 골았다고?" 나는 땡그란 눈으로 그를 쳐다보았다. 믿을 수가 없었다. 코 곤다는 소리를 들어 본 역사가 없었다.

"그래. 어찌나 골던지 깨울 수가 없었어." 그는 연신 킥킥거렸다.

"나 너무 피곤했나 봐." 민망했지만 그가 그렇다고 하니 인정할 수밖에 없는 노릇이었다.

"장난이었어." 장난이라는 말과 어울리지 않은 나직한 목소리였다.

"뭐야! 놀랐잖아." 나는 정색했다.

"놀란 것치고는 꽤 담담하게 받아들이던데?" 그가 부엌으로 들어가며 말을 이었다.

"잠도 아기처럼 새근새근 아주 예쁘게 자더라." 훅 들어온 그의 칭찬에 민망한 나머지 괜히 그를 쭈뼛쭈뼛 따라 들어갔다. 그는 냉장고에서 과일 접시를 꺼내 홈 바 테이블에 내려놓았다.

"배고프지? 우선 과일 먼저 먹고 저녁 먹으러 나가자. 지금 바로 나가도 주문한 음식이 나오기까지 꽤 기다려야 될 테니까." 홈 바 테이블 앞에 있는 길쭉한 의자를 빼 앉으니 그가 검은색 포크를 건네주었다. 접시에는 꼭지를 떼어 반으로 가른 하트 모양의 딸기와 껍질을 벗긴 오렌지가 예쁘게 담겨 있었다.

"이런 모양도 낼 줄 알아?" 포크로 딸기를 찍어 누르자 마자 배에서 꼬르륵 소리가 났다. 생각해 보면 아침에 샌드위치 하나 먹은 게 다였다. 꼬박 이틀 동안 그와 시간을 보내면서 가까워진 건지 꼬르륵 소리에도 민망하거나 부끄럽지 않았다. 그가 말없이 접시를 내 쪽으로 밀어 주는데 왼쪽 손목에 차고 있는 시계가 참 견고해 보였다. 오빠가 오늘 아침에 내게 했던 말이 떠올랐다. 견고하다는 말이 참 슬픈 단어라는 생각이 들었다. 인고의 시간을 견딘 뒤에나 가질 수 있는 상태였다. 나는 스테인리스 시계 위에 나의 손을 봉긋하게 말아 살포시 얹으며 말했다.

"많이 아팠겠다." 그의 연갈색 눈동자에는 눈물이 차오르고 있었다. 그를 울리려고 한 말은 아니었지만 왠지 모르게 나 또한 눈물이 핑 돌았다.

"내가 듣고 싶은 말은 그런 말이었는지도 모르겠다." 그가 코를 한 번 훌쩍이더니 잠깐 뜸을 들인 뒤 말을 이었다.

"병원에서 눈을 뜬 순간 제일 처음 들었던 말이 왜였어. 죄다 나보고 왜 그랬냐고만 묻더라. 왜라니…. 나도 그제서야 왜 그랬는지 생각해 보게 되었지. 그런데 아무리 생각해 봐도 이유가 떠오르지 않는 거야. 나를 아무리 다그쳐 봤자 나도 모르는 답이 나올 리가 없잖아."

이유를 내놓을 수 있었으면 그런 극단적 선택은 하지 않았으리라.

나 또한 고등학교 때 죽고 싶었던 적이 한두 번이 아니었다. 정말이지 삶을 살아가는 것 자체가 내게 참 버거운 일이었다. 누군가 내게 죽고 싶은 이유를 묻는다면 이렇게 답하지 않았을까? 누군가를 사랑할 때도 이유가 없듯 죽고 싶을 때도 딱히 이유 같은 건 없다고 말이다.

"나도 죽고 싶을 때가 있었어. 고등학교 때 학급 전체가 나를 거부하는데 정말이지 견디기가 힘들었거든. 스스로 목숨을 끊어 낼 용기는 없었지만 우연한 사고로 지금 살고 있는 이 세상을 하직할 수만 있다면 이 또한 나쁘지 않다고 생각했었지." 나는 생각에 잠긴 채 말을 이었다.

"그때가 아마 하교 시간이었을 거야. 즐거울 일 하나 없는 학교에서 하루의 8할 이상을 보낸다는 것은 정말 가혹한 일이었어. 매일 진이 다 빠져 있었거든. 한날은 혼이 다 나간 상태로 신호등이 없는 횡단보도를 좌우도 살피지 않고 그대로 걸어 들어가 버린 거야. 숨 막힐 듯한 경적 소리와 함께 내 앞에서, 정말 바로 코앞에서 대형 버스가 빠른 속도로 지나가는데 한 발짝만, 정말 딱 한 발짝만 더 내딛었다면 죽었을 수도 있었겠구나 생각이 들더라고. 그런데 그 순간 마음은 '큰일 날 뻔했다.'가 아니라 '아쉬웠다.'였어. 이 모든 짐을 내려놓고 이 세상을 떠날 수 있었는데 왜 나는 한 발을 더 내딛지 못했을까? 그 생각으로 가득 차더라. 보통 사람이 놀라면 소리를 내지르게 되잖아. 나는 소리조차 나오지 않더라. 그런데 하필 그날 엄마가 학교에 나를 데리러 온 거야. 이 모든 광경을 모두 다 지켜보게 된 거지. 소리 지르며 절규하는 엄마의 모습을 아직도 잊을 수가 없어. 그 뒤로 엄마는 일을 그만두었고 3년

동안 등하교를 나와 함께했어. 그때 정신과 치료를 받으면서 미술을 함께 시작했던 거야. 나는 무조건 버텨야 했거든. 무엇보다 내가 없어질 세상을 살아갈 부모님을 상상하는 것만으로도 숨이 막힐 만큼 눈물로 폭발했으니까." 나의 슬픈 이야기를 아무렇지 않은 척 그에게 툭 꺼내 놓았다. 입 밖으로 꺼낸 적은 처음이었다. 누군가에게 내 이야기를 마주할 일은 생각도 하지 않은 일이었다. 심지어 내 모든 걸 내어줄 수 있을 것 같던 투야 조차도 말이다. 그런데 나는 그에게 덤덤하게 나의 이야기를 읊조리듯 말하고 있었다.

그의 깊은 눈에는 아까보다 더 많은 눈물이 고여 있었고 깍지 낀 두 손에는 힘이 잔뜩 들어가 있었다. 그의 손등 주변은 하얘져 갔다. 아마 지금 이 순간 나를 위로하기 위해 손을 잡아 주고 싶을 테지만 그렇게 해서는 안 되기에 본인의 양손을 으스러지도록 잡고 있는 것처럼 보였다.

"고마워. 너의 이야기를 들려줘서."

홀로 간직하고 있을 때보다 입 밖으로 내뱉으니 생각보다 홀가분했다. 그가 얼마나 고통스러웠을지 다 알고 있다는 듯이 나를 바라보았다. 그의 눈빛에 꽁꽁 싸매고 있던 나의 벽이 와르르 무너지고 있음을 느꼈다.

"너를 가만히 보고 있으면 사연이 많아 보였어. 그래서 더 눈에 띄었는지도 모르겠다. 그냥 보호해 주고 싶다는 생각밖에 나지 않았거든." 나는 어떤 말을 골라 내뱉어야 할지 몰라 숨만 골랐다. 잠시 후 그는 어떠한 감정도 담지 않은 채 말을 이었다.

"내가 부모님한테 바란 것도 그거였어. 우리 부모님은 내가 어떻게 되든 상관없을 거라 확신했지. 나의 안위 따위는 전혀 고려하지 않는 사람이거든. 그날따라 형이 촉이 좋았던 건지 나를 빠르게 발견해 버린 거야. 그대로 병원에 실려 갔고 덕분에 살아나게 되었지만 눈을 뜨자마자 질문 폭격을 받으니 나를 살린 형이 그렇게 원망스러웠던 적이 없었어. 괜히 눈뜨게 만들어서 이유 따위나 설명하게 만드는지. 그 이후로 엄마는 내가 사람 구실하는 것만으로도 만족하게 된 것 같아. 어쨌든 여전히 바쁜 사람이라 무얼 기대하는 건 어리석은 짓이라는 걸 늦게라도 깨달았거든." 그는 숨을 깊게 들이켰다.

"태어난 김에 살자며 꾸역꾸역 살아갔는데 너를 만난 이후로 그때 죽지 않아서 다행이라는 생각을 처음 했어. 나를 살린 사람들을 찾아 다니면서 절이라도 하고 싶을 만큼. 네 덕분에 그저 따스한 햇살 하나에도 감사하게 되더라." 그가 살짝 미소 지었다.

나는 몸 둘 바를 모를 지경이었다. 수영 하나 할 줄 모르는 내가 전국 대회에 우연히 참가해 대상을 탄 기분이랄까?

"사실 이 상처를 오늘 아침에 너에게 들켰을 때 겁이 났어. 나를 멀리하면 어쩌나 걱정이었지만 넌 아무렇지 않게 똑같이 대해 주더라?" 그가 슬픈 눈으로 나를 바라보았다.

"멀리할 이유가 있나? 오히려 상처가 신경 쓰이고 궁금한데 참느라 혼났지. 오빠에게 물어보면 실례일까 봐 내가 더 걱정이었어." 나는 더 이상 처지는 분위기는 안 되겠다 싶어 벌떡 일어나 큰 소리로 외쳤다.

"그것도 아무나 못 해. 용기 하나는 진짜 끝내준다는 소리잖아. 마음 먹은 건 꼭 이룰 사람이라는 뜻이지. 물론 그 용기는 이제 밝은 쪽에만 작용해야겠지만 말이야." 나는 크게 미소 지었다.

"오빠의 소울 푸드가 뭐야? 딱 먹으면 힘이 불끈 솟는 음식 말이야." 그는 잠깐 고민하더니 이내 초롱초롱한 눈빛으로 나를 바라보았다.

"너는 뭐야?" 그는 반짝이는 눈으로 나를 바라보았다.

"나 말고, 오빠의 소울푸드!" 나는 그 어느 때보다 단호하게 받아쳤다.

"음, 김치볶음밥? 할머니가 학교 끝나고 오면 간식으로 자주 해 줬거든. 그때가 한 번씩 그리워. 김치볶음밥을 먹으면 할머니의 따뜻한 웃음소리가 들리는 것 같거든."

"집에 김치 있어? 나도 김치볶음밥 너무 당긴다." 나는 엉덩이로 길쭉한 의자를 쑥 밀었다. 그렇지 않아도 요 근래 빵만 먹어서 속이 니글대던 참이었다. 그의 소울푸드가 김치볶음밥이라니 무진장 반가웠다.

"냉장고에 있을 거야." 그가 일어나 냉장고 쪽으로 걸어갔다.

"오늘 저녁은 김치볶음밥 먹자! 내가 만들어 줄게. 먹고 힘내는 거야. 오빠도 혼자서 주저앉지 말고 힘들면 나 불러. 김치볶음밥 해 주러 올 테니까."

이곳에 있는 동안만일지라도 그의 안위를 진심으로 위하고 걱정해 주는 사람이 있다는 것을 그의 마음속에도 심어 주고 돌아가고 싶었다. 내가 부모님을 떠올리는 순간 나의 삶을 함부로 대할 수 없었던 것처럼 말이다. 이렇게라도 그에게 빚진 마음을 갚을 수 있으니 다행이라는 생각이 들었다. 이 모든 것은 그에게 고마운 마음에 대한 나의 작은 성의일 뿐이지 분명 그 이상도, 그 이하도 아닐 것이다.

Ÿ Ÿ Ÿ

나는 도회 언니의 도움을 받아 포트폴리오를 만들어 보기로 했다. 덕분에 그녀의 작업실에 자주 들락거렸다. 자고 올 때도 많아서 가끔씩 우리 아파트에 들를 때면 오히려 낯설게 느껴지기도 했다. 사실 미대에 꼭 진학하고 말겠다는 거창한 꿈을 안고 달려나가는 것은 아니었다. 내 실력에 대한 끊임없는 의심도 문제였지만 가정 형편상 힘들 것이라는 생각이 지배적이기 때문이었다. 그래도 그림을 그리는 건 내가 가장 좋아하는 일 중에 하나이니 나쁠 건 없었다. 포트폴리오를 준비하면서 지우, 수현이와 함께 8월 한 달 간 동부 여행도 계획했다. 올해가 끝나면 한국으로 돌아가는 게 정해져 있는 우리 셋은 방학을 최대한 활용하자는 뜻이 맞아 함께 여행 일정을 만들어 갔다. 보스턴을 시작으로 워싱턴 DC, 나이아가라 폭포, 마지막 뉴욕을 끝으로 아칸소로 돌아가 남은 2학기를 마칠 생각이다. 우리 셋은 틈틈이 일정을 짰다. 특히 여행을 좋아하는 도회 언니 덕분에 동부 일정도 손쉽게 완성해 나갔다.

"비행기 예매하고 숙소 예약만 하면 돼." 수현이가 소파에 기대어 양반다리를 하고 있던 다리를 거실 테이블 안으로 쭉 뻗어 내며 말했다.

"어디 보자. 한 번만 더 확인하고 예매 완료하자." 지우는 거실 테이블 위에 올려져 있는 노트북을 본인 쪽으로 끌어당겼다.

"여기에 있을 날이 얼마 남지 않았네." 내가 아쉬운 표정을 지어 보였다. 이제 곧 8월이었다.

"그러니까. 수현이는 다시 돌아오겠지만 우리는 2학기가 끝나면 바로 한국으로 넘어가니까." 지우도 아쉬운지 얕은 한숨을 내쉬었다.

"그러지 말고 한국으로 돌아가기 전에 샌프란시스코에 한번 더 들렀다 가지?" 도희 언니가 부엌에서 물컵을 들고 나왔다.

"좋다! 한국으로 같이 돌아가면 되잖아." 수현이가 눈을 동그랗게 떴다. 나는 지우와 눈이 마주쳤다. 지우도 이렇게 돌아가는 것이 아쉬운 듯했다.

"그 방법도 한 번 고려해 볼게." 내가 씩 웃으며 답했다.

"떠나기까지 한 3주 남은 거지? 뉴욕은 언제 가는 일정이야?" 도희 언니가 어느새 소파에 앉으며 물었다.

"뉴욕은 왜?" 수현이가 반문했다.

"뉴욕만 다녀올까 싶어서." 도희 언니는 입에 댔던 물컵을 떼며 어깨를 으쓱했다.

"뉴욕은 8월 27일에 도착하는 일정이야." 지우가 노트북에 정리된 일정을 보며 답했다.

"9월에 학기 시작인데 그렇게 짧게 있어? 나는 일주일 정도 미리 가 있을까? 봐야 할 전시회도 많고." 그녀가 혼잣말하듯 말했다.

"전시회?" 내가 물었다.

"이번에 뉴욕에서 모딜리아니 특별 전시회가 있더라고. 그것 말고도 미술관은 많으니까. 지현이는 분명 뉴욕을 제일 마음에 들어 할 거야."

그녀는 확신에 찬 얼굴로 나를 바라보았다.

"그러면 나 보스턴에서 바로 뉴욕으로 넘어갈까?" 진지한 목소리로 물었다. 그녀가 일주일 전에 출발한다면 보스턴 일정을 끝낸 뒤 바로 뉴욕으로 넘어가면 딱 맞았다.

"워싱턴 DC랑 나이아가라 폭포는 빼려고?" 지우가 고개를 갸우뚱 기울였다.

"나는 사실 뉴욕만 들러도 좋아."

"그러면 보스턴에서 바로 뉴욕으로 넘어가. 지우와 나는 관광 마저 하고 뉴욕으로 넘어갈게." 수현이가 엑셀로 정리된 일정에서 눈을 떼지 않은 채 말했다.

"좋아!" 내가 활짝 웃어 보였다.

"그럼 뉴욕에서 보자. 미술을 전공한다면 보여 줄 데가 많지. 뉴욕에 있는 미대도 한 번씩 들러 볼래? 그쪽에 친구들이 꽤 있거든." 도희 언니가 들뜬 목소리로 물었다. 상상만으로도 이미 미대생이 된 것 같이 기뻤다. 그때 소파에 올려 둔 휴대폰이 울렸다. 카톡이었다.

'나 지금 샌프란시스코야.'

나는 순간 내 눈을 의심했다. 눈을 몇 번이나 깜박거렸는지 모르겠다. 다시 읽고 또 읽어 보아도 투야가 보낸 카톡이었다.

Ÿ Ÿ Ÿ

클리퍼(교통카드) 카드를 찍고 버스에 올랐다. 투야를 만나러 가는 길이다. 요 몇 달 상상 속에서만 그렸던 투야였는데 곧 있으면 실물로 마주한다 생각하니 꽤 긴장되었다. 버스 안에서 하염없이 뒤로 물러나는 풍경을 보며 생각에 잠겼다. 어떤 말로 시작하면 좋을까? 이곳에는 무슨 일로 왔을까? 그도 나와 같은 마음일까? 나는 그를 여전히 사랑했다. 사실 그가 사무치도록 그리웠다.

그가 보내 준 주소로 가 보니 예전에 주만 오빠, 지우와 함께 먹었던 '슈퍼듀퍼' 햄버거 가게 앞이었다. 투야는 이 근처에 호텔을 잡은 모양이었다. 심호흡을 단단히 하고 그가 있을 카페로 들어갔다. 안에서 직접 로스팅을 하는지 들어가자마자 커피 향이 진하게 났다. 커피를 볶을 때 나온 뿌연 연기 때문인지 시야가 살짝 흐렸다. 햇살이 강하게 내리쬐고 있는 바깥과 달리 카페 내부는 흐린 날처럼 어두웠다. 그럼에도 투야의 뒤통수는 한눈에 띄었다. 뒷모습이 어딘가 모르게 초조하고 불안해 보였다.

"정말 오랜만이다." 내가 애써 씩씩한 척 말하며 그의 앞에 앉았다.

"잘 있었어?" 그가 풀이 죽은 목소리로 말했다. 넓은 어깨는 축 늘어져 있었고 살도 많이 빠져 있었다. 그의 모습은 나만큼이나 잘 지내지 못했음을 방증하는 듯했다.

"샌프란시스코에 있는 건 어떻게 알고?" 내가 물었다.

"페이스북에 업데이트 된 사진 봤어." 투야의 표정은 여전히 좋지 않았다. 사진 한 장만으로 여기까지 달려와 주었다는 기쁨도 잠시 또다시 정적이 흘렀다. 세계지도가 그려져 있는 애먼 커피잔만 움켜쥐었다. 나는 그에게 어떻게 여기까지 왔는지 기대로 가득 찬 목소리로 물어보고 싶었으나 떼었던 입을 다시 닫을 수밖에 없었다. 약혼식은 비록 올리고 왔지만 여전히 나의 여자친구가 되어 줄 수 없냐는 그의 질문에 나는 어떠한 대답도 할 수 없었다. 변하는 건 전혀 없다며 학교로 돌아가기 전에 나와 함께 시간을 보내기 위해 왔다는 그의 말에 나는 무너져 내리고야 말았다. 내가 기대했던 말은 그게 아니었다. 나를 너무 사랑한 나머지 가문에서 정해준 약혼녀 따위는 깔끔하게 정리하고 나를 찾으러 왔다는 이야기는 동화 속에서만 존재하는 것이었다. 세상 물정을 몰라도 한참이나 몰랐던 것이다. 지우가 말릴 때 말을 들었어야 했다. 이곳에 나오지 말았어야 했다.

"약혼은 비즈니스일 뿐이야." 그의 태도는 꽤 당당했다.

"그 여자도 아는 사실이야?" 관자놀이 뼈를 문지르며 어처구니 없는 표정으로 물었다.

"그런 건 중요하지 않아."

"난 죄 짓고는 못 살아. 그 여자에게 못할 짓이잖아." 나는 그 어느 때보다 차갑게 말했다.

"사랑하는 게 죄야?" 그는 나를 똑바로 쳐다보았다.

"날 사랑하기는 했어? 사랑했다면 이런 제안을 애초에 할 리가 없지. 네가 사랑한 여자를 이런 말도 안 되는 상황에 집어 넣을 리가 없거든." 갑자가 터져 나온 분노 때문에 목소리는 점점 갈라지기 시작했다.

"사랑이 변한 거야?" 그는 오른쪽 눈썹을 치켜 올렸다.

"아니. 내 사랑은 변한 게 아니야. 바랜 거지. 그때 이후로 너는 단 한 번도 나를 봐 주지 않았잖아. 먼지가 쌓일 대로 쌓여서 원래 어떤 거였는지 흔적조차 찾을 수 없을 지경인데 변하다니! 바랜 거지."

"나는 네가 이 모든 걸 다 끌어안을 수 있는 여자라 생각 했어." 결국 뜨거운 눈물이 내 뺨을 굵게 타고 흘러 내렸다. 사랑에 질질 짜는 멍청이로 보였겠지만 다행히도 앞뒤 분간 못 하는 똥멍청이는 아니었다. 그는 대체 무엇을 기대하고 이곳에 온 것일까? 그의 제안을 덥석 받아들일 줄 알았다면 큰 오산이다. 이 순간 주만 오빠가 보고 싶었다. 항상 내가 좋은 것만 보길 원했던 사람이었다. 오로지 내가 행복하기만을 위해 바라던 사람. 그 누구보다 내 꿈을 응원하고 지지해 주던 사람. 이 순간 주만 오빠가 보고 싶었다.

"나보다 너를 더 사랑한 대가가 이거구나. 네 인생에서 앞으로 사랑 같은 건 없을 거야. 증오의 마음을 가득 담아서 매일같이 기도할 거거든."

나는 이 말을 마지막으로 남기고 문을 향해 뛰쳐나왔다. 맥없이 주저앉아 버리기 전에 이곳을 나와야 했다. 그와의 추억을 더럽히는 일은 최소한으로 막고 싶었다. 한때 내 모든 걸 바칠 수 있을 만큼 좋아했던 그였다. 그가 지껄이는 소리를 가만히 듣고 앉아 있을 수가 없었다. 여태껏 그를 잊지 못하여 그리워하고 아파했던 내가 가여워 미칠 지경이었다. 그는 나의 가슴에 생채기를 다시 냈다. 옅은 딱지가 미처 딱딱하게 굳지 않은 탓에 피가 다시 철철 흘러내리고 있었다. 그의 한마디에 일희일비하는 모습을 더 이상 보여 주고 싶지 않았다. 나는 이 악물고 버텨야 했다. 그가 보는 앞에서 무너진 모습을 절대 보이고 싶지 않았다.

카페를 박차고 나오니 야속하게도 날씨가 너무나도 맑았다. 어두운 곳에 있다가 갑자기 밝아진 탓에 순간적으로 눈앞이 캄캄했다. 강한 햇살이 내리쬐니 어지럽기까지 했다. 하늘이 팽글팽글 돌더니 그 자리에 주저앉고 말았다. 그저 앞이 어서 보이기만을 기다렸다. 불쑥 고등학교 시절, 화장실의 불이 다 꺼지는 바람에 겪어야 했던 아픈 기억이 머릿속을 헤집어 놓았다. 몇 년이 지났음에도 그 기억은 여전히 나를 따라다니며 괴롭혔다. 나는 그때처럼 앞이 어서 보이기만을 똑같이 기다릴 뿐이었다. 발버둥 쳐 봐야 나라는 사람은 과거에 얽매일 수밖에 없다는 사실에 서러움이 폭발했다. 그때 맞은편에서 나를 부르는 소리가 들려왔다.

"지현아, 괜찮아?" 얼굴을 천천히 들어 확인해 보니 저 멀리 주만 오빠가 흐릿하게 보였다. 공교롭게도 슈퍼듀퍼에서 햄버거를 포장해 가는 길에 나를 발견한 모양이었다. 주만 오빠가 이쪽으로 건너기 위해 횡단보도에서 신호가 바뀌기를 기다렸지만 나는 차가 쌩쌩 다니는 도로를 앞뒤 재지 않고 뛰어들었다. 차에서 클랙슨이 시끄럽게 울려 댔다. 신호가 바뀔 때까지 기다릴 여유가 없었다. 왜냐면 투야가 카페에서 나와 내 쪽으로 걸어오고 있었기 때문이었다. 그를 마주하는 것이 죽기보다 싫었다. 차라리 차에 치이는 편이 나았다. 주만 오빠는 도로에 뛰어든 나를 보고 그대로 뛰어들었다. 마치 자신의 어린 아이를 위험에서 구하듯이 말이다. 순간 산에서 낭떠러지로 떨어질 뻔한 장면이 떠올랐다. 주만 오빠의 행동이 아빠의 모습과 겹쳐 눈물샘이 폭발할 것 같았다. 나는 오빠의 무조건적인 사랑을 받을 자격이 없는 사람이다. 뒤를 돌아보니 신호가 바뀌길 애타게 기다리는 투야가 보였다. 한때 내가 사랑했던 이 사람에게서 느낀 패배감과 절망감이 온몸을 휘감았다. 나는 햄버거 가게 앞에 세워 둔 주만 오빠 차에 냉큼 올라 탔다.

"대체 무슨 일이야?"

"여기를 벗어나게 해 줘." 나는 울음을 참으며 힘겨운 목소리로 겨우 뱉어 냈다. 참았던 울음은 점점 흐느낌으로 변했다. 이런 몹쓸 모습을 또 다른 사람한테 보이고 마는 내 모습이 이제 낯설지도 않았다. 하필 주만 오빠라는 것이 문제였다. 다른 남자 때문에 무너진 모습을 보인 것이 그에게 미치도록 미안했고 미치게도 내가 싫었다.

Ÿ Ÿ Ÿ

주만 오빠는 어디로 한참 올라가더니 주차를 마쳤다. 그리고 나의 흐느낌이 잠잠해질 때까지 말없이 기다려 주었다.

"미안해." 아까보다는 진정된 목소리로 말했다.

"어떤 게 미안하다는 거야? 차에 뛰어든 거?" 그는 나를 다그쳐 물었다.

"다 미안해."

"다시는 차에 뛰어들지 않겠다고 약속해! 얼마나 위험했는지 알아? 그 새끼가 뭐라고 목숨을 던져?" 그는 치민 화를 애써 누르며 날이 선 목소리로 다그쳤다. 오빠는 이 모든 상황을 다 알고 있던 것이다.

"목숨을 던진 건 아니야! 그냥 오빠가 반가워서 달려갔던 거지." 보고 싶었던 마음은 진심이었으나 찔리는 마음에 곁눈질로 그를 살펴보았다. 그의 큰 눈동자에 눈물이 고여 있었다. 그도 상당히 힘들어 보였다.

"거짓말 마." 믿지 않는다는 표정이었다.

"오빠가 반가운 마음도 반은 있었어." 나는 솔직하게 말했다.

"그 나머지 반은 뭔데?"

"죽을 만큼 거기서 벗어나고 싶었어."

주만 오빠는 아무 말 하지 않았다.

"나 내일 당장이라도 미국을 떠날까 해. 한국으로 돌아가려고. 애초에 내가 감당할 수 있는 수준이 아니었던 거야." 억눌린 목소리가 꾸역꾸역 흘러나왔다. 누군가 톡 하고 건드리기만 해도 몇 날 며칠을 울어 젖힐 자신이 있을 정도였다.

"도희 말로는 동부 여행 계획 중이라며. 여행 갔다 와. 가서 좋은 것도 보고, 맛있는 것도 먹고 와. 그렇게 기분 전환하면 괜찮아질 거야."

"아니야. 다 의미 없을 것 같아." 나는 전혀 흔들리지 않을 기세로 확고하게 말했다.

"내려 봐." 나는 그제서야 지금 우리가 어디에 와 있는지 보려고 창문 밖으로 눈을 돌렸다. 한참 위로 올라왔던 것 같았는데 말이다.

"여기가 어디야?" 내가 내리며 그에게 물었다.

"이리로 와 봐." 나는 그가 향하는 쪽으로 걸어갔다. 샌프란시스코 전경이 한눈에 다 보였다. 우는 데 정신이 팔려서 이렇게 높이 올라온 줄은 전혀 몰랐다. 샌프란시스코가 언덕배기가 많은 것으로 유명하지만 이렇게 높은 곳에서 내려다보니 실감할 수 있었다. 오르락내리락 롤러코스터가 따로 없었다. 마치 나를 보는 것 같았다.

"이렇게 위에서 내려다보면 내가 받은 상처, 만회할 수 없을 것 같은 사건, 사고들 다 자잘하게 보이지 않아? 어때? 아무것도 아니지?"

"아직 그런 단계는 아니야. 여전히 피가 철철 흘러내려." 내가 단호하게 말했다.

"그럼 안 되겠다. 코이트 타워(Coit tower)에 올라가야겠다." 그는 내 의사를 묻지도 않고 코이트 타워 안으로 들어가 입장권을 결제했다. 엘리베이터 앞에 서 있는 긴 줄은 가볍게 무시하고 나를 계단으로 이끌어 올라가기 시작했다. 그에게 진 마음의 빚 때문에 가파른 계단을 오르는 일이 싫다고 내색할 수도, 투정을 부릴 수도 없었다.

좁고 어두운 계단 길에는 1930년대 샌프란시스코 시내의 모습을 담은 벽화가 그려져 있었다. 마음과 달리 이 슬픈 순간에도 벽화에서 눈을 뗄 수가 없었다. 경제 대공황으로 살기 힘들었던 당시 정부가 예술가들에게 임금을 주어 이곳에 벽화를 그리게 한 것이다. 정부의 후원이 없었다면 몇 달러의 입장료만으로 그 당시 샌프란시스코의 삶을 엿볼 수는 없었을 것이다. 한편으로는 예나 지금이나 예술은 배곯기 딱 좋은 직업이라는 생각이 머릿속을 들쑤셔 놓았다. 말없이 전망대에 오르며 그 생각에 잠긴 것도 잠시, 전망대로 나가는 마지막 계단 앞이었다. 나가자마자 파란 하늘이 제일 먼저 우리를 맞이해 주었다. 날씨요정 주만 오빠 덕분인지 오늘도 날씨 하나는 아주 끝내주었다. 꼭대기는 천장이 뻥 뚫린 돔 형태의 구조였는데 앞으로 다가가 좀 더 가까이에서 내려다보니 눈앞이 아찔할 만큼 사방이 뚫려 있었다. 저 멀리 빨간 금문교와 오클랜드를 이어 주는 베이 브릿지까지 한눈에 보였다. 안개 하나 없이 그 어느 때보다 깨끗하고 선명했다.

"밑에서도 다 보였던 것들이지? 그런데도 왜 굳이 또 올라온 줄 알아?" 주만 오빠가 입을 먼저 열었다.

"위에서 보면 더 멀리까지 보이니까?" 나는 앞을 응시한 채로 말했다.

"아니, 세상을 발아래 두고 보는 기분을 제대로 느껴 보라고. 짜릿하지?" 그의 굵직한 목소리가 귀에 울렸다.

"어느 정도는."

"저 세상 속에서 속 시끄럽게 살다 보면 뭐가 중요하고 뭐가 중요하지 않은지 판단이 흐려지거든. 그런데 이렇게 올라와서 내려다보면 분명해져." 그는 나를 바라보며 말을 이었다.

"지금은 많이 아프겠지만 현명하게 생각해. 내일 당장 한국에 돌아가도 좋아. 네 인생에 도움이 되는 선택이라면 말리지 않아. 그런데 홧김에 네 인생의 중요한 결정을 함부로 내리지 말란 뜻이야. 더군다나 아무것도 아닌 그런 새끼 때문이라면 더욱이나 더."

나는 그의 진심에 눈물이 다시 솟구쳤다.

"하지만 학교에 돌아갈 자신이 없어. 아무렇지 않게 그를 대할 자신이 없다고." 완벽한 패배자의 모습일지라도 그에게 눈물을 보이지 않기 위해 고개를 푹 숙였다.

"네가 원치 않으면 학교에 돌아가지 않아도 돼. 그런데 뉴욕에는 가 봐야지! 뉴욕은 꼭 가 보고 싶다며. 너의 꿈이 있는 곳이기도 하잖아. 이렇게 돌아가면 후회하지 않겠어?"

그의 말이 하나같이 다 옳았기에 어떤 대꾸도 할 수가 없었다. 나는 굉장히 슬픈 상태이니 그저 기분이 내키는 대로 해도 괜찮다며 합리화하고 싶을 뿐이었다.

"넌 그림으로 꼭 성공할 거야. 지금처럼 세상을 발아래 두고 관망하면서 살아갈 거야. 지금 이 짜릿한 기분을 잘 기억해." 그는 바닥에 발을 쿵쿵 찍으며 말했다. 그의 눈빛은 그 어느 때보다 확신에 차 있었다.

"사실 뉴욕에 간다고 내가 미대에 진학할 수 있는 것도 아니잖아." 나는 여전히 고개를 떨구었다.

"도전은 해 봐야지. 아무것도 하지 않으면 인생은 절대로 바뀌지 않아. 이제껏 살아오면서 어떤 영감이라도 받았다면 목표를 정확히 설정하고 앞만 보고 달려갔겠지. 지금처럼 어정쩡한 태도를 취하지는 않았을 거야. 네가 원하는 게 그림임이 분명한데도 말이야." 그가 날카롭게 말했다.

"사실 지금도 너무 힘들어서 내가 얼마나 더 버틸 수 있을지 모르겠어." 목구멍에서 다시 차오르는 울음을 애써 눌러 담은 채 힘겹게 뱉어냈다.

"그러면 내일 당장이라도 뉴욕으로 가자. 약속한 일정까지 기다리기 힘들면 내일 당장이라도 나랑 떠나. 그리고 한국으로 돌아가." 나는 그의 파격적인 제안에 눈이 휘둥그레졌다.

불꽃과 재 속의 작은 불씨 - 하

"더 이상 오빠한테 빚을 지을 수 없어." 나는 두 손으로 얼굴을 감싸 쥐었다.

"뉴욕에 함께 가자는 거 별 의미 없는 거야. 그냥 널 이렇게 한국으로 돌려보낼 수 없어서 그런 거니까 부담 안 가져도 돼." 그는 애써 담담한 척 말했다.

"나는 누군가를 담을 마음도, 여유도 없어." 고개를 들지 않은 채 그의 마음을 받아들일 수 없다는 말을 뱉어 냈다. 그를 아프게 할지라도 말이다.

"알아. 오빠, 동생으로 옆에 머물기만 할게. 호텔도 다 따로 잡을 거니까 걱정 마. 그냥 선물이라고 생각해 줘. 뉴욕 여행 정도는 내가 선물해 줄 수 있지 않나?" 그는 당연히 예상했던 반응이라는 듯 아무렇지 않게 대꾸했다.

"나보다 내 꿈을 더 믿고 응원해 줘서 고마워. 그렇지만 선물은 이미 충분히 많이 받았는걸."

"너에게 경험이라는 걸 선물해 주고 싶어. 한 번 더 생각해 봐."

Ÿ Ÿ Ÿ

지우, 수현이 모두 다 도희 언니 스튜디오에 있을 것이 분명했기에 아무도 없을 아파트로 가는 것이 옳았다. 도희 언니 집으로 간다면 투야와 나누었던 대화를 그들에게 당장 읊어야 할 것이다. 지금은 어떤 말도 하고 싶지 않았다. 나는 UC빌리지에 있는 아파트로 바로 가 줄 것을 부탁했다. 얼른 이불 속으로 들어가 수면제라도 털어 넣고 깊은 잠에 빠지고 싶은 심정뿐이었다.

"약국 보이면 잠깐 차 세워 줄 수 있어?"

"어디 아파?"

"머리가 띵해서 수면제라도 사 가려고." 나는 이마를 짚었다.

오빠는 한참을 달리더니 약국 앞 길가에 차를 세우고 본인이 내리면서 말했다.

"내가 갔다 올게. 그냥 앉아 있어." 나는 풀었던 안전벨트를 다시 채워 넣었다.

오빠는 문을 쾅 닫고는 약국으로 들어갔다. 예상했던 몇 분이 지나자 금세 그가 다시 나타났다. 그는 어떤 불안도 만들지 않을 사람이었고 내가 예측 가능한 곳에만 있어 줄 사람이었다. 지금처럼 말이다. 그는 이내 차에 올라탔다.

"수면 유도제야. 수면제 아니고."

"수면제가 더 강력한데." 내가 아쉬운 얼굴로 쳐다보았다.

"수면유도제가 부작용이 없어." 그는 기어를 P에서 D로 바꾸었다.

"그나저나 나 때문에 햄버거 다 식었겠다." 덩그러니 뒷좌석에 던져 있는 종이 포장지를 보며 말했다.

"저게 문제야? 너부터 먼저 생각해." 그는 한숨을 내쉬었다.

"한인 타운에 들를 거야. 죽 먹고 자." 입맛이 나락에 떨어진 상태라 어떤 것도 목구멍으로 들여보낼 수 없으니 바로 집으로 가 달라는 말을 차마 하지 못했다. 나 자신보다 나를 더 소중히 생각하는 사람이었다.

이 말을 내뱉는 즉시 아파트에 함께 올라가 죽 한 그릇을 다 비울 때까지 돌아가지 않을 사람이었다. 그래서 나는 아무 말 하지 않기로 마음 먹었다. 그저 잠자코 있는 것이 상책이었다.

죽을 꼭 다 비우고 약을 먹으라는 그의 신신당부에도 죽을 식탁 위에 아무렇게 올려 두고 약봉지를 뜯어 수면유도제를 털어 넣었다. 투야의 행동이 도무지 이해가 되지 않아 머리가 아팠다. 내가 알던 그가 아니었다. 내가 사랑했던 그의 모습이 아니었다. 그 괴리감 때문에 힘들었다. 그를 욕할수록 더 힘들었다. 나는 곧장 방으로 들어가 책상 앞에 앉아 일기장을 꺼내 펜을 들었다.
'나의 추억이 더럽혀지도록 내버려 두지 않을 거야. 아주 멋지고 소중한 나의 추억이니까. 내 추억에 살고 있는 너를 욕하지는 않을게. 다만 내가 욕을 한다면 지금의 너에게는 실컷 할 수 있으리라.'
침대로 뛰어 들어가 이불을 뒤집어썼다. 약 효과가 좋았던 건지 어느새 울다 지쳐 잠이 들어 버렸다.

Ÿ Ÿ Ÿ

기차가 지나가는 소리에 눈이 떠졌다. 창밖으로 보슬비가 내리는 소리도 함께 들려왔다. 수면유도제를 먹고 잔 덕분에 아침까지 깨지 않고 잘 수 있었다. 눈이 떠지지 않아 손만 빼꼼히 뻗어 침대 옆에 있는 손거울을 찾아 들었다. 나의 쌍꺼풀은 비엔나 소시지가 되어 있었다.

얼마나 울었는지 아주 그냥 눈이 퉁퉁 부어 있었다.

정신을 차리는데 시간이 좀 걸렸다. 미국에 있었던 모든 일이 마치 꿈같이 느껴졌다. 나는 축 늘어진 몸을 바로 일으켜 세울 수가 없어 초점 없는 동공으로 천장을 멍하니 바라보았다. 추적추적 공허하게 내리는 빗소리를 가만히 들으며 생각에 잠겼다. 아무도 찾지 못하게, 어떤 소리도 어떤 빛도 새어 들어오지 못해 단 하나의 생명체도 살 수 없는 깊디깊은 해저에 나를 가두고 싶은 마음이 간절했다. 앞으로 내 심장이 머리보다 앞서는 일은 다시는 없을 것이다.

나의 비엔나 소시지 같은 눈을 지우에게 감출 마음이 없었기에 몸을 대충 가눈 뒤 거실로 나왔다. 지우는 거실에서 수건을 개고 있었다.

"너 눈이 왜 그래? 대체 무슨 일이야?" 지우가 내 눈을 보고서 흠칫 놀라더니 손으로 벌어진 입을 가렸다.

나는 어제 무슨 일을 겪었는지 그녀에게 설명했고 더 이상 버틸 수 없음을 충분히 알렸다. 당장이라도 한국에 돌아가겠다는 나의 의지는 그녀의 공들인 설득에도 꺾을 수는 없었다. 지우는 비엔나 소시지가 되어 버린 나의 눈 때문에 강력하게 말리지 못하는 듯했다.

"냉찜질이라도 하는 게 좋겠다." 지우는 냉동실에서 아이스 팩을 꺼내 주었다.

"이해해 줘서 고마워."

"한국은 언제 갈 거야? 그래도 동부 여행은 하고 돌아가는 건 어때?" 지우가 걱정 가득한 눈으로 바라보았다.

"내일 떠나는 비행기 표가 있다면 당장이라도 예매하고 싶어. 빠르면

빠를수록 좋을 거 같아." 나는 차가운 얼음팩을 식탁에 올려 두었다.

"그럼 만들고 있던 포트폴리오는 어쩌고?"

"이것저것 고려할 여유가 있었다면 이렇게 도망치듯 이곳을 떠나지도 않겠지. 그리고 포트폴리오라고 말하기도 부끄러운 상태야." 어떠한 감정도 담지 않은 채 말했다. 나는 노트북을 가져와 항공사 홈페이지를 열었다. 지우가 더 설득하기 전에 예약을 마치는 편이 좋겠다는 생각이 들었다. 그때 마침 누군가 밖에서 문을 두드려서 나가 보니 도희 언니와 수현이었다. 그녀들도 표정이 좋지 않았다. 우리 넷은 식탁에 조르르 앉았다. 갑자기 들이닥친 바람에 항공권 예매를 마칠 수가 없었다. 나는 그들의 일장 연설을 다시 들어야 했지만 비엔나 소시지 같이 부은 눈 때문인지 큰 대응을 하지 않았음에도 나를 이해하는 눈치였다. 하지만 내가 한국으로 돌아가겠다는 폭탄 선언에 도희 언니만큼은 크게 놀라는 기색이 없었다. 이미 알고 있었던 것처럼 태연했다.

"한국으로 돌아가는 건 좋은데 뉴욕은 들렀다 가 보는 건 어때?" 도희 언니가 식탁 위에 꺼져 가는 향초에 불을 다시 붙였다.

"주만 오빠도 같은 소리 하더라."

"주만 오빠가 걱정 많이 해." 도희 언니는 찰랑거리는 단발 머리를 귀 뒤로 넘기며 말했다.

"오빠한테는 미안하고 고맙고 그래." 나는 다시 활활 타오르는 향초를 바라보았다.

"뉴욕에 같이 갔다 오지 그래?" 도희 언니는 뉴욕에 함께 가자는 주만 오빠의 제안을 알고 있었던 것이다.

"오빠가 말했구나. 그건 오빠에게 못할 짓이야." 내가 깊은 한숨을 내쉬었다.

"나도 돌려서 말 못 하겠다. 오빠가 부탁해서 여기 온 거야." 그녀는 의자를 바짝 댕겨 앉으며 말을 이었다.

"너희 둘 되게 닮은 거 알아? 아주 그냥 하나밖에 안 보지! 세상에 남자도, 여자도 얼마나 많은데 왜 이렇게 지독하게도 한 곳만 바라보는 건지." 도희 언니는 답답한지 본인 가슴을 내리치며 말을 했다.

"주만 오빠가 어때서? 왜 이렇게 거부하는 건데? 왜 주만 오빠한테 상처만 주는 건데!" 수현이의 눈꺼풀이 파르르 떨리더니 참았던 분노를 토해 내고 있었다. 나는 어떤 말도 할 수 없었다. 수현이에게도 몹쓸 짓을 하고 있다는 생각에 가슴이 죄어 오듯 아팠다.

"다들 지현이한테 왜 그래? 위로해 주려고 찾아온 게 아니었어?" 지우가 나무라듯 말했다.

"내가 다 미안해." 나는 고개를 떨구었다.

"그런 피해자 코스프레 그만해!" 수현이가 갑자기 나를 매섭게 노려보았다.

"강수현! 말이 심하잖아." 지우가 받아쳤다.

"다들 그만해. 우리는 이만 가자." 도희 언니가 자리에 일어서기도 전에 수현이는 이미 문을 열고 나가 버린 뒤였다. 문이 부서질 것 같은 큰 소리가 '쾅' 하고 났다.

"쟤 한 번씩 저러는 거 알잖아. 신경 쓰지 마." 도희 언니가 나가려다 말고 나를 불러 세웠다.

"뉴욕에 가는 거 지금은 별거 아니라고 생각할 수 있지만 그 경험으로 너의 인생에서 중요한 결정을 현명하게 내릴 수도 있는 거야. 어떤 결정으로 그 결과에 대한 책임을 평생 짊어질 수도 있고, 반대로 그 결과에 대한 영광을 평생 누릴 수도 있어. 그리고 주만 오빠에게 돈은 어떤 의미도 없어. 그러니까 비용에 대한 부담은 가지지 말라고. 혹시나 해서 하는 소리이니까 오해는 말고. 나는 이 기회를 놓치지 않았으면 좋겠어. 미대 입학 전에 장학금을 미리 받았다고 생각해." 이번에도 그녀는 내가 미대에 원서를 넣겠다고 선언한 듯 확신에 찬 얼굴이었다.

"그래도 오빠한테는 못할 짓이니까." 나는 울먹거리는 목소리로 말했다.

"지가 좋다는데 누가 말려? 다 지가 좋아서 하는 거야! 그래도 계속 마음에 걸리면 화가로 성공하면 되는 거야. 그리고 주만 오빠가 뉴욕을 강조하는 건 네가 놓치는 게 있어서 알려 주고 싶은 게 있는 거야. 여행이라는 게 인생을 다채롭게 만들어 주거든. 너의 호기심을 끝없이 자극하고 변화를 이끌어서 너의 삶에 진정한 주체가 되도록 도와줄 거야. 네가 뭘 놓치고 살았는지 어렴풋이라도 이번 여행을 통해 알았으면 좋겠어. 너에게 주어진 삶을 만끽하며 살아가기를 바랄게." 이 말을 마지막으로 그녀는 유유히 사라졌다. 걸음걸이조차 당당한 도희 언니였다. 그녀는 오늘도 멋짐을 잃지 않았다. 마지막 조언에 눈물이 핑 돌았다. 그녀에게 몹시 고마웠다.

욕조에 가득 받은 물에서 뜨거운 김이 모락모락 피어올랐다. 붓기를 빼는 데 반신욕만 한 것도 없었다. 나는 가만히 들어가 앉아 어제 오늘 주만 오빠와 도희 언니가 했던 말들을 다시 곱씹어 보았다. 불현듯 예전의 내가 떠올랐다. 미국행 비행기에 오를 때만 해도 무엇이든 부딪쳐 보자고 다짐했던 나였다. 아무 생각 없이 웃고 떠들었던 시절이 사무치게 그리웠다. 호기심 넘쳐 반짝거렸던 예전의 나를 되찾아오고 싶었다.

나는 서둘러 목욕을 끝내고 휴대폰을 집어 들었다. 이미 주만 오빠의 부재중 전화가 3통이나 와 있었다. 나는 곧바로 전화를 걸었다. 신호음이 울리자마자 걱정 가득한 목소리가 울려 퍼졌다.

"뉴욕 같이 가자."

"고마워." 주만 오빠의 안도하는 듯한 목소리에 또다시 가슴이 미어지듯 아팠다. 정작 고마운 사람은 나인데 말이다.

[8월]

짐을 맡기고 탑승 수속을 마쳤다. 샌프란시스코 공항에는 지우와 도희 언니, 성진 오빠 그리고 수현이까지 배웅을 위해 나와 있었다. 오지 않을 줄 알았던 수현이까지 와 주어 무척이나 고마웠다. 이번에도 도희 언니 덕분이었다.

뉴욕을 가기로 결정한 시점에서 이틀밖에 지나지 않았지만 주만 오빠의 배려로 떠날 채비를 바로 마칠 수 있었다. 분주했을 오빠에게 미안했지만 어서 한국으로 돌아가고 싶은 마음뿐이었다. 뉴욕에서 4일간의 일정이 끝나면 나는 한국으로 돌아가게 된다.

마지막으로 지우를 힘껏 끌어안았다. 막상 이렇게 훌쩍 떠난다고 생각하니 눈물이 새어 나왔다. 내 선택에 후회는 없지만 언제 다시 이들을 재회할 수 있을지 기약이 없기에 마음이 아팠다. 나는 마지막으로 있는 힘껏 손을 흔들며 보안 검색대 안으로 들어왔다.

"마음 바뀌면 다시 샌프란시스코로 돌아오면 되니까 너무 슬퍼하지 않아도 돼." 컨베이어벨트 위에 아이패드를 빼서 올려놓으며 주만 오빠가 말했다.

"돌아올 일 없어. 한국으로 가야지." 나는 코를 한 번 훌쩍인 뒤 대답했다.

"알았어." 오빠는 아쉬운 표정이었다.

"앞으로 4일 동안 잘 부탁해. 나 때문에 예매하고 예약하느라 너무 촉박했지?" 그를 재촉한 것 같아 미안했다.

"알면 힘 닿는 데까지 즐겨 줘."

우리는 엄청나게 긴 어메리칸 에어라인의 줄을 기다리지 않고 안으로 바로 들어갔다. 주만 오빠가 예매한 좌석은 일등석이었기 때문이었다. 이코노미석이면 충분하다는 나의 의견을 가볍게 무시한 결과였다. 그는 줄을 서며 불필요한 시간을 낭비하는 것이 오히려 더 크나큰 낭비라고 했다. 이 줄을 기다려 봤자 기껏해야 1시간일 텐데 비싼 돈 주고 일등석을 탈 필요가 있을까 싶었지만 그는 쓸데없는 곳에 체력을 낭비하지 않는 것 또한 중요하다고 했다. 편한 몸과 맑은 정신으로 즐기는 뉴욕은 분명 다를 수밖에 없을 것이라고 덧붙이며 말이다. 그럼에도 너무 과한 것 같다는 나의 닦달에 그는 그동안 적립한 항공 마일리지를 사용한 것이라고 설명을 마쳤다.

"그 휴지 조각 돌려줘. 승무원이 지나갈 때 내가 건네줄 거야." 나는 내민 손을 거두지 않은 채 말했다. 승무원의 친절하고 살뜰한 보살핌에 이어 비행 내내 나를 향한 주만 오빠의 주파수 덕분에 병원에 입원한 기분이 들었다.

"내가 가지고 있을게. 들고 있으면 불편하잖아."

"난 병원에 입원한 환자가 아니야." 말과 달리 다리를 쭉 내뻗으며 편안한 자세를 찾고 있는 나였다.

"웬 환자?" 당황한 표정으로 나를 쳐다보았다.

"아무것도 못 하게 하잖아." 나는 앞을 응시한 채 말했다.

"이런 하찮은 건 하지 말라고." 그의 얼굴에는 장난기가 가득 배어 있었다.

"설마 4일 내내 이럴 건 아니지?" 고개를 홱 돌려 그를 보았다.

"기대해." 주만 오빠는 의미심장한 미소를 지어 보였다.

5시간이 걸친 긴 비행 끝에 존 F. 케네디 공항에 도착했다. 일등석인 덕분에 출국장도 그 누구보다 빠르게 빠져나올 수 있었다. 캄캄한 밤하늘 배경에 노란 택시가 앙증맞게 줄지어 서 있었다. 뉴욕 도심까지 가려면 차로 한 시간은 더 이동해야 했기에 우리는 재빨리 택시를 잡아 짐을 실었다.

경적 소리가 끊임없이 들려왔다. 도심지로 들어왔다는 사실이 실감 나는 순간이었다. 아슬아슬한 빌딩숲 사이로 지나 우리가 내린 곳은 '브루클린 윈호텔'이었다.

로비에 들어서는 순간 식물원에 온 듯한 기분이 들었다. 식물이나 화분으로 포인트를 주는 플랜테리어가 유행한다지만 이 호텔 로비 전체는 식물로 가득 채워져 있어 식물원을 방불케 했다. 곳곳에 설치되어 있는 색 바랜 노란 조명은 초록 잎들을 신비롭게 비추고 있었다. 묵직한 조도 아래에서 무언가를 골똘히 읽고 있는 사람들을 구경하며 그가 체크인을 마칠 때까지 기다렸다. 체크인이 끝난 그는 캐리어를 밀며 룸 키 두 개 중 하나를 건네주었다. 특이하게도 플라스틱 카드 키가 아닌 나무로 만들어진 룸 키였다.

"짐 두고 저기서 저녁 먹자." 그는 로비 바로 옆에 있는 캐주얼한 식당을 가리켰다. 호텔 로비와 동일한 플랜테리어 구조가 유리창으로 살짝 엿보였다. 햇살 좋은 낮에 보면 푸릇푸릇한 이 기운을 지금보다 더 잘 느낄 수 있으리라. 나는 고개를 끄덕이며 캐리어를 엘리베이터로 밀어붙였다.

"아 참, 내일은 맨해튼으로 호텔 옮길 거야. 그러니까 짐 많이 풀지 말고." 그가 나의 캐리어를 본인 쪽으로 끌어다 놓으며 말했다.

"알았어." 세심한 것까지 신경 쓰고 있는 오빠가 웃겨서 나도 모르게 웃음이 피식 흘러 나왔다.

"왜 웃어?"

"엄마 같아서."

룸 키를 문고리에 가져다 대자 문이 달칵 열렸다. 들어가자마자 제일 먼저 화장실이 보였다. 안으로 더 들어가니 곧이어 내가 좋아하는 거대한 유리 통창이 어김없이 보였다. 통창 너머로 브루클린 현수교가 반짝거리니 마치 꿈을 꾸는 듯한 기분이었다. 나는 거짓말 같은 풍경 때문에 캐리어를 옮기다 말고 창가로 달려갔다. 현수교에서 뿜어내는 불빛과 맨해튼의 높은 빌딩에서 뿜어내는 불빛에 넋이 나가 한참을 바라보았다.

꽤 오랜 시간 동안 넋을 잃은 나머지 허겁지겁 식당으로 내려갔다. 주황색 등불들이 하늘 위로 주렁주렁 매달려 있었고 달려 있는 조명은 화분 모양을 하고 있었다. 식당 군데군데에는 조화가 아닌 정말 살아 있는 식물들도 가득했다. 주만 오빠가 나를 발견하고는 손을 들어 보였다.

"야경 봤어?" 나는 의자를 빼서 앉으며 들뜬 목소리로 그에게 물었다.

"좋아할 줄 알았어." 주만 오빠가 씨익 웃었다.

"창문도 열리던데. 그 큰 통창이 활짝 다 열려! 몰랐지?" 나는 흥분을 감추지 않은 채 말했다.

"몰랐어. 그런데 열고 자면 안 돼! 벌레 들어와."

"나 열고 내려 왔어." 주만 오빠의 표정이 순식간에 일그러지더니 당장이라도 창문을 닫고 오려는 듯 자리에서 벌떡 일어났다.

"앉아. 장난이야." 나는 냅킨을 펴서 무릎에 올려 놓았다.

"장난도 칠 줄 알고?" 그의 눈가에 장난스러운 웃음이 스쳤다.

"방에 들어가는 순간 영화 속에 들어와 있는 것 같았어. 그런데 벌레라니!" 호들갑을 떨며 말했다.

"물리면 안 되잖아." 그가 컵에 물을 따라 주었다.

"물리면 좀 어때?"

"내가 지켜 주기로 했잖아. 4일 동안은 내가 보호자야." 그는 막중한 임무를 맡은 FBI 요원처럼 비장해 보이기까지 했다.

"엄마보다 잔소리가 많은 거 알지?" 나는 눈살을 찌푸렸다.

"잔소리도 애정이 없으면 못 하는 거 알지?"

"애정도 과하면 부담인 거 알지?" 나는 익살스러운 표정을 지어 보였다.

어느 순간부터 그가 하는 모든 말에 어떤 방어도, 어떤 걱정도 없이 온전하게 그를 대하고 있다는 생각이 들었다. 더군다나 공간에서 뿜어내는 식물의 생명력 때문인지 이 늦은 시간에도 활력이 오르는 기분이었다.

밥을 먹으면서 나는 그의 이야기에 조금씩 스며들었다. 그의 가족들에 대해서도 더 자세히 알게 되었는데 위로 형이 한 명이 있고 지금 뉴욕 로펌에서 일한다고 했다. 서로 안부를 물을 만큼 돈독한 사이는 아니지만 이번 여행 끝에는 형을 볼 계획이라고 했다. 살려 주어 고맙다는 말을 꼭 전하고 싶다고 했다.

그는 강인한 사람이었다. 상처가 그를 지배하도록 내버려 두지 않았으며 자신의 과거를 마주하는 일에도 거침없었다. 자신의 모든 이야기를 솔직하게 이야기해 주는 그가 놀라웠다. 아픈 과거는 드러내고 싶지 않았던 나와 달랐다. 그래서 괜찮은 척, 상처받지 않은 척했지만 오히려 나를 더 옭아매기만 했다. 그런데 그의 집에서 나의 이야기를 처음 내뱉었을 때 정말이지 홀가분했다. 그리고 그날 그의 눈빛이 나의 영혼을 쓰다듬어 주는 것 같았다. 오늘도 그때처럼 그가 뿜어내는 차분한 분위기에 젖어 들었다. 그는 사람의 마음을 참 평온하게 해 주었다.

Ÿ Ÿ Ÿ

불꽃과 재 속의 작은 불씨 - 하

어젯밤 깜빡하고 커튼을 치지 않아 뜨거운 햇살이 통창을 통해 사방으로 들어왔다. 눈이 부셔 강제 기상이었다. 알람이 따로 필요 없을 정도였다. 눈을 비비고 매트리스에서 삐죽 튀어나온 나무 프레임 위에 발을 올려 걸터앉았다. 어젯밤의 야경과는 다른 풍경이 나를 맞이하고 있었다. 온통 초록 나무들로 가득한 도미노 공원의 푸릇함이 나의 눈을 사로잡았다. 누가 마술이라도 부린 것일까? 하루아침에 이렇게 다른 세상이 펼쳐질 수 있다니! 더 이상 온기라는 것을 기대하기 어려울 만큼 내 마음의 불씨가 죽어 가고 있을 때, 미국의 반대편에서는 이렇게도 아름다운 하루가 시작되고 있었던 것이다. 도희 언니 말처럼 정녕 내가 삶을 만끽하고 있었던 적이 있었나? 파란 하늘에 초록 숲 그리고 맨해튼의 스카이라인. 매일 아침 이런 풍경으로 세상을 맞이하면 어떤 기분일까? 매일이 꿈같은 삶이겠지? 내게도 그런 날이 올까? 애초에 이런 풍경은 내 것이 아니라 단정짓기만 했지만 나파 밸리에서 보냈던 결혼식처럼 또 꿈같은 풍경이 펼쳐지니 왠지 모르게 내게 이런 풍경이 너무나도 머나먼 이야기는 아니지 않을까 하는 생각도 들었다.

우리는 맨해튼으로 넘어가기 전에 호텔에 짐을 맡기고 도미노 공원을 한 바퀴 돌았다. 브루클린 브릿지를 배경으로 조깅하는 사람들이 보였다. 화창한 여름날의 뉴욕이었다. 바다 내음이 섞인 이 풀 냄새를 어디에선가 다시 맡게 된다면 지금 느끼고 있는 이 감정이 그대로 떠오르겠지? 오늘을 잘 기억할 수 있도록 숨을 한 번 더 깊게 들이마셨다. 그는 물끄러미 나를 바라보더니 마지막 날에 다시 들르자고 했다. 내가 방긋 웃으며 고개를 끄덕이니 그는 왼쪽 뺨 보조개를 깊게 피우며 익살스럽게 웃어 주었다. 참 따뜻한 미소였다. 이 미소 덕분에 기대로 가득 찬 오늘을 시작할 수 있을 것이다.

첫 번째 방문할 곳은 서밋 원 밴더빌트(Summit one vandervit)라는 곳으로 맨해튼에 위치해 있었다. 가는 길에 그랜드 센트럴 터미널 역을 지나는데 방금 기차가 정차했는지 사람들이 마구 쏟아졌다. 출근길인지 다들 바빠 보였다. 조금의 망설임도 없이 앞으로 걸어 나가는 모습을 구경하자니 기분이 묘했다. 어디에도 소속되어 있지 않아 지금처럼 서성거릴 수 있는 이 자유로움이 좋다가도 이대로 흘러가게 두어도 괜찮을까 하는 불안감도 동시에 일었다. 어디라도 소속되기 위해 고군분투해야 한다는 불편한 강박이 함께 다가왔다. 한국으로 돌아가 그 사회에 맞춰 살아갈 생각을 하니 나도 모르게 얕은 한숨이 새어 나왔지만 내게 주어진 뉴욕에서의 며칠만이라도 제대로 한 번 누려 보기로 다짐했다.

서밋 원 밴더빌트 전망대 건물 안으로 들어가니 선글라스를 나누어 주었다. 우리는 얼굴을 등록한 뒤 엘리베이터에 몸을 실었다. 반짝이는 불빛 아래 멍멍해지는 귀를 뚫느라 연신 침을 삼키다 보니 어느새 91층에 도착해 있었다. 가장 먼저 거울과 유리로 이루어져 있는 공간이 나타났다. 창밖의 뉴욕 풍경을 구경하다가 거울과 유리 속에서 수없이 비추고 있는 나의 모습을 마주하고 섰다. 어떤 유리에서 비추고 있는 모습은 내가 잘 알고 있는 모습이었지만 다른 편 유리에서 비추고 있는 나의 모습은 영 낯설었다. 내게 이리도 다양한 모습이 있을 줄 미처 몰랐다. 어쩌면 살아가는 것도 계속해서 몰랐던 나를 맞이하러 나가는 과정인 것일까? 나는 거울과 유리에 반사되는 나의 또 다른 모습을 찾기 위해 이리도 서 보고 저리도 서 보았다.

"눈 부시니까 선글라스 써야 돼." 주만 오빠는 눈썹을 잔뜩 찡그리고 있는 나를 보고 있었다. 유리와 거울에 반사되는 빛 때문에 상당히 눈이 부셨지만 나를 발견하는 일에 정신이 팔려서 선글라스를 손에 쥐고만 서 있었다. 그리고 선글라스로 애써 가리고 싶지 않았다.

"혹시나 선글라스 때문에 놓치는 게 있을까 봐."

"어떤 걸?" 그가 고개를 갸웃 돌렸다.

나는 말없이 멋쩍게 웃어 버렸다. 볼록하게 보이는 나도, 오목하게 보이는 나도 모두 나이기에 있는 그대로 바라보고 싶었다.

한 층 더 위로 올라가니 실버색 풍선이 가득 찬 공간이 펼쳐졌다. 덕분에 하늘에 붕 떠 있는 것 같았다. 여기저기서 풍선이 '팡' 하고 터지는 소리에 깜짝깜짝 놀라기도 했지만 살짝 신이 났다. 둥둥 떠다니는 풍선을 잡아 끌어내리기도 했다가 가라앉은 풍선을 다시 위로 던져 보기도 했다. 아이가 아닌 성인을 위한 볼풀장에 들어온 기분이었다. 풍선에 집중하다 보니 시각에만 의존했던 감각이 둔해지고 다른 감각들이 깨어나고 있었다. 뒤에서 흩날리는 풍선들이 가까이 다가오고 있음을 눈으로 직접 보기도 전에 알아챘다. 한동안 마음의 상처로 어떤 감각도 잘 느끼지 못했는데 주만 오빠와 함께 있을 때면 나의 고장 난 감각들이 다시금 일어나고 있다는 사실도 함께 알아차리고 있었다.

풍선으로 공놀이를 실컷 한 탓인지 배에서 꼬르륵 소리가 났다. 배고
프다는 생각이 정말 오랜만에 솟았다. 그를 완벽하게 내 마음에서 떠
나보낸 이후로 목구멍으로 들여 보낸 것이라고는 실로 액체류가 다였
다. 오늘은 왠지 무엇이든 잘 먹을 수 있을 것 같았다. 내 몸의 변화에
그저 신기할 따름이다.

예약해 둔 이탈리안 레스토랑은 중심가에 있어 그리 멀지 않았다. 둥
그렇게 휘어지는 계단을 올라 2층에 도착하니 바 테이블 뒤로 색색깔
의 각종 술병들이 멋들어지게 진열되어 있었다. 그 옆에는 와인 냉장
고가 길다랗게 서 있었으며 그 안에는 이름 모를 와인병들이 가득 눕혀
져 있었다. 나파 밸리에서 정말 맛있게 마신 화이트 와인 생각을 뒤로
한 채 안쪽으로 더 들어가 오픈 키친 바로 앞에 앉았다. 층고가 높아 호
텔 라운지 같은 공간이었다. 주만 오빠는 종업원이 건네주는 메뉴판을
살펴보더니 에피타이저로 토르타와 메인으로는 라비올리와 펜네를 주
문했다.

나는 아이처럼 기대 가득한 얼굴로 그에게 이것저것 물었다. 내가 뉴
욕이랑 정말 잘 맞는 것일까? 아침부터 나도 모르게 웃음이 실실 새어
나왔다.

"그다음 우리 뭐 할 거야?" 식탁 위에 예쁘게 접힌 하얀 냅킨을 펼치
며 말했다.

"뉴욕에 왔으니 타임 스퀘어는 가 봐야지. 그리고 구겐하임 미술관에
가기 전에 센트럴 파크 한 바퀴 돌아볼래? 바로 앞에 있거든." 토르타
를 반으로 잘라 나의 접시 위에 올려 놓으며 오빠는 말을 이어 했다.

"어차피 뉴욕에 있는 동안 센트럴 파크는 계속 보게 될 테지만."

"왜? 너무 커서?" 토르타를 입에 가져가며 물었다.

"오늘 묵을 호텔에 가 보면 알게 될 거야." 주만 오빠는 혼자 싱긋 웃었다.

Ÿ Ÿ Ÿ

뉴욕의 랜드마크 중 하나인 타임 스퀘어는 생각보다 내 스타일이 아니었다. 화려했지만 너무 현란했고 귀를 찢을 듯한 사이렌 소리가 난무해서 그 거리를 빨리 벗어나고 싶은 생각뿐이었다. 우리는 미련없이 센트럴 파크 안으로 들어갔다. 어디에서 음악회를 하는지 클래식 음악이 잔잔하게 흘러 나왔다. 초록 나무 사이를 걸으며 클래식 음악을 들으니 왠지 치유받는 기분이었다. 붐비고 시끄러운 타임스퀘어보다 평온함이 숨 쉬는 숲속 같은 공원이 더 좋았다.

"수준급 음악회를 무료로 즐길 수 있다니. 정말 좋은 동네야." 내가 양팔을 뒤로 활짝 펼쳐내며 말했다.

"그래서 환경이 중요해. 무얼 보고, 무얼 듣고 사는지에 따라 많은 걸 결정 지으니까."

"환경 결정론을 말하는 거야? 그렇지만 본인 의지가 더 중요하지 않을까?" 나는 몸을 반듯이 세우며 물었다.

"그 의지도 환경에 따라 달라질 수 있는 법이지. 너의 얼굴을 보면 알 수 있어. 나파 밸리에 너를 데려가지 않았으면, 오늘 뉴욕에서 너와 함께 시간을 보내지 않았으면 절대 보지 못했을 너의 표정이거든."

갭스토우 브리지(Gapstow bridge)를 건너며 호수를 쭉 따라 걸었다. 이번에도 환경이 중요한지 아니면 본인의 의지가 중요한지 서로의 다른 생각을 공유하며 샌트럴 파크의 푸릇하고 울창한 분위기에 흠뻑 젖어 들었다. 잔디밭 곳곳에 앉은 사람들은 피크닉을 즐기며 평화로운 오후를 만끽하고 있었다. 나 또한 온통 초록 세상인 센트럴 파크를 눈에 가득 담으며 싱그러운 오후를 만끽했다. 꽤 걸었음에도 산뜻한 바람이 연신 불어와 상쾌했다. 오히려 가뿐하기까지 했다. 아스팔트 위로 아지랑이가 피어나는 한여름이 맞나 싶을 정도로 시원했다. 우리는 어느덧 구겐하임 미술관 앞 횡단보도에서 신호를 기다렸다. 사진에서만 보았던 달팽이 집처럼 생긴 건물이 눈 앞에 펼쳐졌다. 미술관 외관부터 독특했다. 방금까지 이름 모를 새소리와 클래식 음악으로 가득했지만 불과 몇 분 사이에 경적 소리가 다시 울려 퍼지기 시작했다.

구겐하임 미술관은 층고가 굉장히 높은 원형 홀이었다. 나선형 구조 덕분에 계단이 아니라 오르막길을 통해 관람하는 독특한 방식이었다. 경사가 있는 구조라 이 미술관에서는 신기하게도 발로 바닥을 끄는 소리가 잘 들리지 않았다. 구겐하임 미술관에는 피카소, 샤갈, 플록 등의 작품뿐만 아니라 현대 미술 작품도 많았으며 특별 전시회도 함께 진행하고 있어 볼거리가 다양했다. 특히 알렉스 카츠의 편안한 일러스트 작품을 볼 수 있어 좋았는데 일상의 소소한 풍경을 그의 방식으로 아름답게 그려 내고 있었다. 이어폰을 꽂고 해설을 들으며 감상하니 작품에 더욱 집중할 수 있었다. 여기 있는 작품들처럼 사람들에게 들려주고 싶은 이야기가 참 많은 나였다. 나의 작품도 많은 사람들의 공감을 이끌어 낼 수 있을까? 아니, 사람들 앞에 전시할 날이 오기는 할까? 그것도 이 뉴욕에서 말이다. 머릿속에는 끊임없는 질문이 뒤따랐다. 그리고 왠지 모르게 내가 더 잘 녹여 낼 수 있을 것 같은 자신감도 일었다. 신기했다. 나의 그림에는 항상 의심만 난무하던 나였다. 주만 오빠 말대로 정말 환경이 중요한 걸까? 작품을 보면 볼수록 왜 근거 없는 자신감이 샘솟을까?

우리는 노란 택시에 몸을 맡겼다. 그가 저녁으로 예약해 둔 스테이크 하우스에 늦지 않기 위해서였다. 이 레스토랑은 최소 3~4주 전에 예약하더라도 원하는 시간에 잡기 힘들 만큼 유명한 곳이었다. 촉박한 시간에 어떻게 이 많은 것을 준비하고 예약했는지 의문이 들 정도였다.

식당에는 꽤 묵직한 재즈 음악이 흘러 나왔다. 재즈 음악과 어두운 조명이 한데 잘 어우러졌다. 식당 전체에는 라운드 테이블로 가득했고 그 위에 새하얀 테이블보가 깔려 있어 전체적으로 깔끔한 이미지를 주었다. 거기다 함께 배치된 패브릭 버건디색 의자는 분위기를 한층 더 고급스럽게 만들어 주었다. 주문을 끝내고 스테이크가 나오길 기다리는데 온통 하얀색 복장을 한 남자가 우리 테이블로 다가오고 있었다. 옷차림을 보니 셰프인 듯했다.

"너무 오랜만이지." 그 사람은 주만 오빠를 알은 체하며 인사를 나누었다.

"예약 도와줘서 고맙다. 정말." 주만 오빠는 자리에 일어서며 그와 가벼운 포옹을 했다.

"언제까지 있을 거야? 회포를 풀어야지." 그가 신이 난 얼굴로 물었다.

셰프는 다름 아닌 주만 오빠의 친구였다. 셰프인 친구 덕분에 운 좋게 취소 건에 예약을 할 수 있었던 것이었다. 나도 엉거주춤 일어나 '존'이라는 주만 오빠의 친구와 인사를 나누는데 때마침 지글거리는 스테이크가 나왔다. 존이 추천해 준 색이 검붉은 레드 와인을 먼저 한 모금 홀짝였다. 굉장히 진해서 두꺼운 스테이크와 잘 어울렸지만 양을 조절해서 마시지 않으면 금방 취할 수도 있을 것 같았다. 결국 몇 잔이 아닌 몇 모금에도 취기는 금방 올라왔고 술은 내 의지를 누르고 마음의 소리가 흘러나오게 만들었다.

"왜 하필 나야?" 내 질문에 주만 오빠의 쌍꺼풀 없는 큰 눈이 동그래졌다.

"주변에 매력 있는 여자들도 많을 텐데. 나처럼 답답하고 바보 같은 애가 뭐가 좋아서." 나는 빨개진 양 볼을 두 손바닥으로 꾹 눌렀다. 주만 오빠는 이런 내 모습을 사랑스럽게 봐 주었다. 나는 민망한 나머지 물컵에 반쯤 남은 물을 단숨에 비웠다. 그는 목을 한 번 가다듬고는 낮고 부드러운 목소리로 말했다.

"도희 스튜디오에서 처음 만난 날 기억나? 네가 움찔 놀라는 순간, 너의 작은 진동이 내 마음에는 지각 변동을 일으켰나 봐. 나는 그 장면이 잊혀지지 않아. 뒤에서는 시끄러운 음악 소리, 대화하는 소리. 정신 하나 없는 상황인데 너 혼자서 그림에 푹 빠져서는…." 그는 회상에 잠긴 얼굴을 하고서는 이어 말했다.

"마치 너 혼자 다른 세상에 와 있는 것 같았어. 얼마나 집중해서 보던 지 그 순간 내가 널 깨워 내지 않으면 넌 그대로 천사 옷 찾아 입고 이 세상 떠날 것 같았거든."

그의 담담한 고백과 달리 내 얼굴은 전혀 담담하지 못했다. 더 빨갛 게 달아올랐다. 차가운 내 두 손이 양 볼의 열기를 조금이나마 앗아 갈 수 있도록 더욱 세게 누르며 무심한 척 물었다.

"선녀와 나무꾼 이야기 아니야? 한국에 살지 않아서 한국 고전 동화 같은 건 잘 모를 줄 알았는데."

"어릴 때 할머니, 할아버지가 고전 이야기들을 많이 들려주셨거든." 그는 내 물컵에 물을 가득 따라 주었다.

"그래서 한국 고전 동화를 아는구나." 나는 술기운이 오른 김에 또 다 른 질문을 하기 위해 손을 번쩍 들어올렸다.

"나 질문 하나 더 있어. 다른 남자 때문에 질질 짜기나 하는데 갖다 버리지 않고 왜 계속 곁에다 두려고 하는 거야?"

"말했잖아. 재 속의 작은 불씨를 알아본 건 네가 처음이라고. 그래서 놓치고 싶지 않아." 그는 어깨를 으쓱했다.

"티뷰론에서 내가 들은 거 어떻게 알았어?" 그날 밤 나는 못 들은 척 하기 위해 일부러 계단을 쿵쿵거리며 올라갔었다.

"네 얼굴에 다 쓰여 있었으니까." 오빠는 스테이크를 썰다 말고는 진 지한 눈으로 나를 바라보며 말을 이었다.

"그때 네가 한 말 기억나? '상처 입은 조개가 진주를 만든다.' 어떤 상처든 잘 이겨 내는 게 중요하다며! 그때 마음먹었지. 어떤 고난도, 어떤 상처도 내가 잘 이겨 내게 해 주겠다고. 두고 봐. 세상에 어디에도 없을 가장 멋진 진주로 만들어 보일 테니까."

돌아오는 택시 안으로 가로등 불빛이 그를 희미하게 비추어 물끄러미 쳐다보았다. 어떤 아픔도 어떤 슬픔도 잘 숨기고 있다고 생각했지만 아니었다. 어쭙잖은 위장으로 그를 더 아프게 했을지도 모르겠다. 그럼에도 본인의 마음을 알아주지 않는 것에 대해서 단 한마디의 언급도 없었다. 다른 곳을 바라보고 있는 나에게 어떠한 강요도 없었다. 본인을 봐 달라는 말 한마디 없이 꿋꿋하게 내 곁에 있어 주었다. 그저 내가 행복하기를, 꿈을 찾아 올바른 길로 나아가기만을 바란 사람이었다. 하지만 마음속에서는 끊임없는 질문이 이어졌다. 내가 사랑을 다시 시작할 수 있을까? 어떤 장애와 난관 앞에서도 그는 변치 않은 사랑을 외칠 수 있을까? 변하지 않는다는 걸 무엇으로 보장받을 수 있을까? 사랑 앞에서 변하지 않는다는 보장은 무용지물일 뿐이다. 사랑에는 유통기한이 있다. 모든 약속과 맹세는 사랑을 하고 있는 동안만 유효할 뿐이다. 결국 사랑이 끝나면 폐기 처분될 운명에 놓이게 된다. 이 모든 사실을 알고서도 나는 사랑을 다시 시작할 수 있을까?

Ÿ Ÿ Ÿ

빗소리에 눈이 떠졌다. 어제 호텔까지 어떻게 올라왔는지 기억이 가물가물했지만 어쨌든 옮긴 호텔의 풍경도 가히 환상적이었다. 센트럴 파크가 한눈에 보였다. 주만 오빠 말이 맞았다. 뉴욕에서 지내는 동안 원 없이 볼 수 있으리라. 통유리로 내려다보이는 센트럴 파크는 나무 숲이 울창하게 우거져 있었고 그 너머로 하늘 높이 찌르는 마천루 풍경이 끝없이 펼쳐졌다. 빗방울이 창문을 타고 흘러내리니 비 오는 날의 이 차분한 공기가 운치를 더했다.

나는 커피 머신기에 하얀색 커피잔을 아래 놓고 작동 버튼을 눌렀다. 커피잔은 한숨을 토해 내듯 하얀 연기를 내뿜었다. 어젯밤 그와 나누었던 대화들이 머릿속을 가득 채웠다. 한 사람의 온전한 사랑을 받고 있다는 기분이 들었다. 나만을 바라봐 주는 과분한 사람이다. 부모님이 내게 주었던 사랑과 닮아 있다는 생각이 떨쳐지지 않았다.

내게 사랑은 숨이 턱턱 막힐 만큼 아픔투성이었다. 이런 게 사랑이라면 두 번 다시 하지 않겠다고 다짐도 했었다. 어떠한 감정도 가지지 않은 채 살아가는 것이 오히려 나를 지키는 길이라 생각했다. 그런데 이상했다. 마음을 닫을수록 공허했다. 버림받을지라도 누군가의 마음 문 앞을 기웃거려 보기도 하고 두드려 보기도 하며 그렇게 살아가고 싶은 생각이 다시금 피어나고 있었다. 상처투성이인 사랑일지라도 사랑했기에 수만 가지의 감정을 느낄 수 있었으니 그걸로 충분하지 않을까?

나는 로비에서 주만 오빠를 기다렸다. 비 때문인지 이번 호텔 로비에서는 좋은 향기가 진하게 났다. 비가 오니 멀리 나가지 않고 근처 미술관을 둘러보기로 했는데 하루 종일 미술관에 있을 수 있다는 생각에 신이 났다. 마침 주만 오빠가 나타났다. 나는 있는 힘껏 손을 흔들어 보였다.

"비가 오는데 어찌 컨디션이 더 좋아 보인다?" 주만 오빠는 씩 웃어 보였다.

"모마에 꼭 가 보고 싶었거든." 나는 그의 팔을 잡아 끌었다.

"얼른 가자!"

입구에서 가방 검사를 철저히 받은 후 메트로폴리탄 미술관에 입장했다. 호텔에서 모마 미술관보다 메트로폴리탄이 더 가까워 먼저 들르기로 했다. 이번에도 나누어 주는 티켓이 구겨지지 않도록 수첩 사이에 잘 끼운 뒤 에코백 안으로 집어넣었다. 어릴 때부터 미술관에서 챙겨온 티켓이나 팸플릿을 모으는 것이 나의 취미였다. 오늘은 호텔에 돌아가서 여태까지 모은 종이들을 앨범에 정리할 생각이었다. 삶을 지탱해 줄 추억 한 조각이 또 늘어나는 것이다.

메트로폴리탄 미술관은 굉장히 넓고 웅장한 공간으로 각 시대별로 유럽 회화가, 각 나라별로는 유물들이 전시되어 있었다. 테마별로 전시가 되어 있는 각 관은 그 나라 유적지를 그대로 옮겨 놓아 마치 그 나라에 와 있는 듯한 기분도 들었다. 특히 이집트관에 있었던 덴두르 신전은 입구에서부터 사람들로 가득했다. 신전터 주변에 물이 흐르던 본래의 모습을 고스란히 재현하고 있어서 물에 비쳐 일렁이는 신전의 모습은 실제의 모습처럼 선거웠다. 신전의 신비롭고 좋은 기운을 왕창 받아 보고자 햇살 가득 머금고 있는 통창 앞에 아무렇게나 널브러져 앉아 꽤 오래 머물렀다. 나와 같은 마음인지 이집트관에는 사람이 좀처럼 줄어들 기미가 보이지 않았다. 그리고 다리가 아파도 아시아관에 있는 한국관도 놓치지 않고 찾아갔다. 어떤 경유로 이곳까지 와 있는지 모르겠지만 한국의 불상과 청자, 백자들이 나를 보고 몹시 반가워하는 것 같았다. 타지에서 한국인만 마주쳐도 왠지 모르게 반갑고 의지하게 되는 그런 기분이었다.

우리는 거리로 나와 모마 미술관으로 넘어왔다. 상대적으로 모마는 메트로폴리탄보다는 가방을 세세하게 검사하지는 않았다. 모마 미술관에는 본질적인 것을 강조하는 그림들이 많았는데 단순해 보이는 그림 하나가 나의 뇌하수체를 건드리는 순간 울컥하는 감정이 솟았다. 발가벗은 여인들이 서로 손을 맞잡으며 둥글게 춤을 추고 있는 모습이었다. 이어폰 해설에는 아름다운 여성을 표현한 것이라고 설명했지만 겉으로 보기에 전혀 아름다워 보이지 않았다. 일반적인 현대 미의 기준과는 완벽히 동떨어져 있었다. 그런데 한 번 보고 또 보고, 그렇게 여러 번 반복해서 보다 보니 이 그림의 아름다움이 서서히 느껴졌다. 두둥실 한바탕 춤을 추고 있는 이 여인들의 몸짓에서 눈을 뗄 수가 없었다. 여인들이 양손에 쥐고 있는 것은 오로지 옆에 있는 사람의 손이었다. 그 외에는 어떤 것도 욕심 사납게 꾸리고 있지 않았다. 그저 상대의 손을 맞잡고 있을 뿐이었다. 저 여인들이 추구하는 본질적인 가치가 내게 와닿으니 그 순간 참으로 아름다운 그림이 되어 있었다.

어릴 때부터 나를 치장하고 있는 화려한 물건이 아니라 내면의 가치를 알아볼 줄 아는 사람을 바라 왔었다. 본질적 가치에 더 큰 의미를 두는 사람을 원했다. 내 뒤에서 조용히 그림을 감상하고 있는 주만 오빠가 눈에 들어왔다. 마음속에서 미세한 파동이 일어나고 있음을 직감했다. 비 오는 날의 미술관은 몽환적인 감성에 빠져들기에 아주 좋은 무대였다.

나는 왜 그림을 그리고 보러 다니는 것일까? 이 질문이 갑자기 머릿속으로 날아들어왔다. 사실 그림은 죽어가는 나의 심장에 전기 충격을 가해 주는 제세동기 같은 존재였다. 그림을 대할 때만 비로소 살아 있음을 느낄 수 있는 나에게 이런 자극은 참 반가웠다. 어제와 다를 것 없는 나의 지루한 일상에서 감동을 받거나, 감격에 겨워 눈물을 흘릴 일은 제로에 가까웠기에 그림이 주는 자극이 참 좋았는지도 모르겠다. 애써 외면했지만 나라는 사람은 내 안의 작은 낭만을 기꺼이 찾아 내어 떨림 가득한 하루를 보내며, 삶에 대해 깊이 파고들어 뜻밖의 발견으로 유레카를 외치는 삶을 갈망하는 사람이었는지도 모르겠다. 나를 들여다볼 수 있는 시간을 지금처럼 우연히 맞이할 때면 내 심장은 그 어느 때보다 후끈 달아올랐고 머릿속은 하얀 나비가 춤을 추듯 몽글몽글해졌다. 그와 함께할수록 내가 진정으로 무엇을 원하는지 수면 위로 떠올라 점점 분명해지고 있었다. 그가 예전에 한 말이 내 심장 깊숙한 곳에서 차오르기 시작했다.

'그림을 그릴 때 제일 행복하잖아.'

맨해튼 중심에 있는 호텔 라운지 바에서 에프터눈 티 세트가 나오기를 기다렸다. 호텔은 화려한 건축 양식을 자랑했다. 천장은 스테인드글라스 장식으로 오색찬란하게 수놓았는데 그 색감에 매료되었다. 그 가운데 거대하고 호화로운 샹들리에는 그 어떤 것보다 휘황찬란하게 존재감을 뿜어내고 있었다. 귀족이라도 된 듯한 기분이 들도록 만들어주는 공간이었다. 발 아래 깔려 있는 값비싼 카펫은 아까 미술관 어디에서 봤을 법한 패턴이었다.

고개를 들어 그를 보니 이 고급스러운 공간과 어떤 이질감도 없이 잘 어우러지고 있었다. 넓디넓은 미술관 투어에 걸맞게 그 어느 날보다 가벼운 옷차림과 발 편한 컨버스 운동화로 무장한 나와는 확실히 달랐다. 물론 그 또한 불편함 하나 없는 담백한 차림새였지만 온몸에서 고급스러움이 흘러나왔다.

"그림을 볼 때 무슨 생각해?" 그가 찻잔을 내려놓으며 물었다.

"생각?" 딱히 생각 따위를 하고 있지는 않았다. 간혹 몇몇 작품에서 뿜어내는 에너지에 이끌려 나도 모르게 블랙홀처럼 빨려 들어갈 때가 있긴 해도 항상 그렇지만은 않았다.

"미술관에서 골똘히 집중하면서 작품을 응시하고 있을 때 너에게서 눈을 뗄 수가 없어. 지금은 무슨 생각을 하고 있는 걸까? 또 어떤 대단한 작품을 만들려고 저리도 푹 잠겨 있는 걸까?" 그가 살짝 미소 지어 보였다.

"오빠 말처럼 그렇게 거창한 건 없어. 그저 '하루 종일 서 있으니 다리가 무지 아프네.', '쉴 만한 곳은 없나?' 등등 이런 평범한 생각을 나 또한

할 뿐이야." 나를 작가처럼 대해 주는 그가 민망하여 괜히 다리가 더 아
픈 척 카펫에다가 쭉 폈다.

"이거 먹어 봐. 달달한 거 먹으면 덜 피로할 거야." 나는 오빠가 건네
주는 마카롱을 한입 베어 물었다. 고급스러운 공간과 달리 맛은 무난
했다. 그저 시원한 공간에서 쉬어 갈 수 있음에 만족해야 했다. 최상의
서비스를 받을 수 있어 좋기는 했지만 3단 트레이에 서빙된 핑거푸드
는 온통 달달한 것뿐이었다. 제일 아래 접시에 놓인 샌드위치마저 달
게 느껴지니 매콤한 떡볶이밖에 떠오르지 않았다. 나는 먹던 것을 멈
추고 피치 우롱티에서 새어 나오는 여름 향기를 가득 들이켰다. 은은
한 복숭아 향이었다. 찻잔에 코를 박고 향을 가득 맡고 있는 내 모습이
이상한지 주만 오빠가 계속 쳐다보았다. 나는 민망한 나머지 들고 있
던 찻잔을 건넸다.

"마셔 볼래? 향이 좋아."

"그거 알아? 너를 만나러 가는 길에는 너의 향기로 가득해. 그래서 비
가 오든, 눈이 오든 다 괜찮아. 길바닥이 온통 시커멓게 굳어 있어도 불
평하지 않게 돼. 오늘처럼 비가 오는 날이면 공기 중의 작은 물방울들
이 더 멀리 퍼지지 않게 막아주니까. 오히려 더 진하게 맡을 수 있어서
좋아. 더 오래 담아 둘 수 있거든." 그의 갑작스러운 고백에도 어제처
럼 얼굴이 벌겋게 달아오르는지 않았다. 라운지에 강력하게 틀어 놓은
에어컨 덕분이었다. 다행이었다. 나는 일부러 장난기 가득한 목소리로
물었다.

"무슨 향이 난다는 거야?"

"몰라. 어떤 향이라고 딱 꼬집어서 말하기 힘들어. 너에게 가까이 갔을 때만 느낄 수 있는 거라 나도 자주 맡지는 못해." 나는 들고 있던 찻잔을 접시에 내려놓으며 옷깃을 당겨 킁킁거렸다. 그가 말한 향이 어떤 것인지 궁금했다.

"그런다고 맡아질 향이 아닌 것 같은데?" 주만 오빠는 고개를 저었다.

"내가 뿌리고 다니는 향수를 말하는 건 아니지?" 내 손목을 그의 코에 가까이 가져다 대고 물었다.

"절대 아니지. 나만 맡고 나만 느낄 수 있는 그런 특별한 향이 있어."

저녁을 먹으러 요즘 뉴요커들에게 핫하게 떠오르고 있는 일식집으로 들어갔다. 우리는 바 테이블에 앉아 오마카세를 주문했다. 셰프가 스시를 만들어 주는 과정을 직접 볼 수 있어서 보는 재미가 쏠쏠했다. 나는 내어준 미소국을 받자마자 들이켰다. 달달한 것 때문에 니글댔던 속이 풀리길 바라며 리필까지 했다.

"미술관 투어는 어땠어?" 그가 내게 물었다.

"나 그림 시작하려고." 내가 허리를 꼿꼿하게 세우며 말했다.

"기특한 걸? 이틀 만에 그런 생각을 다 하다니."

"어떤 작품을 보면 내가 더 잘 그릴 수도 있을 것 같다는 생각이 들었어. 정말 말도 안 되는 자신감이지?" 나는 그에게 몸을 살짝 돌려 앉았다.

"그게 왜 말이 안 돼? 너의 그림보다 더 깊은 울림을 받은 작품을 본 적이 없어." 주만 오빠는 한껏 감동받은 얼굴을 보여 주었다.

"그건 오빠가 나를 좋게 봐 주니까 그런 거지. 아직 그 정도는 아니야." 나는 어깨를 으쓱했다.

"네 자신에 대해서 어떠한 정의도 내리지 마." 그는 종업원이 건네주는 칵테일과 탄산수를 받으며 이어 말했다.

"삶에는 위기가 있고 풍파도 있지. 그런데 그런 위기나 풍파 따위로부터 너를 보호하려고 한계를 긋거나 정의를 내리면 안 돼. 한계를 긋고 정의를 내리는 순간, 너의 사고방식에 반영되어서 모든 행동을 제약하게 돼. 딱 거기까지만 움직일 테니까."

"꿈을 위해 달려가는 사람들을 보면 나는 저들과 다른 사람이라고 단정했었어. 저런 깜냥이 내게는 절대 없다고 스스로 정의 내리면서 말이야."

주만 오빠가 고집을 부리면서까지 왜 내게 뉴욕을 보여 주려고 했는지 이제는 알 것도 같았다. 가능성의 한계를 두는 나에게 이 모든 걸 알려 주고 싶었던 것이다.

"지금과 다른 결과를 원한다면 남들과 다른 생각을 해야 돼." 그는 탄산수를 가리키며 지금 마시겠냐는 눈짓을 보내어 나는 고개를 끄덕였다.

"고마워. 다 오빠 덕분이야. 사실 이제 마음도 예전만큼 힘들지 않아. 뭐가 중요한지 깨달은 기분이거든. 내가 원하는 것을 위해 앞만 보고 달려 나가고 싶다는 생각이 상당히 지배적이야." 나는 그가 따 준 산펠그리노 탄산수를 한 모금 들이켰다.

"다행이다." 진심으로 안도하는 오빠의 표정에 마음이 뭉클했다.

"내일은 내가 보호자가 될게. 나한테 맡겨. 지갑도 들고 오면 안 돼!"
나는 검지를 좌우로 흔들었다. 그는 칵테일을 마시다가 내 말에 사레
가 걸렸는지 연신 기침을 했다. 그에게 냅킨을 챙겨 주며 신이 난 얼굴
로 바라보았다.

"안 돼! 내일 오전에는 꼭 가야 할 데가 있어! 예약해 둔 곳이 있거든."

Ÿ Ÿ Ÿ

주만 오빠의 계획성을 따라올 자는 없을 것이다. 그가 예약한 투어
때문에 아침부터 분주했다. 뉴욕의 일정도 끝이 나고 있었다. 내일 아
침 이 시간에는 한국으로 돌아가는 비행기 안일 것이다. 떠나는 것이
아쉽지만 나의 미래를 위해 달려 나갈 생각에 설레는 마음도 컸다. 한
국에 돌아가 내 꿈을 본격적으로 펼쳐 볼 생각이다. 내 삶 전체를 송두
리째 갈아엎기로 마음먹으니 내 안에서 어떤 강한 힘이 느껴졌다. 애
써 외면했지만 내가 가장 원했던 목표를 정해서인지 태어나서 처음으
로 열정이라는 단어가 맴돌았다.

오늘따라 일정에 대해 비밀에 부치는 오빠가 수상했다. 어떤 꿍꿍이
가 있는지 알 길이 없었다. 어쨌든 이 투어가 끝난 이후의 일정은 내게
맡기기로 했다. 오빠가 택시 뒷좌석에서 창문을 내리며 말했다.

"오늘은 날씨가 맑아서 다행이야." 나는 오늘 오후 일정을 위해 맛집
을 검색하다 말고 창밖을 내려다보았다. 어제와 달리 오늘은 굉장히
화창했으며 비가 내린 뒤였기에 상쾌한 바람까지 불었다. 심지어 하늘

에는 예쁜 뭉게구름이 피어 있었다.

한참을 달려서 내린 곳은 허드슨강이 내려다보이는 어느 공터였다. 나는 여전히 영문도 모른 채 오빠 뒤를 졸래졸래 따라 투박한 건물 안으로 들어갔다. 헬리콥터 여러 대가 보였는데 이곳은 헬기장이었다. 우리는 서명을 하고 안전교육 영상을 본 뒤 직원이 채워 주는 안전장치를 가만히 바라만 보았다. 패러글라이딩 한 번 해 본 적 없는 내가 헬리콥터를 타고 날아 보다니. 상상도 하지 못한 일이었다.

"헬리콥터 투어라니. 상상도 못 했어." 차에 올라타며 놀란 눈을 번쩍였다. 헬리곱터가 있는 곳까지 차를 타고 이동해야 했다.

"이 순간을 잊지 마." 오빠는 활짝 웃으며 말했다.

처음 타는 헬기라 걱정했던 마음과 달리 꽤나 안정적으로 이륙했다. 허드슨강을 시작으로 제일 첫날 보았던 브루클린 브릿지가 보였다. 그리고 9·11테러로 무너진 세계무역센터를 대신한 '원 월드 트레이드 센터'가 보였는데 쌍둥이 빌딩이 주는 존재감을 뒤따르지는 못하는 듯했다. 그다음 미국의 각종 재난 영화 속에서 항상 수난의 대상이었던 자유의 여신상이 나타났다. 우뚝 솟은 자유의 여신상이 장난감처럼 보였다. 아니, 헬리콥터 아래에서 바라보는 이 모든 것들이 장난감처럼 보였다. 뉴욕의 랜드마크인 엠파이어 스테이트 빌딩마저도 귀여운 장난감으로 만들어 버렸다. 마지막으로 도심 정중앙에 길다랗게 뻗은 직사각형의 센트럴 파크가 펼쳐졌다. 여러 빛깔의 초록색을 뿜어내고 있으니 보고만 있어도 정화되는 기분이었다. 그때 주만 오빠가 하늘에 피어 오른 뭉게구름을 가리켰다.

"하늘 높이 날아 오르다가 혹여나 떨어질 때면 저 구름을 기억해." 주만 오빠는 진지한 얼굴이었다. 나는 무슨 말인지 이해가 되지 않아 의아한 얼굴로 그를 쳐다보았다.

"내가 저 구름처럼 떡하니 받쳐 주고 있을게. 그러니 다칠 걱정은 하지 않아도 된다고. 너는 다시 용기 내어 더 높이 올라가."

착륙해서도 이 여운이 가시지 않았다. 어느 전망대보다 높이 올랐지만 그 어느 전망대보다 뉴욕 전경을 가까이에서 내려다보고 있었다. 이 멋진 광경을 바라보며 그가 들려준 마지막 말이 머릿속을 떠나지 않았다. 사실 본래의 나라면 저 몽글한 뭉게구름은 생각만큼 폭신하지 않다고, 수증기의 집합체일 뿐이니 떨어지면 그대로 추락이라고, 인생에서 저 구름 같은 완충장치를 기대하는 건 허황된 망상일 뿐이라며 단정지었을 것이다. 하지만 그 덕분에 더 이상 과거에 얽매이기보다 미래의 내가 궁금해지기 시작했다. 희망으로 가득 찬 내일을 기대했던 적이 언제적이었던가? 내 한 몸 던져 내는 일을 주저하지 않겠다고 용기내 볼 참이었다고 알려 주고 싶다. 이렇게 바꾸어 준 그가 한없이 고마웠다.

우리는 저녁을 먹기 전에 도미노 공원을 다시 찾았다. 뉴욕에서 제일 유명한 푸딩집에 들러 바나나 푸딩과 커피를 포장해 갔다. 내가 가방에서 얇은 천을 꺼내자 그가 잔디밭에 깔아 주었다. 천이 바람에 나풀거리지 않게 푸딩이 담겨 있는 포장 봉투를 천 위에 올려 두었다. 아까 하늘에서 보았던 브루클린 브릿지가 눈에 들어왔다. 기차가 지나가는 소리와 바닷물이 찰랑거리는 소리를 들으며 풍경을 감상했다. 그저 하늘만 바라보고 있어도 좋았다.

오빠는 일회용 플라스틱 커피 컵을 내려놓으며 물었다.

"너를 세상의 기준에 맞추지 말고, 세상을 너의 기준에 맞추라고 한 말 기억나?"

"기억 나. 그때 내가 뜬구름 같은 소리라고 말했었지." 나도 커피 컵을 따라 내려놓으며 답했다. 불과 한 달도 채 안 되었지만 그때의 나와 지금의 나는 분명히 달랐다.

"지금도 똑같은 생각이야?"

"아니. 오빠가 보여 준 세상에서 내려다보니까 이제는 알 것 같아. 어떤 생각으로 세상을 맞이하는지에 따라 좁은 세상에서 아웅다웅하면서 살 수도 있고, 나라는 존재를 이 넓은 세상에 각인시키며 살아갈 수도 있다는 것을 말이야." 나는 기분 좋은 미소를 지어 보였다.

"역시! 똑똑한 줄 알았지만 이 정도일 줄이야. 하늘 위에서 세상을 내려다봐. 그 짜릿한 기분을 절대 잊으면 안 돼." 그의 연갈색 눈동자는 그 어느 순간보다 만족스러운 눈빛이었다.

"오빠가 코이트 타워에서 말려 주지 않았으면…" 나는 뒤의 말을 차마 잇지 못했다.

"한국으로 돌아가서 어느 회사든 취직했겠지. 결국 너의 꿈은 죽어 버리고 말았겠지." 그는 덤덤한 얼굴로 뒷말을 대신 완성해 주었다.

"고마워. 끝까지 말려 줘서." 나는 생각만 해도 끔찍하다는 듯 고개를 절레절레 흔들었다.

"하나만 알아줬으면 좋겠어. 당장 누굴 믿기 힘들겠지만 나는 눈앞에 보이는 욕심 때문에 중요한 걸 잃지 않아. 그보다 더 어리석은 짓은 없다는 걸 뼈저리게 경험했으니까. 내 세상에서 너보다 중요한 것은 없어. 그러니 한번 믿어 봐."

"저번에 말했던 작은 불씨 말이야." 나는 다리를 쭉 피고는 앞에 펼쳐진 맨해튼의 스카이라인을 응시하며 말을 이었다. 나를 바라보는 주만 오빠의 시선이 느껴졌다.

"다 꺼져 버린 것 같은 불씨여도 다시 타오를 수 있게 도울게. 내가 바람이 되어 주고 싶어. 그래서 말인데 오빠는 변호사가 되고 싶어서 로스쿨에 들어간 거야?" 그가 살아가고 싶은 세계가 어떤 세상인지 제대로 헤엄쳐 볼 생각으로 던진 질문이었다.

"맞아." 그가 살짝 웃으며 바나나 푸딩의 포장 뚜껑을 내게 열어 주었다.

"왜 변호사가 되고 싶은 거야?" 나는 그가 건네준 푸딩을 한입 떠 먹으며 물었다.

"예전에 할머니랑 뒷산에 산책을 자주 갔었거든. 그때마다 할머니가 나보고 그러시는 거야. 어려운 사람들 많이 도우면서 살라고."

"신기하다. 나도 어릴 때 엄마랑 동네 뒷산에서 자주 산책했거든." 나는 그를 향해 몸을 살짝 돌렸다.

"어쩐지 너와 함께 있으면 어릴 적에 맡았던 향기가 왜 자주 풍겨 오나 했는데 비슷한 과거를 공유해서 그런 것일지도 모르겠네." 그는 방금 불어온 기분 좋은 바람에 엷은 미소를 띠었다. 그 미소는 이내 얼굴 전체에 번져 가고 있었다.

"그래서 사람들을 도와주고 싶어서 변호사가 되려는 거야?" 나는 물고 있던 일회용 숟가락을 빼내며 말했다.

"사실 모르겠어. 내가 그렇게 멋있는 사람은 아니라서. 내가 손목을 긋기 한 달 전에 할머니가 갑작스럽게 돌아가셨거든. 할머니를 잃었다는 상실감이 너무 컸지만 그렇게 해서는 안 되었지. 그때를 속죄하는 마음이 없지 않아 있어. 돌아가셨지만 할머니한테 못할 짓을 한 건 맞으니까. 그 이후로 어려운 사람 돕고 살라는 할머니 말이 계속 따라다녔어. 그래서 내가 사람들을 도울 수 있는 방법이 어떤 것이 있나 고민해 보게 된 거지. 그게 변호사였던 거야. 형 덕분에 로펌에서 수임료가 없어서 억울한 일을 당하는 사람이 생각보다 많다는 걸 알게 되었거든. 변호사를 선임하지 못해서 본인이 저지른 죄보다 과중한 형벌을 받게 되는 거지. 법을 잘 몰라서 불리한 발언을 하는 건데 법은 이를 전혀 고려해 주지 않으니까."

"정말 멋지다! 사람이 이렇게 완벽해도 되는 거야?" 나는 그를 향해 감탄한 얼굴로 활짝 웃어 보였다.

"그렇게 봐 주니 고마워. 할머니의 말도, 형의 말도 다 좋지만 사실 그 무엇보다도 예전의 나보다 더 나은 사람이 되고 싶거든." 그는 보조개를 짙게 만들며 미소 지어 보였다.

"오빠의 꿈 같이 이루어 보자! 내가 함께할게." 나는 그의 멋진 인생

계획에 기꺼이 함께하고 싶으니 말이다. 그가 나의 손을 꼭 잡았다. 그의 손에는 상당한 힘이 들어가 있었고 그 힘에는 많은 것이 담겨 있었다. 그의 입술이 내 입술에 와 닿았다. 그의 날숨에서 풍기는 기분 좋은 살 냄새 때문에 배 깊숙한 곳에서 전율이 일었다. 살며시 눈을 떠 보니 그의 눈가가 촉촉했다. 그 모습에 마음 한구석이 찌릿하니 아팠다. 그의 결핍이 얼마나 클지 가늠할 수 없겠지만 그가 내밀어 준 손처럼 나 또한 그의 모든 것을 함께 짊어 가고 싶어졌다. 그의 마음이 내게 와닿는 순간, 무엇이든 헤쳐 나갈 자신감을 얻은 것처럼 나도 그에게 그런 존재가 되어 주고 싶었다.

붉게 지고 있는 노을처럼 내 마음도 붉게 물들어 갔다. 잔디에서 아이들이 백텀블링을 하며 연신 뒹굴었다. 아이들을 보니 나 또한 천진난만한 웃음이 절로 흘러나왔다. 이 순간을 오랫동안 잊지 못할 것이다. 불현듯 이 아름다운 세상을 두 팔 벌려 다시 꽉 안을 수 있을 것 같다는 생각이 들었다. 나는 그가 뿜어내는 느긋한 리듬에 몸을 맡기며 잔잔하게 흘러가고 있는 이 아름다운 하루를 만끽했다.

Ÿ Ÿ Ÿ

뉴욕에서의 마지막 날이다. 아침 일찍 체크아웃을 하고 간단하게 아침을 해결하기 위해 근처 베이글집에 들렀다. 역시 미국답게 베이글과 보기에도 꾸덕한 크림치즈 종류가 굉장히 많았다. 고민도 없이 검은깨와 참깨가 듬뿍 들어간 에브리띵 베이글에 블루베리 맛 크림치즈로 주문을 마쳤다. 아마 한국으로 돌아가면 선택지가 많은 이곳이 그리울 지도 모르겠다. 불현듯 이불을 사기 위해 월마트에 처음 들렀던 때가 떠올랐다. 종류가 어마어마했던 요거트 진열대 앞에서 한참이나 고민 했지만 고민이 무색할 만큼 매번 블루베리 맛을 고르곤 했었다. 아이 스크림이든 스무디든 항상 블루베리 맛만 고집했던 나였다. 아칸소주 를 떠난 이후로 블루베리를 쳐다도 보지 않게 되었지만 나는 여전히 블 루베리를 사랑했다.

이제는 정말로 돌아갈 시간이었다. 막상 돌아간다고 하니 아쉬운 마 음뿐이었다. 하지만 다른 결과를 얻기 위해서는 다른 선택을 해야 함 을 알고 있기에 떠나는 길이 마냥 눈물로 가득 차지 않았다. 호기롭게 시작했으나 결국 상처투성이가 되어 매번 도망치려고 했던 과거와 달 랐다. 오늘은 도망이 아닌 도약을 위한 첫걸음이었다. 거대한 활약을 위한 새로운 발판을 마련하러 가는 길이었다.

나의 상처를 고스란히 받아준 그가 있기에 가능한 일이었다. 돌이켜 보면 학창 시절의 아픔도, 실연의 아픔도 나를 무척이나 힘들게 했지만 내가 진정 하고 싶은 것들을 줄곧 외면했기에 그 무엇보다 나를 무기력 하게 만들었던 것은 아닐까? 미술을 시작한다는 생각만으로도 내 온몸 에 기분 좋은 전율이 스쳐 지나갔다. 마음속에서는 예전에 본 적도 없 는 열정이 끓어오르고 있었다. 나는 '열정'이라는 단어를 내 삶 속에서 놓치고 살아가고 있었던 것이 분명했다. 해저에서 솟아날 준비를 했 다. 오리발 따위는 필요도 없었다. 나의 두 다리는 인어공주의 꼬리처 럼 그 어느 때보다 힘차게 꿀렁거렸다. 하늘을 찌를 듯한 환희가 나의 온몸을 휘감았다.

오늘도 택시 안에서 하염없이 지나가는 바깥 풍경을 바라보며 그저 시간이 조금은 느리게 흘러가 주기를 바라보았다. 이 기분 좋은 떨림을 조금이라도 더 누릴 수 있게 말이다.

항공권을 발권하고 탑승 수속을 마쳤음에도 일찍 도착한 덕에 꽤 여유로웠다. 우리는 공항 대합실 안에 있는 카페로 향했다. 카페에 들어가기 전부터 진한 커피 향이 났다. 우리는 아이스 커피 두 잔을 주문한 뒤 자리를 잡았다.

"한국으로 돌아가겠다는 생각에는 변함이 없는 거야?" 주만 오빠는 빨대에서 입을 떼며 아쉬운 표정으로 물었다. 나는 말없이 고개를 끄덕였다.

"잘 비우고 잘 채운 모습으로 다시 나타날게. 그리고 이 모든 영감은 다 오빠 덕분이야."

다시 볼 때는 나의 길을 스스로 잘 다듬어 가는 모습을 그에게 꼭 보여 주리라고 속으로 다짐했다.

"사실 내가 선물한 이 경험은 어떤 것도 보장할 수 없었던 거야. 영감을 받을지 말지는 너의 몫이었던 거지. 네가 해낸 거야."

"정말 고마워." 그의 진심에 눈시울이 뜨거워졌다.

"조만간 한국 갈게. 그때까지 잘 있어."

주만 오빠는 싱긋 웃어 보였다. 패기 넘치게 한국으로 돌아간다고 말했지만 익숙해진 오빠의 이 따뜻한 미소를 꽤 오랫동안 보지 못할 것이라는 사실이 이제야 와닿기 시작했다. 참 많이 그리울 것이다.

　나는 무엇을 하든 두 가지 이상의 복합적인 감정이 항상 함께 일었다. 행복한 순간에도 그 행복에 대한 어떤 불행한 대가가 나를 기다리고 있을지 모른다는 불안감에 사로잡혀 있는 나였다. 그런데 지금은 이 모든 걸 감당할 수 있을 자신감이 생겼다. 언제나 그와 함께할 테니까.

　신은 인간에게 감당할 수 있는 시련과 고난만 준다 하였다. 어쩌면 신은 그래서 당신을 내게 보내 주었는지도 모르겠다. 당신과 함께 어떤 고난도 기꺼이 견딜 수 있도록 말이다.

[10년 후]

"그 작품은 거기 말고 이곳에 걸어 주실 수 있나요?"

뉴욕 첼시 마켓 근처에 있는 미술관에서 나를 위한 특별 전시회 준비가 한창이었다. 덕분에 바쁜 날들을 보내고 있었다. 10년 전 상상에만 그쳤던 꿈을 드디어 실현할 날이 머지 않은 것이다. 한국에서 작은 전시회에서 나의 작품들을 여러 번 선보이긴 했어도 뉴욕에서 이렇게 큰 행사를 진행하는 것은 이번이 처음이었다. 이제껏 포기하고 싶은 순간이 수없이 많았고, 나의 실력의 한계에 부딪쳐 끊임없이 좌절한 순간도 수없이 많았지만 이 길을 택한 것에 대해 후회는 단 한 번도 없었다. 주만 오빠가 항상 내 곁을 지켜 준 덕분이었다. 나 자신보다 내 꿈에 대해 확신을 가져 준 사람이었다. 그의 조건 없는 사랑과 변함 없는 믿음 덕분에 여기까지 올 수 있었다. 그의 세계는 나로 가득했고 나를 중심으로 돌아갔으며 그의 모든 우선순위는 내게 맞추어져 있었다. 나의 작은 웃음에도 그는 온 세상을 다 가진 듯 기뻐했고, 나의 작은 흐느낌에도 온 세상이 무너질 듯 슬퍼했다. 그는 화려한 불꽃이 되어 만인의 사랑을 받기보다 나와 행복할 만큼의 불씨면 충분하다고 말해 주는 사람이었다. 불꽃이든 재 속의 작은 불씨든 둘 다 뜨거운 열기를 품고 있었다. 단지 형태만 다를 뿐이다. 중요한 것은 뜨거운 열기를 간직하고 있냐는 것이다.

그도 변호사가 되었지만 상대적으로 일에 투자하는 시간은 극히 적었다. 그는 내 곁에 머무는 시간을 가장 좋아했으며 그 누구보다 워라밸을 중요시했다. 그럼에도 그 또한 꿈은 이루었다. 사정이 딱한 어려운 사람들의 의뢰만 처리했으며 최소한의 수임료만 받았다.

그를 만난 후부터 나를 아프게만 했던 과거는 이제 더 이상 나를 괴롭히지 않았다. 애써 감추지는 않았지만 그렇다고 드러내고 싶지 않은 과거였다. 나조차도 끌어안지 못했던 나의 과거를 그는 꼭 끌어안아 주었다. 그 아픔과 상처가 있어 지금의 내가 특별하고 멋진 것이라고 말해 주었다. 나의 우주는 부모가 아니라 이제 그가 되어 있었고 그는 어느 순간에도 나를 지지하고 응원했다. 나의 부모가 그랬던 것처럼 말이다. 예전과 다른 점이 있다면 이제 더 이상 아프지 않은 척, 아무렇지 않은 척, 독립적인 척을 하지 않는다는 것이다. 그 어떤 못난 모습에도 그는 나를 특별하게 대해 주었다. 그래서 용기 내어 있는 그대로의 나를 받아들일 수 있었다.

그는 오늘밤에 있을 파티를 준비하느라 브루클린에 있는 스튜디오에서 나만큼이나 분주했다. 가까운 지인들과 이번 전시회를 기념하기 위한 파티였다. 다행히도 미국 최고의 파티 플래너가 된 도희 언니가 있어 든든했다. 인테리어부터 서빙되는 요리까지 그녀의 손길이 닿지 않은 곳 없이 완벽을 가했다. 특히 본인의 미적 감각이 접목한 파티 공간을 만들기로 유명했는데 가지고 있는 수많은 직업 중 이 직업을 그녀는 가장 사랑했다.

　내일 있을 전시회를 축하해 주기 위해 지우, 수현, 성진 오빠뿐만 아니라 민정이와 기훈 오빠까지 모두 모일 예정이었다. 뜨문뜨문 개별적으로 만나긴 했지만 모두가 한 자리에 모이는 것은 실로 10년 만이었다. 그들을 처음 알게 된 것도 10년 전이었다. 지나간 추억에 나도 모르게 가만히 젖어 들었다. 오랜만에 그들과 회포를 풀 생각에 기분 좋은 설렘이 스쳐 지나갔다.

　전시장 준비는 모두 마쳤지만 나는 마지막까지 고민하던 그림의 위치를 바꾸기 위해 잠시 들렀다. 그때 누군가 뒤에서 내 어깨를 툭툭 쳤다. 아까 그림을 옮겨 준 직원이겠거니 하고 뒤를 돌아보았다. 그런데 다름 아닌 투야였다. 나는 뒷걸음질칠 만큼 소스라치게 놀랐다. 그가 잡아 주지 않았다면 하마터면 높은 힐 때문에 발목을 접지를 뻔했다. 덕분에 10년 전 아칸소주 박람회에서 촐싹이로부터 구해 주었던 그 장면이 떠올랐다. 공교롭게도 그는 지금도 내가 넘어지지 않게 잡아 주고 있었다.

Ÿ Ÿ Ÿ

허드슨강이 내려다보이는 충고가 높은 카페에 들어왔다. 자리에 앉자마자 밖에서는 비가 추적추적 내리기 시작했다.

"정말 오랜만이다! 잘 지냈어? 여기는 어쩐 일이야?" 나는 밝게 웃으며 그에게 물었다.

"더 이상 우리에게 우연 같은 연결고리는 없더라? 결국은 내가 이렇게 찾아왔네." 그는 쓸쓸한 미소를 지어 보였다. 얼음이 가득 담긴 유리컵을 천천히 돌리며 말을 이었다.

"너는 잘 지냈어?"

"보다시피. 나는 작년에 결혼도 했어." 왼쪽 네 번째 손가락에 낀 결혼 반지를 보여 주었다.

"너의 사랑을 받을 만한 충분히 자격이 있는 사람인 거지?" 그가 아까보다 더 쓸쓸하게 웃으며 물었다. 생기 넘쳤던 그의 모습은 이제 어디에도 없었다.

"당연하지. 너는 어떻게 지내?" 나는 커피를 한 모금 들이켰다.

"시카고에서 일하다가 지금은 월가에서 일해."

"맞아. 그때 전공이 경제였지? 세계의 경제 중심지인 월가에서 일하다니. 멋지다!"

진심이었다. 가끔씩 그가 생각날 때면 그도 잘 살아가기를 바라곤 했었다.

"널 한 번은 봐야 했어." 나는 무슨 의미인지 몰라 그를 다시 쳐다보았다.

"너의 저주 말이야. 그 저주 때문에 누굴 만나도 사랑으로 이어지지 않더라고." 투야 자신도 본인이 한 말이 어이가 없는지 허드슨강을 응시하며 헛웃음을 지었다. 이내 고개를 돌려 말을 이었다.

"너와 함께 나눈 추억이 내 인생에서 가장 찬란했더라고. 너를 그렇게 보내고 그 이후의 삶이 썩 만족스럽지 못해도 성공을 위한 당연한 대가라고 생각하면서 살았어. 인정받기 위해 밤낮 없이 일했지. 그러면 허한 마음도 채워질 거라 생각했는데, 아니었어. 필연을 기만한 대가를 톡톡히 치르고 있다고 해야 할까? 내가 이기적이었던 거지. 그러다가 우연히 너의 전시회 포스터를 보게 된 거야. 사실 너를 보면 모든 저주가 풀릴 거라 생각해서 찾아온 거야."

"언제? 그럼 이제 저주가 풀린 건가?" 내가 활짝 웃으며 물었다.

"아니. 섣부른 장담을 한 것 같아." 그에게서 깊은 한숨이 새어 나왔다.

"오히려 더 옭아매. 사람들은 보통 과거를 미화하잖아. 현실에 찌들어 살다 보면 볼품없이 늙어 버리니까. 솔직히 말하면 나와 다를 것 없는 너의 모습을 보게 되면 그 저주가 바로 풀릴 줄 알았어. 그런데 10년 전처럼 너의 눈은 여전히 반짝거리고 너의 미소는 반경 10m. 아니, 이 카페 전체를 화사하게 만들어 주고 있어. 널 처음 보았던 그때처럼 말이야." 그는 아련한 미소를 지어 보였다. 그 미소 뒤에는 알 수 없는 슬픔이 그의 짙은 눈동자에서 밀려오고 있었다.

"그때와 비교하면 지금은 많이 늙었지." 나는 다른 할 말이 없어 괜히 싱거운 소리를 했다.

"제법 어른 티도 나고. 성숙해졌지. 세월이 많이 흘렀으니까. 그런데 너의 눈빛과 미소는 그대로야. 신기할 정도로." 그는 나를 똑바로 쳐다보았다.

"그 저주를 풀어 줄게. 오랜 세월 동안 너를 힘들게 할 줄은 몰랐어."

아마 투야도 알고 있을 것이다. 그 저주는 효력이 전혀 없다는 것을. 애초에 증오 같은 마음은 없었다. 내게 찬란한 추억을 만들어 준 사람이라는 것은 변함없는 사실이었다. 그가 자리에 일어나다 말고 나를 다시 쳐다보았다.

"마지막으로 하나만 더 물을게. 그와 결혼을 결심한 이유가 뭐야?"

"이유?" 나는 그의 질문에 잠깐 생각에 잠겼다. 이유를 생각해 보지는 않았지만 한 가지는 확실했다.

"그가 그리는 세상과 내가 살아가고 싶은 세상이 참 닮아 있었어."

파티 시간이 다가와 그와 마지막 인사를 나누었다. 나는 그를 꼭 안아 주었다. 그가 다시 사랑할 수 있기를 진심으로 바라보았다. 그 시절 그를 참 많이 좋아했었다. 머리가 아닌 가슴으로 한 첫사랑이었다. 투야의 기억 속에 나는 화려한 불꽃이었을 것이다. 내가 그랬던 것처럼 그 또한 그랬을 것이다. 그리웠다. 그날의 내가. 누군가를 열렬히 사랑했던 내 자신이 그리웠다. 그 시절 마침표를 찍었어야 했는데, 그저 찍기만 하면 되는 것이었는데 찍을 수가 없었다. 이룬 사랑보다 이루지 못한 사랑이 기억에 더 오래 남는 법이라 생각했다. 투야가 냈던 가슴의 생채기는 잘 아물었지만 흉터를 남겼다. 아무 일 없듯 잘 살아가다가도 비 오는 날이면 그 자리가 한 번씩 욱신거렸다. 그 흉터를 애써 가리거나 지우지 않았다. 그 아픔이 있었기에 지금 내 곁을 지켜 주고 있는 주만 오빠의 소중함을 알게 되었으니 말이다. 아마 그 시절의 눈빛과 미소를 온전히 간직할 수 있었던 것도 그가 온 정성 다해 지켜 준 결과물일지도 모른다. 그는 투야로 인해 재밖에 남아 있지 않은 내 마음에 불을 다시 지펴 준 사람이었다. 오빠가 오늘따라 더 보고 싶었다. 나는 재빠르게 택시에 올라탔다. 얼른 그에게 달려가 있는 힘껏 안아 줄 생각을 하니 기분 좋은 미소가 입가에서 온 얼굴로 번져 나갔다. 나는 비 때문에 습기 가득한 뿌연 창문을 손등으로 닦아 내어 창밖을 바라보았다. 비가 제법 내리는데도 이제 그 흉터 자리는 아무렇지 않았다.

에필로그

"프러포즈 받아 줘서 고마워." 그가 꿇은 무릎을 바로 피며 사랑 가득한 눈빛으로 나를 바라보았다. 그의 눈시울은 눈물로 젖어 있었다.

"예전에 내가 30년 뒤의 우리 모습이 어떨지 물어봤던 거 기억나?" 나는 촉촉히 젖은 그의 눈가를 문질러 주며 말했다.

"기억나지. 다시 듣고 싶은 거야?" 그도 눈물로 번진 나의 눈가를 닦아 주며 물었다.

"응. 다시 말해 줘." 지금 그의 모습을 내 눈동자에 가득 담으며 답했다.

"그때 내가 이렇게 말했지. 네가 이루고 싶은 거 다 이룬 뒤에 한적한 시골 마을로 가서 살자고." 그가 나를 꽉 껴안으며 말을 이었다.

"우리는 앞마당에 있는 나무 그네를 나란히 타면서 풍경을 자주 즐기고 있을 거야. 그때 마침 기분 좋은 바람이 불어와서 네가 날 보며 환하게 웃어. 그러면 난 세상을 다 가진 듯 웃고 있을 거야. 아마 얼굴은 지금보다 주름이 더 잡혀 있을 테고 머리카락은 검은 머리보다 하얀 머리의 비율이 더 많아져 있겠지만 서로를 바라보며 웃고 있는 얼굴은 지금과도 똑같을 거야."

〈끝〉

불꽃과 재 속의 작은 불씨 - 하

ⓒ 이소현, 2024

초판 1쇄 발행 2024년 7월 5일

지은이   이소현
펴낸이   이기봉
편집   좋은땅 편집팀
펴낸곳   도서출판 좋은땅
주소   서울특별시 마포구 양화로12길 26 지월드빌딩 (서교동 395-7)
전화   02)374-8616~7
팩스   02)374-8614
이메일   gworldbook@naver.com
홈페이지   www.g-world.co.kr

ISBN   979-11-388-3333-2 (04810)
ISBN   979-11-388-3331-8 (세트)